SNAG

Addict-Accro

Créé et dirigé par Romain Naudin

Colleen OAKES

QUEEN OF HEARTS

BLOOD OF WONDERLAND

TOME 2

TRADUIT DE L'ANGLAIS (ÉTATS-UNIS) PAR BENJAMIN KUNTZER

SNAG

Ce livre est pour Ryan, à jamais le bon roi de mon cœur.

« En voyant Alice, le Chat ne fit rien que sourire. Il avait l'air, estima-t-elle, d'avoir un caractère charmant ; pourtant il possédait de très, très longues griffes et un grand nombre de dents, de sorte qu'elle se rendit compte qu'il convenait de le traiter avec respect. »

Les Aventures d'Alice au pays des merveilles,
Lewis Carroll, traduction de Henri Parisot

Chapitre premier

Les feuilles craquèrent bruyamment sous le dos de Dinah lorsqu'elle se retourna dans les Bois tordus, parcourant du regard le dédale d'arbres vivants. Car oui, les arbres ici étaient des êtres vivants. Pas dans le sens où ils parlaient, marchaient ou étaient dotés de visages, mais parce qu'ils la *voyaient* ; Dinah en avait l'intime conviction. Tous ces yeux sans yeux lui procuraient un sentiment à la fois étrange et troublant. Elle resta ainsi allongée, les paupières papillotant dans la lumière matinale, à observer les branches se balancer dans le vent, si loin au-dessus d'elle qu'il lui fallait loucher pour distinguer leurs feuilles bourgeonnantes. Les arbres des Bois tordus étaient plus hauts que les Tours noires et, parfois, tout aussi larges. Les troncs épais et noueux des pins ou des chênes étranglaient la progression de Dinah ; la veille au soir, elle s'était trouvée contrainte non pas de marcher, mais de manœuvrer entre eux. Chaque arbre était différent : certains étaient lestés d'une abondance de pétales roses s'enroulant autour des ramures ; d'autres couverts de fougères veloutées drapées autour de branches tombantes ; d'autres encore n'avaient pour se protéger que leurs rameaux nus. Certains poussaient de guingois – ceux-là étaient longs et bas ; d'autres formaient des flèches grêles d'écorce ondulée dirigées droit vers le firmament. Parfois, ils semblaient carbonisés : noirs comme la nuit, ils exsudaient de légers effluves de cendre. Ils étaient pourtant florissants de santé, ainsi qu'en attestaient les fleurs blanc et noir qui dansaient au bout de leurs branches. C'était à la fois incroyable et terrifiant.

Immobile, Dinah songea au fait que les arbres savaient tout – d'où elle venait et ce qui s'était passé. Ils savaient qu'elle avait naguère été la princesse du Pays des merveilles. Ils savaient que son père, le rude roi de cœur, l'avait trahie quelques jours avant son accession au trône, qu'il avait assassiné son frère bien-aimé, le Chapelier fou, en le jetant par une fenêtre. Ils avaient eu vent de cet inconnu qui l'avait exhortée à partir, à fuir le palais sur le dos de Morte, le coursier infernal, un cornu dont la soif de sang était légendaire. Ils savaient aussi que Wardley, l'amour de sa vie, avait promis de venir la chercher. Et ils savaient que son père devait être en train de la pister, tandis qu'elle reposait, sans bouger, sous son tas de feuilles. Elle referma les yeux un instant. Les arbres ne connaissaient pas uniquement l'histoire de Dinah – elle percevait leur conscience aiguë jusque dans sa moelle.

Les Bois tordus savaient qui décidait de l'emplacement des étoiles nuit après nuit, qui formait le Todren. Ils connaissaient chaque habitant des monts Yurkei et du Pays des merveilles, ceux qui se tournaient vers la lumière et ceux qui préféraient les ténèbres. Dinah s'enfonçait de plus en plus loin dans la futaie, Morte la suivant à une distance respectueuse de douze pas au moins, et les arbres ne cessaient de gémir et craquer autour d'eux, omniscients. Les savoir dotés de conscience lui paraissait aussi effrayant que réconfortant.

Ils ne s'étaient arrêtés que lorsque Dinah s'était effondrée sur un amas de feuilles boueuses particulièrement épais. Dans un ultime effort, elle s'était recouverte de sa cape de laine et avait fermé les paupières. Le sommeil l'avait aussitôt emportée. Elle avait dormi sans rêver, tombée dans un oubli opaque, soulagée au réveil de ne pas avoir été la proie de terreurs nocturnes. À présent qu'elle cillait dans la lumière matinale, Dinah s'émerveillait de se découvrir les idées si claires. Morte dormait non loin – la jeune femme entendait sa respiration bruyante. Elle espérait que son souffle rauque suffirait à repousser toute forme de vie sauvage dans ce coin de forêt. Il produisait des sons terrifiants, véritable créature de cauchemar.

Elle se frotta doucement les yeux, grimaçant lorsque ses doigts brisés se rappelèrent à son souvenir. Son dos craqua de protestation, comme si elle avait dormi sur un bloc de pierre et non dans un lit de feuilles. Son estomac poussa un profond grondement et Dinah attrapa son sac en mousseline, après avoir au préalable rapproché d'elle l'épée de

Wardley. Elle détacha les sangles marron et disposa soigneusement ses maigres possessions devant elle pour en établir l'inventaire : deux tuniques de lin blanc, une ceinture, une lourde robe noire – très étrange ! –, huit miches de pain, douze gros morceaux de volaille séchée, un sachet de baies pourrissant rapidement, une vieille carte du pays roulée sur elle-même, les vestiges de sa chemise de nuit ensanglantée et un poignard bien affûté. Elle posa ce dernier de côté. Il s'agissait d'une arme onéreuse, au manche incrusté de dizaines d'améthystes et rehaussé de circonvolutions argentées et dorées. La robe noire était totalement dépourvue d'autres couleurs – le genre de vêtement que Dinah pourrait porter, mais que Vittiore n'accepterait jamais de revêtir.

Vittiore.

Dinah grinça des dents en empoignant le poignard. Sa demi-sœur serait à n'en pas douter bientôt intronisée reine, usurpant sa place sur le trône, au côté de leur père. Elle faisait partie du complot, attendant en coulisses de faire main basse sur la couronne de la princesse légitime. Celle-ci s'était toujours doutée que Vittiore était plus que ce misérable enfant trouvé au fond d'un sac. Elle était impliquée dans ce coup monté contre Dinah et dans le meurtre de Charles. Dinah serra furieusement les poings avant de se ressaisir. Elle fit pivoter la lame au soleil. *Je pourrais peut-être l'échanger contre de la nourriture*, songea-t-elle avant de se rendre compte de l'absurdité de cette idée. Elle ne traverserait ni villes ni villages. Son père et Cheshire, qui la pensaient si faible, devaient l'imaginer aller quémander de l'aide auprès des Merveilleux. Elle n'en ferait rien. Elle se contenterait de disparaître dans ces bois pour l'éternité. *J'apprendrai à survivre*, se promit-elle, *j'attendrai Wardley, et nous trouverons un bateau avant de faire voile vers les Autres Mondes.* Cette perspective la rendit lasse et morose. Un profond désespoir semblait rôder autour d'elle, attendant l'instant opportun pour la submerger. Si Dinah ne se remettait pas en route dès que possible, il s'emparerait d'elle rapidement. Elle se releva sur ses jambes douloureuses, sanglant fermement l'épée au travers de son dos. Morte continuait de sommeiller, et Dinah estima qu'il valait mieux éviter de le réveiller. Il devait avoir autant besoin de repos qu'elle, et tirer du sommeil un cornu furieux risquait bien de lui valoir un coup de sabot fatal.

Avisant le sentier derrière elle, Dinah partit errer entre les arbres en finissant ses baies. La forêt semblait s'étendre à l'infini dans toutes les directions. De minuscules bouquets de fleurs lui caressèrent la figure quand elle dépassa un tronc s'enroulant en spirale vers le ciel. Un lait glacial suintait de ses branches, formant une flaque blanche à sa base. Dinah s'accroupit près de l'arbre et scruta la substance laiteuse. De petits insectes roses aux ailes de gaze patinaient en surface, plongeant leur longue trompe dans le liquide. Ils absorbaient ce breuvage, ensuite distribué dans leurs ailes veineuses et transparentes, leur conférant une texture friable de pain grillé. Après avoir subi cette transformation, les insectes rangeaient leurs ailes et s'éloignaient en marchant, ressemblant désormais davantage à des lézards miniatures qu'à des papillons. Ils considéraient Dinah avec indifférence tout en s'enfonçant plus loin dans la forêt, telle une rangée de tranches de pain blanc allant au pas cadencé.

— Incroyable, murmura la fugitive en se relevant.

Le soleil se reflétait sur une surface dure et métallique. Dinah recula d'un bond, se prit le pied dans une racine et bascula en arrière, son épée s'échouant au sol. Elle la chercha à tâtons dans les feuilles humides tout en tâchant de se remettre debout. *Je fais une bien piètre guerrière*, pensa-t-elle, assourdie par les battements de son cœur. Le métal continuait de luire au soleil. Dinah s'avança lentement, sinuant entre les arbres, l'épée brandie devant elle. Elle gravit péniblement une éminence parallèle à l'éclat lumineux pour obtenir une meilleure vue.

La colline s'élevait près d'une profonde dépression dans la forêt ; Dinah se percha sur le bord, s'attendant à découvrir un bataillon de soldats venus à sa rencontre. Au lieu de quoi, elle découvrit une vallée remplie… *de têtes ?* Il y en avait des dizaines – Dinah les recensa rapidement en redescendant prudemment à flanc de colline. Un nuage de poussière s'éleva autour de ses bottes quand elle en atteignit le fond dans un bruit sourd. Le sol de la forêt avait changé – tout autour de cette vallée, le feuillage était dense et épais, et elle s'enfonçait jusqu'aux chevilles parmi les fougères et les racines qui s'enroulaient en surface. Ici, seules des herbes vert vif dansaient au vent, leur apex rempli de graines caressant les têtes sculptées. Celles-ci étaient imposantes, la plupart plus volumineuses que le lit ridiculement large dont jouissait Dinah au palais. Certaines étaient debout, donnant l'impression que le reste du corps était profondément enfoui sous terre et qu'elles n'étaient apparues que pour jeter un coup d'œil alentour ; d'autres reposaient sur le côté, embrassant de leurs lèvres l'herbe haute. L'une des têtes était complètement renversée, l'arête saillante de son cou rectiligne tournée vers le soleil. Celle-ci portait une couronne, dont les pointes acérées, plantées dans la terre, la maintenaient en place. Elle paraissait vaguement familière… La jeune femme s'en approcha en sinuant parmi les autres chefs. Elle se pencha pour étudier le visage et la couronne, ses cheveux noirs effleurant le sol.

Elle fut prise d'un vertige en prenant conscience de ce qu'elle avait sous les yeux : son père, le roi de cœur. Elle le reconnaissait à sa couronne – cette même couronne qui lui ceignait le crâne aujourd'hui – et à ses grosses joues. Dinah se sentit mal à l'aise de se trouver si proche de la figure paternelle. Bien qu'entièrement réalisée en bronze poli, la sculpture était effroyablement ressemblante – la même volonté inflexible lui ridait le front, la même rage assassine animait ses prunelles, le même sourire cynique étirait ses lèvres sans s'y épanouir vraiment. La tête renversée contemplait Dinah, ses yeux perçants rivés sur sa poitrine. Le cœur battant la chamade, elle se détourna pour étudier les autres. Toutes représentaient des rois ou des reines quelconques. Elle reconnut plusieurs membres de la famille royale – ses grands-pères et grands-mères, jusqu'à ses aïeux à l'origine de l'érection du palais.

Ici se trouvait la reine Millay, demeurée célèbre pour son hospitalité bienveillante et sa beauté saisissante. Sa tête avait roulé sur la tempe, et la couronne de perles qui la coiffait était couverte d'une délicate mousse verte. Son époux gisait à son côté – un autre roi de cœur, Royce. Lui n'avait pas été fidèle à sa femme dévouée, et avait fait de sa maîtresse la nouvelle reine de cœur après la mort de Millay. Dinah n'aperçut nulle part le chef de la maîtresse en question. Une vingtaine de têtes appartenant sans doute à des éminences yurkeis reposaient là également – les crânes forts et robustes de magnifiques guerriers, couronnés non pas d'un morceau d'or ou d'argent, mais de plumes ou de volutes de tissus élaborés qui venaient encadrer leurs yeux brillants faits de gemmes bleues. Dinah était particulièrement obsédée par ces prunelles qui semblaient l'observer tandis qu'elle caressait chaque visage, émerveillée par leur taille et leur beauté.

Le soleil filtrait au travers des nuages bas et projetait une ombre irrégulière, donnant l'impression que les sculptures étaient plongées dans une conversation profonde – un dialogue perpétuel traitant de politique, de territoires et de légendes. Dinah était fascinée. *Qui a créé ces têtes, et pourquoi ? Quand ? Comment a-t-on pu transporter des sculptures aussi imposantes au milieu de la forêt, sans abattre les arbres qui les entourent ?* Dinah laissa courir ses doigts sur la figure de l'actuel chef des Yurkeis, Mundoo, l'ennemi juré de son père. Le métal était chaud, perpétuellement embrassé par le soleil, et semblait apaiser sa paume entamée. Si elle était devenue reine, sa tête serait-elle un jour venue embellir cette clairière ? Elle l'espérait. La vallée dégageait une beauté étrange, excessivement troublante ; l'endroit parfait pour le repos royal des souverains de ce monde.

Un jour, j'amènerai Wardley ici, se promit-elle. *Si toutefois j'arrive à retrouver cet endroit.* Elle n'était pas convaincue d'en être capable. Morte et elle avaient tourné et viré, un peu comme ces serpents noirs aux yeux argentés qu'elle avait repérés sur plusieurs branches jusqu'alors. Ensemble, ils avaient sinué jusqu'aux recoins les plus sombres des Bois tordus, espérant ainsi rendre leur trace illisible et impossible à remonter. Comment retrouverait-elle le chemin jusqu'à la vallée de ses ancêtres, ceux qui – contrairement à elle – avaient régné ? C'était pourtant sa tête que l'on devrait découvrir ici, pas celle de Vittiore. Elle sentit une rage aveugle enfler en elle, cette faim avide qui lui broyait l'estomac et lui étranglait le cœur quand elle s'y attendait le moins. *Comment osent-ils me priver de ma couronne ?* Dinah poussa un cri et abattit son épée sur l'arbre le plus proche, coupant et taillant jusqu'à ce que le tronc soit tout abîmé et ébréché. Elle sentait les vibrations remonter de sa lame à son bras, lui procurant une sensation plus cathartique que douloureuse. Puis elle s'arrêta. Ses deux mains la lancinaient, mais elle n'en avait cure.

— Vous avez tué mon frère ! sanglota-t-elle.

Ses larmes se mirent à rouler sur ses joues lorsqu'elle recommença à malmener le tronc rugueux.

— Vous l'avez tué ! C'était ma couronne ! La mienne !

À grands gestes des bras, elle frappait, frappait encore, enfonçant de plus en plus profondément sa lame dans le bois. Ce n'était pas de l'escrime, mais du bûcheronnage ; quelque chose d'autre également, une chose qu'elle n'avait encore jamais éprouvée. C'était à la fois merveilleux et dangereux, enivrant.

Dinah continua de se défouler jusqu'à ce que ses membres tremblent de fatigue. Elle balança alors furieusement son épée pour s'essuyer la figure. Tâchant de reprendre son souffle, elle posa la tête contre le tronc, ses larmes salées imprégnant le bois blanc désormais exposé. Depuis sa cime vertigineuse, l'arbre poussa un profond grognement, et Dinah regarda l'écorce onduler comme de l'eau. Plusieurs arbres alentour se tordirent vers elle d'un air accusateur.

— Je suis désolée, je suis désolée, pardonnez-moi.

Elle apposa sa main à présent ensanglantée sur l'aubier meurtri, sentant les entailles profondes qu'elle lui avait infligées.

— Je suis désolée. Ils l'ont tué. Ils m'ont tout pris.

Dinah renifla et se retourna vers la tête de son père, avec sa couronne enfoncée dans le sol et son cou semblant avoir subi le tranchant d'une lame. Cette statue possédait une espèce d'agressivité dont ses voisines étaient dépourvues. Contrairement aux autres sculptures, qui paraissaient se reposer, la position de celle-ci suggérait un châtiment.

Un murmure malvenu commençait à lui remonter la colonne vertébrale, un sentiment connu et surréaliste. Cette même sensation qui l'avait réveillée cette nuit-là au palais, lorsqu'un inconnu tout en noir s'était dressé près de son lit. *On l'observait.* S'agissait-il des têtes ? Dinah les dévisagea tour à tour, son regard sautant d'un buste à l'autre, sans déceler le moindre mouvement. Ce n'étaient pas des créatures vivantes, seulement des blocs de pierre et de métal. Dinah ramassa lentement son épée et la tendit devant elle, étreignant fermement la poignée des deux mains.

— Sortez ! s'écria-t-elle. Je vous vois !

Seul un silence lui répondit, accompagné du regard immobile des statues et de la danse silencieuse des hautes herbes qui sinuaient autour. Dinah reculait lentement entre les têtes. Il y avait quelque chose ici, elle le sentait. Son père l'avait-il trouvée ? Elle fit volte-face et avisa un éclair blanc traverser le pâturage. Elle prit une profonde inspiration et leva son épée. Elle ne rejoindrait jamais Morte à temps. L'heure était venue de combattre, quitte à y laisser la peau. Elle ne finirait pas ses jours dans les Tours noires. Elle continuait de lorgner une statue après l'autre.

Elle ne remarqua l'ours que lorsque celui-ci se mit à la charger en poussant un rugissement qui se répercuta sur les têtes métalliques avant de se propager dans la forêt. Dinah demeura tétanisée par la peur tandis que la bête fonçait vers elle. Elle avait l'impression de se regarder dans un rêve, immobile, alors que la mort se précipitait à sa rencontre. Comme si elle se trouvait sous l'eau. *Il faut que je bouge*, se dit-elle. *Bouge !* Ses pieds finirent par lui obéir, et Dinah piqua un sprint vers la tête la plus proche – un chef yurkei redressé, dont la couronne en tissu tombait paresseusement jusqu'au sol. Sans réfléchir, Dinah rengaina son épée et en entama l'ascension, posant un pied sur les lèvres de la sculpture pour se hisser jusqu'au long nez. Les yeux ne fournissant aucune prise, Dinah dut se déplacer latéralement pour grimper sur l'oreille en s'accrochant aux pênes des larges plumes qui reposaient contre les tempes. Une flèche de douleur lui parcourut les mains quand elle enjamba le lourd pan de tissu serti de perles qui ceignait le front de la sculpture. Elle bondit enfin par-dessus sa couronne pour dégringoler au sommet du crâne de l'homme.

Le rugissement venu du sol était si fort et terrifiant que Dinah crut ses tympans sur le point d'exploser. L'ours avait désormais atteint la tête. La jeune femme jeta un coup d'œil prudent par-dessus le rebord. L'animal était gigantesque. Il se mit à faire les cent pas autour de la sculpture, flairant furieusement le sol et creusant de ses pattes des ornières de trente centimètres de profondeur. Quand le monstre se dressa sur ses membres postérieurs, sa tête atteignit la hauteur des yeux du chef, juste en dessous de Dinah. Il ouvrit grand ses mâchoires, révélant des crocs impressionnants, et poussa un nouveau rugissement à vous figer le sang. Dinah sentit une vague d'air rance et chaud lui balayer la figure et fut prise d'un haut-le-cœur en sentant son haleine puissante – un mélange de viande en décomposition et de mort. Cela lui rappela les Tours noires.

L'ours griffa la statue de ses énormes pattes, et le terrible crissement de l'os sur le métal retentit dans la clairière. C'était une créature si grande que sa tête aurait heurté le plafond de ses appartements. Sa fourrure revêtait deux teintes de blanc bien distinctes – l'essentiel de son pelage était crème, un peu sale, alors que les rayures qui partaient de son ventre et se prolongeaient vers son échine étaient d'un blanc lumineux et immaculé, un blanc virginal plus éclatant que n'importe quel vêtement ou peinture qu'elle eût jamais vus. Les mâchoires du monstre claquèrent bruyamment tandis qu'il dévorait de ses yeux laiteux le visage de Dinah. La tête frémit lorsque l'ours s'y appuya de tout son poids. *Il veut la renverser*, comprit-elle avec horreur. La statue trembla derechef quand il abattit ses pattes contre sa base et se mit à creuser dans la boue, autour du cou.

Dinah avait lu des articles consacrés aux ours blancs des Bois tordus. L'on considérait souvent qu'ils relevaient du mythe, et de nombreux spécialistes supposaient l'espèce éteinte depuis des décennies. Ils étaient difficiles à tuer, ce qui était bien malheureux, étant donné que leur peau valait une petite fortune. Dinah l'observait en tremblant comme une feuille. L'ours percuta de nouveau la tête de son corps immense, poussant violemment. Il souffla d'agacement, puis se remit à creuser autour de la base avant de percuter la sculpture encore et encore, alternant l'une et l'autre activités. Dinah se trouvait prise au piège. Des gerbes de terre s'élevaient dans l'air. La jeune femme chercha désespérément une issue. Les arbres étaient trop loin ; par ailleurs, elle savait les ours capables de grimper à des surfaces moins lisses et dures que le métal. Elle pouvait aussi sauter et prendre ses jambes à son cou, mais elle était convaincue que l'animal la rattraperait sans peine. Dans tous les cas, elle serait morte en quelques secondes. Toutefois, si elle parvenait à l'attirer un peu plus près, elle pourrait tenter de lui crever les yeux de la pointe de son épée. C'était sans doute sa meilleure chance.

Elle sentait sa poitrine se comprimer de terreur chaque fois qu'un rugissement animal accompagnait une secousse. Elle se pencha au bord de la statue, l'épée brandie au-dessus d'elle.

— Je suis là ! s'écria-t-elle. Viens me chercher !

L'ours lui adressa un regard confus, braquant sur elle ses iris laiteux. Il ouvrit les mâchoires pour gronder avant de charger la base de la sculpture. Il n'avait pas mordu à l'hameçon, et Dinah anticipa la prochaine secousse. La statue oscilla brutalement quand l'ours s'y écrasa de toute sa masse. Dinah crut un instant que le chef allait rester droit, lorsqu'il s'arrêta juste avant de tomber, mais elle bascula soudain dans le vide, laissant échapper son épée. Elle atterrit lourdement sur le flanc et roula dans les hautes herbes. Elle eut à peine le temps de se redresser que l'ours chargeait une nouvelle fois. Elle ne pouvait plus rien faire. Elle serra les paupières, se préparant à l'impact.

Qui ne survint pas.

Dinah finit par rouvrir les yeux. L'ours se tenait à trois petits mètres d'elle, accroupi et immobile, les poils de son dos hérissés en ligne droite. Percevant un bruit sourd derrière elle, Dinah tourna la tête. Morte se dressait là, ses énormes sabots frappant le sol avec vigueur. L'ours se mit à aller et venir sans quitter des yeux les cinq tonnes de délicieuse chair équine qui s'offraient à lui, mais il scrutait aussi les pics osseux qui s'élevaient des pattes de son adversaire. Même un ours blanc y réfléchissait à deux fois avant de s'en prendre à Morte. Dinah se mit à ramper lentement en arrière, jusqu'à ce que le cornu se trouvât entre elle et l'ours. Aucune des deux créatures ne semblait plus avoir conscience de sa présence.

L'air se figea et, l'espace d'une seconde, la vallée des têtes demeura parfaitement immobile, ses herbes paresseusement ployées sur leur tige. La forêt retenait son souffle. Dinah vit le soleil se refléter sur le pommeau de son épée. Celle-ci reposait au pied de l'ours, qui balaya le sol devant lui d'un geste souple afin de créer un petit nuage de poussière. Morte laissa un long sifflement de fumée sortir de ses naseaux.

L'ours chargea avec un rugissement, et le cornu l'imita. Ils se rencontrèrent à mi-chemin dans un terrible fracas de griffes et d'os. Ils frappèrent et dansèrent, tous deux déjà en sang – l'ours souffrant d'une plaie à la face, Morte au flanc. Ils se dressaient poitrail contre poitrail, les membres entremêlés. Debout sur ses pattes arrière, l'ours abattit ses griffes sur le côté du cornu. Celui-ci poussa un hurlement aigu quand son adversaire planta ses crocs dans son poitrail exposé, lui arracha un énorme lambeau de peau. Morte décocha un coup de sabot dans la poitrine ennemie avant de s'ébrouer violemment. Les deux bêtes se séparèrent avant de charger de plus belle, roulant au sol dans un vacarme de tonnerre et des jets sanglants. Cette fois, Morte atterrit au-dessus et se cabra rapidement avant d'abattre ses sabots gigantesques sur le torse de l'ours. Dinah entendit un craquement écœurant quand le poids des pieds hérissés écrasa la cage thoracique de l'autre animal. Le cornu était en train de le piétiner à mort.

L'ours parvint à donner un coup de patte impressionnant, lacérant de ses griffes le museau de son adversaire, qui recula en secouant la tête. L'autre en profita pour rouler de côté dans un rugissement et se remettre sur ses pattes. Sa démarche était incertaine, et du sang dégoulinait de son thorax. Morte lui tournait désormais autour, s'ébrouant furieusement de temps à autre, projetant des gouttes sanglantes. L'ours effectua une embardée avant de charger à nouveau son adversaire. Le cornu se retourna trop tard, des crocs profondément enfoncés dans les flancs ; le plantigrade en profitait pour lui lacérer les cuisses, et l'imposant étalon poussa un hurlement déchirant.

Incapable de faire lâcher prise à son ennemi, Morte finit par se dresser sur ses jambes avant. L'ours fut désarçonné. D'une puissance ruade, Morte frappa son adversaire dans le cou, envoyant rouler en arrière la créature mythique.

Les muscles du cornu palpitaient au soleil, ondulant de contentement – Dinah comprit que, même blessé, il prenait un fort plaisir au combat. Il hennit joyeusement tout en frappant le sol, malgré son flanc et son poitrail exposés et ensanglantés. Son désir d'en découdre était palpable. Il alla se remettre en position. À cet instant, Dinah comprit pourquoi l'ours blanc allait perdre : il agissait à l'instinct, mû par la faim. Son besoin était naturel. Morte, en revanche, voyait cela comme un combat – il élaborait une stratégie tout en luttant, et même si l'ennemi pesait plus lourd, le cornu parvenait à *s'adapter*.

L'ours chargea de nouveau, mais cette fois Morte était prêt. Lorsque son adversaire se trouva à sa portée, il se cabra avant d'enfoncer les pics d'os qui entouraient ses sabots dans le cou et la face de l'autre créature. Celle-ci laissa échapper un gémissement terrible quand Morte la contraignit à s'allonger avant de détacher délicatement ses sabots. L'équidé inclina la tête et contempla sa victime avant de se dresser une fois de plus pour assener un coup fatal au poitrail de l'ours.

Dinah se détourna. La créature ne formait plus désormais qu'un tas rouge et blanc méconnaissable. Morte recula avec un mugissement. Un son terrible et guttural, un cri de guerre qui glaça Dinah jusqu'à l'os. Le cornu se mit alors à galoper frénétiquement autour de sa victime. Le corps de l'ours tressaillit, et Dinah vit ses côtes frémir une dernière fois quand il rendit son dernier soupir.

Elle resta silencieusement debout dans l'herbe, les yeux rivés sur Morte, plus terrifiée que jamais. Le cornu ne sembla même pas la remarquer quand il enfonça la tête dans les entrailles de sa proie et entreprit de la dévorer. Dinah sentit la révulsion la gagner. Elle avait oublié que ces créatures mangeaient parfois leurs victimes. Elles se repaissaient aussi volontiers d'herbe et de grain que de chair et d'os. La main plaquée sur la bouche, la jeune femme se retourna et se dirigea vers la tête renversée du chef yurkei. Des entailles gigantesques indiquaient les endroits où les griffes avaient entamé la sculpture. Dinah poussa un long soupir, comprenant seulement alors qu'elle était passée à deux doigts de se faire massacrer et dévorer elle-même. C'était déjà la deuxième fois que Morte lui sauvait la vie.

Quelques minutes plus tard, le cornu avait mangé son content et s'allongea dans l'herbe, fourrant son museau contre son flanc blessé. Hésitant désormais à s'éloigner de lui, Dinah courut récupérer son sac et revint rapidement à la vallée des têtes. Elle tira de sa besace sa chemise de nuit ensanglantée. Les oiseaux dans les arbres reprirent leur concert aigu tandis qu'elle la déchirait en longs lambeaux. La tête baissée, elle s'approcha du cornu avec précaution. Morte hennit doucement, et la jeune femme interpréta cette manifestation comme un signe d'encouragement. À l'aide de son outre, elle lava les plaies profondes sur le côté et le poitrail du cheval. Celui-ci agita de douleur sa tête gigantesque, mais ne chercha pas à la repousser tandis qu'elle nettoyait ses blessures. Aussi délicatement que possible, elle disposa les morceaux de tissu sur les entailles et fit pression jusqu'à ce que le sang imprègne assez le tissu pour y adhérer.

Elle se dirigea alors vers la dépouille de l'ours, dont le haut du corps ne formait plus qu'une espèce de hachis. Il lui faudrait avoir l'estomac bien accroché, mais elle devait s'y atteler. Sa survie dépendait de la confiance que Morte lui accorderait ; le cornu devait savoir qu'elle comprenait sa nature. Ce n'était pas un animal de compagnie, il ne lui appartenait pas. Brandissant sa dague, Dinah inspira un grand coup, se pencha sur l'ours et entreprit de le dépecer – une tâche éreintante. Lorsqu'elle eut terminé, le soleil se couchait à l'est, et elle comprit que la nuit serait illuminée d'une seule étoile visible.

Ses épaules étaient couvertes de sang, ses cheveux trempés de sueur plaqués à son visage, ses mains tremblaient de douleur. Ses deux doigts cassés l'élançaient, et sa coupure à la paume semblait s'être rouverte, son sang se mêlant à celui de la bête. Mais finalement, elle réussit à s'emparer de sa peau. Épaisse et douce, de la taille d'une petite couverture, en forme de carré grossier. Dinah alla en rincer le sang dans un ruisseau voisin.

La fourrure humide serrée entre ses bras, elle se rapprocha de Morte et la déposa devant lui. Le cornu renifla l'offrande quand elle la lui déploya sur le dos, trophée venant récompenser son combat. Elle tendit une main tremblante pour la poser une minute sur son flanc. Elle s'y attarda jusqu'à ce que Morte lui pince le bras. Plus lasse qu'elle ne l'avait jamais été, Dinah nettoya alors sa dague, se força à avaler un morceau de volaille séché, refit son sac et contempla longuement la vallée des têtes. Le couchant pesait lourdement sur les herbes brumeuses, nimbant toute la zone d'un éclat chaleureux. L'insecte qui ressemblait à un morceau de toast se pavana fièrement devant Dinah, retournant sans doute à cet arbre de lait qui lui avait donné la vie. La jeune femme se mordit la lèvre et se dirigea vers l'est alors que les ténèbres engloutissaient la forêt. Elle ne fit que quelques pas avant d'entendre le bruit lourd des sabots de Morte écrasant des branches derrière elle. Bientôt, il se retrouva à la portée de sa main. L'odeur de mort s'accrochait encore à lui, mais Dinah accueillit ces effluves avec bonheur.

Chapitre 2

Les jours s'accumulèrent jusqu'à former une semaine pleine, selon le décompte tenu par Dinah en observant les levers et couchers du soleil du Pays des merveilles. À son réveil, elle commençait par faire le bilan des denrées qu'il lui restait – se les répétant mentalement dans l'espoir de ne pas perdre la raison. *Cinq miches de pain, dix morceaux de volaille séchée. Trois miches de pain, sept morceaux de volaille séchée. Une miche de pain, trois morceaux de volaille séchée.* Puis venait le moment de trouver de l'eau, ce qui, grâce aux dieux des merveilles, n'avait jamais présenté de difficulté. Les Bois tordus regorgeaient de minuscules ruisseaux plongeant dans de petits plans d'eau bien pratiques pour remplir son outre ou laisser Morte se désaltérer. Celui-ci vidait souvent presque intégralement les flaques, ne laissant derrière lui qu'un mélange d'herbes folles et de boue. Prenant tout leur temps, les deux compagnons se reposaient, mangeaient, progressaient lentement vers les profondeurs de la forêt.

Depuis qu'ils avaient fui les écuries, Morte semblait prendre du poids en se repaissant de la flore abondante. Sa robe d'un noir d'encre miroitait au soleil, ses muscles secs roulaient sous sa peau. Il paraissait robuste et en pleine santé, même s'il se remettait encore de ses blessures. Dinah ne se portait pas aussi bien. En croquant dans sa viande et son pain chaque matin, elle était douloureusement consciente de la faim qui la tenaillait, et du fait que chaque repas réduisait un peu plus ses réserves à la portion congrue. Que ferait-elle lorsqu'elle se retrouverait à court de nourriture ? Elle avait veillé à toujours cueillir les fruits que les arbres pouvaient lui offrir – les melons noirs, piquants et duveteux d'un julla, quelques pêches roses, une poignée de baies... Dinah les enfournait sans compter, laissant leur jus lui dégouliner sur le menton. Enjambant les plantes épaisses ou les souches retournées, elle sinuait entre les innombrables troncs qui s'étendaient à perte de vue. La nuit, lorsqu'elle s'installait sur un épais nid de feuilles ou un sol particulièrement tendre, elle se promettait de ne grignoter qu'une demi-miche de pain, mais finissait toujours par la dévorer entièrement.

Elle n'avait jamais connu le manque de nourriture – cette sensation permanente de creux dans l'estomac, durant laquelle elle imaginait tous les mets disponibles au palais. Elle était obnubilée par toutes ces tartelettes qu'elle avait jetées, tous les restes abandonnés dans son assiette à la fin d'un repas, aux festins et aux bals durant lesquels les plateaux de nourriture s'empilaient à des hauteurs invraisemblables. Des platées considérables de poitrines d'oiseaux exotiques ou de tourtes habilement sculptées, des verres de vin pétillant, des fruits délicieux. Tant de denrées gâchées, toutes ces victuailles dont elle aurait cru ne jamais manquer. Voilà à quoi elle pensait tout en cheminant, lorsque la faim devenait si intense qu'elle la faisait haleter bruyamment ; Morte dressait alors le museau, alarmé. La jeune femme pensait à manger, à ce qu'elle ferait une fois ses provisions achevées. Et pendant ce temps, elle avançait. Ses bottes marron, autrefois d'un profond rouge majestueux, étaient désormais recouvertes de la pointe au talon d'une boue épaisse, usées par les branches mortes, la végétation florissante, les orchidées sauvages.

Depuis l'attaque de l'ours, Dinah était un peu plus consciente du bruit qu'elle produisait. S'attaquer à ce tronc dans cet instant de détresse avait probablement attiré l'animal. Son souffle était désormais silencieux, et elle s'efforçait de marcher délicatement, alors même que ses jambes semblaient faites de plomb. Elle essayait d'affûter ses sens : qu'entendait-elle, que sentait-elle ? Elle aurait dû voir cet ours – il était d'un blanc aveuglant, après tout –, pourtant ses yeux l'avaient trahie. Elle avait mis sa vie en péril, simplement par manque d'attention. Cela ne se reproduirait pas.

Malgré tout, elle avait peine à ne pas se laisser distraire par la beauté environnante. Plus ils s'enfonçaient dans les Bois tordus, plus la forêt devenait époustouflante. Les couleurs tendres des plaines cédaient le pas à des verts profonds et mousseux, dont les doigts velouteux se tendaient vers la majesté aérienne des troncs et des branches. Tôt le matin, le calme était brisé dès que les premiers rayons de lumière blanche filtraient par la frondaison et couvraient le sol de torrents d'aube. Un jour, alors qu'elle regardait distraitement une loutre à rayures rouges barboter dans un ruisseau, elle manqua tomber dans un ravin. Derrière elle, Morte s'ébroua bruyamment, et Dinah s'arrêta, la pointe de ses bottes propulsant une gerbe de cailloux dans le cours d'eau en contrebas. Même ce spectacle la fascina : elle n'avait jamais vu une eau aussi limpide, ni les minéraux qui ornaient le lit de la rivière. Des couches argentées de roches convergeaient les unes vers les autres, conférant à l'ensemble un mouvement ondulatoire, alors que le courant était assez léger.

Ils descendirent jusqu'au serpent d'argent. L'eau était peu profonde, guère plus d'un filet, et en plissant les paupières, elle pouvait distinguer de minuscules plantes sous-marines danser en dessous, leurs longs doigts tendus vers l'aval. De chatoyants poissons orange jouaient en bondissant entre les fines couches argentées. Ils nageaient à reculons, leur queue mouchetée s'agitant pour lutter contre le fil de l'eau. À grands bonds, ils perçaient la surface pour se dandiner en l'air et déployer les ailes dissimulées sur leur dos. Ils volaient alors sur quelques dizaines de centimètres avant de replonger puis de recommencer.

Morte l'avait autorisée à grimper sur son dos à plusieurs reprises au cours des derniers jours, mais seulement quand elle était si épuisée qu'elle en était à prendre appui sur chaque tronc pour ne pas perdre l'équilibre. Renâclant d'agacement, il trottinait pour venir se placer à sa hauteur et levait la jambe. Dinah grimpait alors avec un soupir reconnaissant et se laissait submerger par la vague de soulagement qui ne manquait pas de l'envahir chaque fois qu'elle s'installait sur la fourrure de l'ours déjà chaude, les jambes passées autour du cou de Morte. Parfois, celui-ci trottait, mais la plupart du temps, il se contentait de marcher pendant des heures jusqu'à s'arrêter pour faire descendre Dinah, revigorée par ce répit nécessaire.

Un jour, bercée par le rythme régulier de la créature, elle se réveilla en sursaut en sentant une ombre fraîche la survoler. Elle leva alors les yeux avant de laisser échapper un hoquet de stupéfaction. Les arbres formaient une épaisse canopée de branches fleuries s'entrelaçant pour constituer un véritable tunnel. Le sol, ainsi privé de soleil, adoptait une texture molle, presque boueuse, recouverte d'une épaisse mousse bordeaux. Les fleurs pendaient dans le couloir végétal en des bouquets rose, pourpre, vert et blanc qui avalaient le ciel. D'étranges insectes blancs bourdonnaient à l'intérieur de cette voûte parfaite, portés par des ailes si menues qu'elles semblaient à peine en mesure de les soulever, venant se nicher sur les pétales d'orchidée couverts de rosée en attendant l'accouplement. Lorsqu'un congénère arrivait, les deux créatures s'accrochaient l'une à l'autre, faisant naître une lumière chaleureuse qui brillait assez fort pour éclairer la route. Ensemble, ils voltigeaient de guingois à travers le tunnel.

Dinah les observait, émerveillée, lorsque Morte fit une brusque embardée – elle faillit se laisser démonter, et se serait sans doute retrouvée par terre si elle n'avait pas eu la prudence d'enrouler sa main autour de la crinière. Sans crier gare, il s'était mis à courir, adoptant ce galop pur et furieux qu'elle n'avait connu que lors de sa fuite initiale. Le corps du cornu coulait telle une eau tumultueuse sous son séant, atteignant une vitesse que Dinah n'avait encore jamais vécue. Cette fois, elle put en profiter – le monde défilait à toute allure, les verts et les pourpres du tunnel se mêlant tandis qu'ils fonçaient au milieu des orchidées et des troncs velouteux. Les sabots touchaient à peine le sol. Dinah sentait ses cheveux noirs flotter derrière elle, son manteau gris claquer au vent. Les muscles de l'animal ondulaient et se bandaient de plaisir et de détente ; la jeune femme percevait son excitation. Elle sentait son indépendance et son désespoir dans chaque foulée, laissait ces sensations lui remonter dans les jambes et le torse. Pour la première fois depuis qu'elle avait été réveillée par la main de cet inconnu, Dinah s'autorisa un sourire, qui se transforma en rire quand Morte s'enfonça plus vite et plus profondément dans le tunnel. *Je vole !* songea-t-elle. Osant tendre une main au-dessus d'elle, elle laissa ses doigts glisser sur la tête de milliers d'orchidées fuchsia, dont les langues enflées ruisselaient tout autour. Les lucioles amoureuses les guidaient en projetant leur lumière iridescente sur les branches et les fleurs, qui venaient occasionnellement cingler les joues ou le front de la jeune femme. Peu lui importait. Elle ferma les paupières et profita de la caresse rapide du vent, tandis que Morte prenait encore de la vitesse. Le tunnel s'acheva subitement, avec deux troncs d'arbres étendus au milieu du chemin. Morte bondit sans mal par-dessus – un saut terrifiant – avant de ralentir. Dès lors, la couverture se dispersa, et ils eurent tôt fait de se retrouver dans la forêt. L'air sur sa figure lui parut soudain glacial, et Dinah fut surprise de découvrir ses joues mouillées de larmes.

Morte la laissa le chevaucher un peu plus longtemps ce jour-là. Plus Dinah l'observait, mieux elle comprenait pourquoi il n'avait pas écouté le roi, quand celui-ci l'avait appelé dans sa rage aveugle. Morte n'avait rien d'un coursier traditionnel. Il n'approchait pas quand on disait son nom, ne se laissait pas flatter et cajoler, et ne faisait pas non plus preuve de la moindre tendresse. Bien sûr, Dinah lui offrait des pommes dès qu'elle en trouvait, mais de loin, en les lui lançant. Il n'avait rien à voir avec Moucheture. Les piquants sanglants autour de ses sabots, la noirceur de ses prunelles veillaient à le lui rappeler chaque fois qu'elle regardait dans sa direction. Morte était à lui seul un guerrier. Lorsque son père le montait pour partir guerroyer, il commettait l'erreur de croire que le cornu se battait pour lui – il refusait de comprendre que Morte puisse vouloir combattre pour lui-même, qu'il n'éprouvait aucune loyauté envers le souverain. L'amour du contact et du sang – telle était la raison de vivre de Morte, qui se moquait éperdument d'être le coursier du roi, de servir de véhicule à la gloire du père de Dinah. Il ignorait appartenir au souverain des merveilles, et cela n'aurait rien changé pour lui : il voulait simplement combattre. Morte se lançait dans chaque conquête de son propre gré.

Si son père avait compris cela, il n'aurait jamais enfermé le cornu dans cet enclos en fer plongé dans l'obscurité. L'animal nourrissait un profond ressentiment à l'encontre des écuries, ce qui expliquait qu'il n'ait pas tué Dinah et Wardley le jour où ce dernier avait jeté la princesse sur le dos du cornu. Cela ne se produirait plus jamais, Dinah en avait la certitude. Morte attendait l'occasion de saisir sa liberté, et il avait compris que quelque chose d'important se déroulait. Cette fuite effrénée d'une journée depuis le palais n'arriverait sans doute plus – elle n'avait été permise que par ce mélange d'adrénaline et de soif de liberté. La princesse déchue était à peu près sûre que Morte ne la tuerait pas, mais elle ne courrait pas le moindre risque. Chaque soir, pour s'endormir, elle se rapprochait un peu de son flanc chaud, sans jamais le toucher ni s'autoriser à s'installer près de ses pics osseux ou de sa bouche immense. Lorsqu'elle fermait les paupières, elle le revoyait enfouir le museau dans le ventre de l'ours, la gueule humide d'un sang noir. Une vision qu'elle n'oublierait pas de sitôt – et mieux valait qu'elle s'en souvienne.

Morte dormait d'une traite, sans se soucier de rien, et Dinah le regardait avec envie sombrer dans les profondeurs du sommeil. Pour sa part, elle avait du mal à se laisser aller.

La nuit, ses pensées vagabondaient entre des lieux obscurs et des souvenirs plus sombres encore. Le corps de Charles, gisant, brisé, sur son bloc de pierre. Lucy et Quintrell, les domestiques bien-aimés de feu son frère, égorgés et couverts de sang. Le son des trompettes du château et les Cartes qui en avaient émergé en masse, tellement désireuses d'occire leur princesse. L'inconnu dont la silhouette noire s'était dessinée devant son balcon, la façon dont sa main s'était plaquée sur sa bouche, sans doute l'instant le plus terrifiant de toute son existence. Elle pensait aussi à Wardley et à ses boucles brunes. Wardley, qui l'avait sauvée. Wardley, qui se trouvait sans doute actuellement dans les Tours noires, le corps parcouru de racines sombres qui lui fouissaient le cerveau et l'évidaient.

Quand elle s'endormait enfin, elle dérivait d'un cauchemar étrange à un autre. Elle passait en une fraction de seconde des Tours noires aux appartements de son père. La nuit précédente, Dinah avait rêvé qu'elle se réveillait en entendant quelqu'un pleurer doucement de l'autre côté des arbres. La curiosité l'avait poussée à aller voir, et elle avait émergé dans une vaste clairière, où l'un des Cœurs qu'elle avait tués se trouvait assis sur une souche à jouer du luth, un chat reposant paresseusement sur son épaule. Dinah s'était installée à ses pieds pour écouter sa chanson triste tandis que du sang s'écoulait de la poitrine du malheureux, formant un ruisseau écarlate qui se rapprochait peu à peu de sa chemise de nuit. Elle s'était réveillée en hurlant, couverte d'une sueur froide, et n'avait pu se rendormir avant les premières lueurs de l'aube.

Une autre semaine s'écoula. Là, dans cette forêt indomptable, elle pensa énormément à sa mère. Dinah s'était toujours efforcée de ne pas songer à Davianna. Son père lui interdisait de prononcer son nom en sa présence, si bien que Dinah, dans sa tendre jeunesse, avait estimé qu'il valait mieux prétendre que sa mère n'avait jamais existé. D'une certaine manière, elle bénissait le roi de lui avoir fourni une telle excuse – c'était plus simple que d'affronter le chagrin brut, la vague de néant qui déferlerait sur elle si elle relâchait sa vigilance, ne serait-ce qu'un instant. Ici, cependant, les heures de marche interminables l'exposaient à ces souvenirs. Dinah ne possédait d'autre interlocuteur que Morte, et elle ne souhaitait pas perturber l'équilibre délicat qu'ils avaient atteint en devenant soudain trop bavarde. L'avantage, avec Morte, c'est qu'il se moquait que Dinah pleurniche en avançant, ou qu'elle passe une heure à scruter les bois brumeux sans les voir. Convoquer la mémoire de Davianna était un présent que Dinah s'autorisait désormais – elle avait besoin de se sentir proche de quelqu'un, au beau milieu de cette nature sauvage.

Le premier souvenir qu'elle avait d'elle était la pointe de ses doigts parcourant le visage de sa fille, traçant les contours de ses pommettes ou de ses lèvres avec une absolue dévotion. La reine était très tactile et posait sans cesse les mains sur les épaules de ceux placés en dessous de sa condition – les Cartes, les seigneurs et les dames, les marchands, voire les simples roturiers de Merveille proprement dite, la ville qui entourait le palais. Tous étaient déjà frappés par sa grande beauté, mais le contact de ses mains les laissait submergés par sa grâce. Davianna était la fille du duc et de la duchesse d'Ierladia, la plus grande et opulente commune du Versant Ouest. Ierladia se dressait juste au sud du Todren et faisait office de forteresse dans le nord du pays.

Comme Dinah, Davianna n'était jamais autorisée à sortir du palais, même si on lui accordait tous les luxes possibles. Les négociations entre le grand-père paternel de Dinah – le roi de cœur de l'époque – et le père de Davianna l'assuraient d'une place sur le trône, et toute sa vie la jeune fille avait été élevée pour devenir l'épouse du roi du Pays des merveilles – la reine de cœur. Cela expliquait sa capacité à traverser une salle remplie des plus grands nobles de la cour sans penser à rien, ou sa manière d'inspirer la loyauté partout où elle se rendait. Elle avait grandi dans l'idée de devenir une reine, un peu comme Dinah. Sauf que, contrairement à sa fille, Davianna adorait ses études et ses leçons de danse, alors que Dinah consacrait beaucoup de temps et d'énergie à trouver le moyen de s'y dérober.

Enfant, Dinah avait la nette impression que sa mère adorait être reine. Elle ceignait la couronne avec aise. En tant que mère, elle se montrait douce et aimante, patiente avec sa fille qui tirait toujours sur sa couronne et salissait ses robes de ses mains couvertes de chocolat. Leur relation avait évolué à la naissance de Charles, mais Dinah ne s'était jamais sentie négligée ; en revanche, elle avait pu constater la grande quantité d'attention que son frère requérait et avait très envie de participer. Au lieu de jouer au croquet ou d'assister aux courses d'autruches, Dinah et sa mère nourrissaient et baignaient Charles, consacraient la journée à lui apprendre à marcher ou à l'emmener sur le balcon pour qu'il pût y admirer les étoiles en perpétuelle évolution. Dinah n'avait pas vu son père de ses trois ans à ses cinq ans, le temps des guerres contre les Yurkeis ; c'était à cette époque qu'elle s'était farouchement attachée à sa mère et à Harris, son précepteur et conseiller.

Malheureusement, en vieillissant, Dinah avait passé de plus en plus de temps avec celui-ci, et de moins en moins avec Charles et leur mère. Elle avait tant de choses à apprendre avant de devenir reine, et Dinah échouait dans chacune. S'habiller, saluer, savoir comment s'adresser à chaque Carte, comment boire le thé, comment inviter pour le thé, comment manger des tartelettes, comment monter Moucheture… Ses leçons accaparaient ses journées entières, mais chaque soir Harris et Emily faisaient mine de ne pas voir Dinah s'éclipser de sa chambre et courir jusqu'aux appartements royaux pour raconter sa journée à la reine.

Davianna se préparait toujours à aller se coucher, brossant son épaisse chevelure noire à l'aide de son peigne-coquillage rose et se contemplant dans le miroir, ses yeux bleu noir remplis de larmes et bordés de cils d'une longueur infinie. Dinah savait qu'elle cachait un secret. Elle le voyait dans ses prunelles, à sa façon de se tenir. Chaque soir, lorsque Dinah entrait, sa mère semblait attendre la visite d'un amoureux, alors qu'elle s'apprêtait simplement à aller dormir. Elle était toujours magnifique, toujours soignée. Ensemble, elles grimpaient alors sur le lit en forme de cœur, et Davianna la serrait contre elle pour l'écouter lui chuchoter les moindres détails de sa journée – ce que Harris portait, ce qu'Emily racontait, ce qu'elle avait appris, quand elle avait fondu en larmes après avoir brisé une théière centenaire. Et à la fin de chaque soirée, Dinah demandait à sa mère pourquoi son père ne l'aimait pas. Davianna se contentait alors de secouer la tête en répondant : « Un jour, vous comprendrez. »

À la manière de deux conspiratrices, elles riaient et partageaient leurs pensées, telles une mère et sa fille enchantées d'être si proches et non encombrées de toute présence malvenue. Lorsque Dinah était sur le point de s'endormir, la reine la secouait légèrement en lui demandant de regagner ses quartiers. Épuisée, la princesse retournait dans sa chambre en traînant les pieds, agaçant la Carte censée l'escorter en permanence pour assurer sa sécurité.

Le père de Dinah était revenu changé de la guerre. Il démontrait encore plus de colère et de cruauté envers sa femme et sa fille. La princesse passait de moins en moins de temps avec sa mère, et lorsqu'elle avait cette chance, elle s'inquiétait de voir la reine se ratatiner, ses yeux se creuser. Davianna paraissait triste et épuisée. On lui retira la charge de Charles pour le confier aux bons soins de Lucy et de Quintrell. Dinah ne se rendait plus qu'occasionnellement dans la chambre maternelle en fin de journée, et Davianna était souvent déjà endormie et incapable de la recevoir ; la princesse était alors renvoyée dans ses appartements, telle une enfant privée de souper.

À la veille de son neuvième anniversaire, Dinah assista malgré elle à une scène qu'elle n'oublierait jamais. Ses leçons quotidiennes à la bibliothèque avaient été écourtées à cause de la crise d'éternuements de Monsignor Wol-vore, son professeur de langues, et – fait exceptionnel – la princesse avait pu bénéficier de quelques heures de liberté. Courant gaiement dans le couloir, sa robe rose en lambeaux derrière elle, Dinah s'était rendue directement aux appartements de sa mère. Les Cartes qui montaient généralement la garde devant l'entrée étaient étonnamment absentes, et la porte était restée entrebâillée. En posant les doigts sur la poignée froide, Dinah avait entendu la voix de son père – celui-ci était en colère. Elle s'était immobilisée sur le seuil, dans l'expectative.

— Comment osez-vous ? Vous n'êtes qu'une sale catin, une mal-née rejetée par la mer sur les plages d'Ierladia ! Je suis le roi du Pays des merveilles, et je ne serai la risée de personne. Est-ce ainsi que vous me remerciez ? Qui est-il ? Dites-le-moi ! Je devrais vous faire couper la tête !

Dinah entendit un grand fracas – peut-être de la vaisselle qui se brise. Quelque chose heurta alors la porte avec un bruit sourd et elle recula d'un bond, terrifiée. Elle percevait les murmures de sa mère, qui tentait en vain d'apaiser son père.

Puis :

— Ne venez pas me dire que ce n'est RIEN ! rugit le roi.

Dinah reconnut alors le son de la chair contre la chair – une gifle. Elle tenait désespérément à aider sa mère, mais elle redoutait la violence de son père, qui lui racontait d'écœurantes histoires de guerre dans lesquelles il faisait étalage de sa barbarie. Elle laissa tomber sa main de la poignée en entendant sa mère pleurer derrière le battant… puis regagna sa chambre, lâchement.

Elle n'avait jamais parlé de cet incident, pas même à Wardley. Elle trouvait étrange d'y repenser maintenant, en enjambant tronc après tronc, alors que les muscles de ses cuisses étaient tétanisés par l'effort de sa progression à travers bois. Elle croisa un ruisselet et s'arrêta pour y remplir son outre. Morte lapa l'onde, et Dinah s'assit sur la berge boueuse pour rincer ses pieds douloureux. Le clapotement du courant possédait un pouvoir apaisant, et elle inclina la tête pour se réchauffer au soleil, se reposer juste une minute, puis une deuxième… une troisième pour se souvenir…

Sa mère était morte par un après-midi d'hiver, lorsque d'énormes monticules de neige rose se dressaient devant les portes de fer du palais, et que tout le monde à l'intérieur peinait à préserver sa chaleur. Elle avait succombé à une maladie aussi violente que soudaine. Un jour, Davianna était là – hâve et inquiète, mais bien vivante –, le lendemain elle gisait dans son lit, trempée d'une sueur si chaude qu'elle s'élevait en vapeur dans l'air frais. Ses lèvres, autrefois de la couleur d'une figue bien mûre, étaient désormais bleues et flétries, tandis que son regard semblait déjà absent – la reine contemplait Dinah sans la voir, comme si ses yeux étaient posés ailleurs. La fièvre blanche avait dévasté Merveille cette année-là – un mal extrêmement contagieux qui faisait blanchir les ongles des malades avant de les précipiter vers la tombe, bien qu'il fût curieux que sa mère fût la seule du palais à l'avoir attrapé.

Dinah n'avait pas été autorisée à toucher sa mère, ni même à s'approcher de son chevet. Elle était restée sur le seuil à sangloter dans les bras de Harris, qui la retenait tandis qu'elle observait le corps de la reine se convulser et se tordre de douleur. La présence de Charles n'avait pas été admise non plus, et le roi n'avait pas daigné se montrer pour le dernier souffle de Davianna, qui était morte les yeux rivés sur sa fille, lui chuchotant des adieux en dépit des frissons qui la parcouraient.

— Dinah, oh ! ma fille indocile. Vous êtes si brillante, comme lui. Soyez noble, ma chère, ayez courage. Soyez une bonne reine. Prenez soin de votre frère.

Dinah avait sangloté, de grosses larmes roulant jusqu'à son menton.

— C'est promis, mère, c'est promis. Je vous aime. Je vous aime.

L'ombre d'un sourire avait effleuré le visage de Davianna.

— Je vous aime aussi…

Cette conversation avait épuisé la reine, qui avait bientôt sombré dans un profond sommeil, dont elle ne s'était jamais réveillée. Les mouvements de sa poitrine avaient ralenti avant de cesser. La reine avait été déclarée morte. Son père, ses domestiques, Harris, tous ceux qui l'avaient connue l'avaient pleurée. Les yeux sombres de Cheshire s'étaient emplis de larmes de crocodile habiles. Les Cartes s'étaient succédé dans la chambre ; un prêtre, portant une longue robe rouge couverte de cœurs, avait fait tinter une minuscule clochette en argent devant sa fenêtre. Une autre cloche en contrebas avait sonné en retour. Soudain, le glas avait retenti dans tout le royaume, envahissant la cour et pénétrant par la fenêtre ouverte en même temps que la volute de neige rose venue se déposer sur les lèvres de la défunte.

Dinah avait hurlé en se débattant dans les bras de Harris alors que l'on retirait la fine couronne de rubis du front maternel. Le prêtre l'avait alors tendue au-dessus des flammes jusqu'à ce que la coiffe adopte un éclat rouge pâle, comme illuminée de l'intérieur. Elle avait compris avec effroi qu'il s'agissait d'une mesure de précaution, afin d'éradiquer la fièvre. L'homme de foi s'était ensuite dirigé vers Dinah en soufflant pour refroidir la couronne.

— La reine est morte. Longue vie à la future reine du Pays des merveilles.

Il avait déposé la couronne sur son front, la chaleur de la monture lui roussissant le sommet des oreilles. Harris avait alors tourné les talons pour l'emmener loin de la chambre, et Dinah avait pu accorder un dernier regard à sa mère, dont la mort avait siphonné la beauté. Alors qu'ils la recouvraient d'un drap gris, les vagissements de la jeune fille avaient résonné entre les murs de pierre du palais. Sur l'ordre du roi, Dinah avait érigé un rempart inexpugnable autour de ce souvenir. Mais là, dans les profondeurs des Bois tordus, elle avait pu se le remémorer sans peine. Elle sentait encore l'air putride de la chambre, voyait toujours la peur dans les prunelles de Harris lorsque la couronne brûlante avait été placée sur sa tête.

Dinah s'essuya les yeux en renfonçant ses pieds couverts d'ampoules dans le courant. Le soulagement fut instantané, et elle se dit qu'elle pourrait rester là pour toujours, dans cet adorable coin de forêt où tous les arbres étaient blancs et où les immenses feuilles veineuses, bleu foncé et vert sombre, se déployaient sur le sol. Mais elle ne le pouvait pas. Pas encore. Elle finit par sortir les pieds de l'eau, les emmailloter délicatement dans le tissu restant et les replonger dans ses bottes, devenues instruments de torture. Elle observa silencieusement un faucon flamboyant danser et plonger à l'horizon, émerveillée par sa beauté. Elle se tourna vers Morte avec optimisme, espérant qu'il allait la prendre en pitié et lever la jambe. Il n'en fit rien, se contentant de regarder au loin, son imposante tête noire inclinée avec curiosité.

— Bon, j'imagine que je vais devoir marcher, alors, grommela Dinah.

C'était agréable d'entendre une voix – n'importe laquelle, même la sienne. Ils continuèrent de cheminer vers le nord-est. Sa marche de l'inanition, ainsi qu'elle la considérait désormais, n'en finissait plus.

Le faucon pisteur recommença à tournoyer paresseusement dans le ciel.

Chapitre 3

Dinah s'était sentie bizarre toute la journée. Elle venait de manger sa dernière miche de pain, et il ne lui restait plus que quelques morceaux de volaille. Un sentiment désagréable remonta depuis sa colonne vertébrale jusqu'à son front. Elle se convainquit que c'était simplement dû à la perspective de manquer de nourriture. Son temps était compté – elle allait devoir apprendre à chasser ou se contenter des fruits qu'elle trouverait en chemin, ce qui ne la sustenterait pas longtemps.

Dinah perdait rapidement du poids – elle avait déjà resserré sa ceinture de deux crans, et lorsqu'elle s'était aspergé la figure au ruisseau ce matin-là, elle avait été épouvantée de se découvrir si fatiguée et émaciée. Sa tignasse était tellement hirsute qu'il lui faudrait sans doute des années pour la démêler, et sa peau souffrait de dizaine de petites coupures dues aux branches épineuses. L'estafilade à sa main guérissait bien, mais ses deux doigts brisés la faisaient encore souffrir dès qu'elle y appliquait la moindre pression. La perspective terrifiante de ne pas survivre à ce supplice déferla en elle telle une vague glaciale. *Je ne peux pas mourir d'une cause aussi bête que le manque de nourriture*, se dit-elle. *J'ai survécu aux Tours noires, à un père qui voulait ma peau et à une attaque d'ours. Je ne vais pas succomber maintenant sous prétexte que je n'ai plus rien à manger. Je me battrai pour apprendre.*

Ce jour-là, elle guetta très attentivement tout ce qui pouvait être comestible. Elle découvrit un julla, mais la plupart de ses fruits couverts de piquants étaient pourris. Dinah parvint à en récolter trois encore mangeables et les fourra dans son sac pour le lendemain. Elle trouva aussi une étrange plante qui donnait un fruit semblable au chou qu'ils servaient au palais. Elle en posa avec hésitation une feuille sur sa langue, mais recracha immédiatement. Le végétal amer lui engourdit le palais, et elle s'empressa de se rincer la bouche. *Je vais mourir empoisonnée avant de succomber à la faim*, se lamenta-t-elle. *Je ne peux pas me mettre à manger tout ce que je ramasse.* Mais elle connaissait si peu de choses… Les Bois tordus regorgeaient de plantes aussi fascinantes que terrifiantes : d'immenses tiges caoutchouteuses qui frissonnaient lorsqu'elle passait devant et libéraient une bouffée de poudre jaune étincelante quand elle les touchait ; des roses en forme de tube qui s'allongeaient au lieu de se déployer, et dont les pétales s'effondraient vers l'intérieur au coucher du soleil ; des plantes carnivores se repaissant de petits rongeurs – l'une d'elles tenta de mordre la cheville de Dinah, et y serait parvenue si la jeune femme n'avait pas porté ses bottes. Des milliers de plantes et de fleurs en évolution permanente sinuaient entre les arbres – ces arbres si sages –, et aucune d'elles ne semblait comestible.

Grommelant pour elle-même tout en tâchant d'oublier la douleur qui lui pinçait l'estomac, Dinah continua d'avancer en regardant le soleil progresser lentement d'ouest en est, jusqu'à ce que le crépuscule se dépose telle une épaisse couverture. Elle se retrouva subitement dans une petite clairière au centre de laquelle poussait un arbre unique, dont le tronc d'un diamètre invraisemblable était percé de trous parfaitement ronds. Dinah alla lentement l'inspecter, constatant qu'il était au moins deux fois aussi large que sa chambre du palais. Elle en fit lentement le tour, laissant sa main s'attarder sur la surface étonnamment lisse et luisante. Elle avait la texture du marbre, même s'il s'agissait indubitablement de bois. Le tronc chatoyait au soleil, la lumière du couchant jouant dessus tel du charbon ardent. Dinah admira, émerveillée, les rayons qui traversaient l'arbre ; celui-ci se mit soudain à palpiter, comme éclairé de l'intérieur. Il était transparent et empli d'une sève dorée figée. Dinah en distinguait chaque fibre, chaque bulle d'air. Il s'agissait d'un ambrier, une espèce précieuse car si rare, qu'elle n'avait vue que dans ses livres d'images. Dès qu'on en découvrait un, il était aussitôt abattu et transformé en bijoux, en meubles et en rampes pour les plus riches. Le pied de sa table pour le thé était fait d'ambrier.

Dinah continua de caresser le tronc. Il était si magnifique qu'elle en avait le souffle coupé – pourquoi vouloir abattre une merveille pareille ? Un arbre vivant recelait tellement plus de beauté qu'un pendentif enroulé autour du cou d'une noble quelconque. Il émanait du bois une chaleur qui ne pouvait pas provenir du soleil, mais plutôt de l'intérieur. Ses doigts se mirent à trembler quand elle prit conscience que la texture changeait sous sa peau. Là où elle avait perçu plus tôt du marbre froid, elle sentait désormais un matériau aussi mou que les confitures qu'elle étalait sur son pain. Quand elle les retira, ses mains dégoulinaient d'un sirop de la couleur de la mélasse. Elle se lécha les doigts sans réfléchir. Après des semaines passées à se nourrir de pain rassis et de viande de volaille séchée, ce sirop lui parut divin – à la fois riche et doux, elle n'avait jamais rien goûté de meilleur. Elle acheva de se pourlécher les mains, souillant son visage de sirop, et retourna en chercher jusqu'à se sentir saturée de sucre, ivre de ce délice. Elle passa en chancelant devant Morte, lui aussi affairé à laper le tronc.

Dinah s'essuyait les paumes dans l'herbe humide quand elle releva les yeux, surprise, en avisant une forme étrange parmi les arbres. Une maison se dressait devant elle. Elle recula d'un bond, stupéfaite, la main sur le pommeau de son épée. *Comment ai-je pu ne pas la voir plus tôt ?* La bâtisse était confortablement nichée entre deux troncs, dont les racines parcouraient le toit. Dinah fut prise d'un frisson. Morte continua de boire avec abandon. Dinah repensa alors aux Tours noires, à cette racine qui s'était entortillée dans sa bouche, sa narine… Elle vomit le sirop sur le sol, formant une flaque épaisse à ses pieds. À son grand soulagement, elle se sentit alors beaucoup mieux, libérée d'un poids. Elle contempla la maison, bouche bée, en s'accroupissant près de l'arbre liquide. Aucune lumière ne semblait briller depuis la bicoque, aucune bougie ne crachotait à ses fenêtres ouvertes, rien ne repoussait la nuit qui tombait. Morte plaqua ses oreilles contre son crâne et souffla bruyamment. Dinah éprouvait cette terreur familière qui l'avait tourmentée toute la journée. Cet endroit était-il dangereux ? Devait-elle le fuir ? Bien que tentée de regagner la sécurité des bois, la jeune femme se trouvait attirée par cette construction. Il y avait si longtemps qu'elle n'avait plus vu trace de civilisation qu'elle eut envie d'en toucher les murs, de sentir les chevrons, les boulons, les couvertures et les tasses. Et puis, se raisonna-t-elle, elle y trouverait peut-être de la nourriture – éventualité qu'elle ne pouvait négliger.

Fouillant la terre à quatre pattes, Dinah trouva une petite pierre qu'elle jeta contre la porte. Le caillou rebondit dans un bruit sourd et atterrit près d'un seau vide. Dinah patienta quelques minutes, mais rien ne se produisit, en dehors du bruissement apaisant du vent dans les branchages. Elle dégaina son épée et s'approcha à pas de loup. Accroupie sous la fenêtre, elle se redressa à peine pour observer par le verre biseauté. Elle ne distinguait rien, mais eut la nette impression que tout était immobile et silencieux. Elle inspira un grand coup et tourna la poignée. La porte pivota sur ses gonds. Dinah entra, priant pour découvrir une cuisine pleine de denrées. La maison consistait en une vaste pièce circulaire, au sol de terre battue et au magnifique plafond en voûte. Sur sa droite, un lit défait avait été renversé et des livres jonchaient le sol, leurs pages claquant au vent. À l'avant de la pièce se trouvait une cheminée éteinte, au cœur d'un coin salon confortablement aménagé, où un fauteuil à bascule fort usé reposait contre le mur. La couverture autrefois drapée sur le siège avait été réduite en lambeaux éparpillés un peu partout.

Sur sa gauche se trouvait une cuisine qui avait été récemment pillée. Du lait dégouttait d'un pichet sur le sol, où un panier de nourriture avait été abandonné. Mue par la faim, Dinah se précipita vers lui. Elle repoussa la table retournée, enjamba la théière sale fracassée par terre. Peu lui importait : elle ne voyait que les deux tranches de pain, les oignons, les carottes, et ce qui ressemblait à un morceau trop cuit de viande épaisse – peut-être de la biche. Affamée, elle jeta le tout dans son sac tandis que le soleil plongeait derrière la chaumière, étirant les ombres de la pièce. Elle croqua dans le pain. *Qui est venu ici ? Des Yurkeis ? Peut-être un animal – un loup ? Pis encore ?* Dinah observa autour d'elle. Non. Ce chaos paraissait un peu trop organisé pour avoir été produit par un animal, un peu trop intentionnel. Et quel genre de bête délaisserait la nourriture pour lacérer les toiles accrochées au mur et renverser le lit ?

Morte poussa un hennissement nerveux à l'extérieur, frappant le sol de ses lourds sabots hérissés. Les plats dans la maison s'entrechoquèrent. Dinah jeta un dernier coup d'œil à la ronde avant de ressortir. Elle remercia silencieusement celui qui avait fait cuire ce pain et pousser ces oignons en contournant la bâtisse pour regagner les bois. Morte lui emboîta le pas, mais, bientôt, tous deux s'arrêtèrent net. Un long champ s'étendait sur des dizaines de mètres derrière le jardin, et le corps était là, gisant face contre terre. Celui d'un homme assez gros, mais manifestement costaud – d'énormes muscles, aussi immobiles que de la pierre, semblaient avoir été sculptés dans son dos. Il portait un chapeau à bords flottants ainsi qu'une tunique en lin lavande, et avait les pieds nus et sales. *Un fermier*, songea Dinah en portant les doigts à ses lèvres tremblantes. Des pots brisés remplis de sirop d'ambrier jonchaient le sol autour de lui. Dinah sentit ses poumons se vider de leur air quand elle comprit ce qu'elle avait sous les yeux. Une longue flèche saillait du dos de l'homme. Elle était plantée entre ses omoplates puissantes, une légère tache de sang entourant le point d'entrée. La flèche l'ayant transpercé, la plaie était plus importante au niveau de son ventre, et la terre autour de lui était souillée de vermillon. Le sang était encore humide, mais il se refroidissait rapidement et se mêlait au sirop épais, formant un mélange écœurant de rouge et d'ambre.

Le fait que cela se soit produit peu de temps auparavant alarma Dinah, mais pas autant que le cœur rouge en verre soufflé qui ornait l'extrémité de la flèche. Elle en avait déjà vu de pareils dans le passé, dans le carquois des nombreuses Cartes de cœur qui protégeaient les portes du palais. Le monde se mit à tournoyer autour d'elle. Ce n'étaient pas les Yurkeis qui avaient commis cet acte. Les Cartes l'avaient retrouvée. Dinah remonta le sac sur son dos et courut jusqu'à Morte.

— Fais-moi grimper ! aboya-t-elle.

Sa panique était évidente, raison pour laquelle il n'hésita pas un instant à lever la jambe à son approche. Dinah s'appuya sans crainte sur ses piquants et lui monta sur le dos, enroulant les jambes autour de son cou massif.

À première vue, les empreintes de Cartes (énormes, impossibles à ne plus voir lorsqu'elle les eut remarquées) se dirigeaient vers le nord, elle fit donc pivoter Morte vers l'est, sans se détourner de leur itinéraire précédent. Le cornu s'élança. Le cœur de la jeune femme lui battait aux oreilles, tandis que sa monture cavalait au travers des bois à l'obscurité grandissante. Ils s'y enfonçaient de plus en plus profondément, dans un vacarme de tous les diables, mais avaient-ils vraiment le choix ? Dinah y voyait à peine, mais Morte devait être doté d'une vision nocturne parfaite – il naviguait aisément entre les branches et les profondes ornières. Régulièrement, Dinah jetait un coup d'œil derrière elle, priant pour ne pas apercevoir un cornu blanc émerger des ténèbres. Ils avaient parcouru plusieurs kilomètres depuis la maison quand elle entendit au loin les premiers cris et tintements d'armure. Submergée par la panique, elle peinait à réfléchir.

Des larmes plein les yeux et les mains tremblantes, elle empoigna la crinière de Morte pour le faire bifurquer. *Je suis arrivée si loin, j'ai parcouru tant de chemin… Ça ne peut pas arriver ici. Pas maintenant…* Alors qu'ils galopaient encore, le soleil disparut derrière les monts Yurkei et la nuit tomba brusquement. Les Bois tordus n'étaient plus qu'ombres profondes de branches et d'arbres. Dinah distinguait à peine la tête de son coursier qui plongeait entre les troncs, s'efforçant de distancer les cavaliers derrière elle. La cacophonie venait de toute part, à présent, si étrangère et désagréable après tant de jours de silence. Leur arrivée violait le calme de la forêt, la sérénité de ses occupants. Le tapage était violent. Ils étaient tellement bruyants et semblaient venir de partout autour d'elle, se déversant de tous côtés. Elle ne les voyait pas, mais ils se rapprochaient – et il n'y avait nulle part où fuir sans qu'ils risquent d'entendre la cavalcade de Morte écrasant les broussailles.

Dinah dégaina son épée, et le sifflement du métal retentit entre les arbres. Elle ne pourrait pas en abattre beaucoup – peut-être même aucun –, mais elle ne les laisserait pas l'emmener aux Tours noires. Elle les contraindrait à la tuer, tout en s'efforçant d'occire d'abord son père. C'était son unique but dans cette nuit noire ; si sa fuite devait s'achever ainsi, tant pis. Elle vengerait son frère et ses servants, ainsi que sa mère, tués par la négligence et la cruauté du souverain. Dinah resta immobile et retint son souffle un instant. La voix du roi de cœur fendit alors l'obscurité pour commander ses troupes, et le simple fait de l'entendre lui fit l'effet d'un coup de poignard.

— Elle est là ! Ramenez-la-moi, morte ou vive. Une vie de salaire et une place à la cour seront accordées à la Carte qui me la présentera. Écoutez-moi bien, tous : faites votre devoir, et vengez votre prince innocent ! Que son sang n'ait pas coulé en vain !

Cette voix tétanisa Dinah ; Morte également. Ils ne bougèrent pas quand le rugissement des soldats retentit autour d'eux dans l'obscurité. Ils étaient cernés. Une feuille craqua juste derrière la jeune femme, qui perçut une respiration profonde.

— Cachez-vous, siffla une voix dans les ténèbres. Si vous voulez vivre, cachez-vous, combattez pas. Cachez-vous.

Dinah ne chercha pas à déterminer la source de cet avertissement. Elle descendit discrètement du dos de Morte et lui enjoignit de la suivre vers une zone au feuillage particulièrement dense, trébuchant de nombreuses fois sur des obstacles invisibles. Quelque chose glissa sur sa botte, et elle s'efforça de réprimer un cri. Les ténèbres dévoraient tout. *Les étoiles doivent se trouver de l'autre côté du ciel, ce soir. Elles se cachent de ce terrible ramdam.* Elle n'y voyait rien, à l'exception de la cime des arbres, qui griffait le firmament nocturne. Les Cartes s'agitaient tout autour ; le fracas des branches que l'on brise, le tintement d'une coupe contre une cuisse, les sabots lourds ébranlant le sol, et un son singulier qui lui glaça le sang : celui d'un autre cornu écrasant les broussailles.

Elle cessa de bouger, réfléchissant au meilleur moyen de se cacher. Et surtout, comment dissimuler une créature aussi imposante que Morte ? Elle se retourna vers lui, mais le noir de son pelage le rendait presque invisible. *Je dois disparaître*, se dit-elle. Disparaître dans la nuit. *La robe !* Dinah dénoua les rabats de son sac à petits gestes rapides et fouilla à l'intérieur, cherchant la lourde étoffe. Quand elle eut l'impression d'avoir tout repéré sauf ça, elle tomba enfin sur l'épaisse robe noire. Elle la sortit du sac et la déploya devant la nuit désétoilée. Dinah distinguait à peine la main devant son visage, et encore moins le tissu charbonneux de l'habit, qu'elle enfila à la hâte. Il la recouvrit aisément, l'ourlet touchant le sol. À tâtons, elle découvrit que le col était doublé d'une capuche, qu'elle rabattit aussitôt devant son visage. Plus rien ne dépassait, le capuchon la dissimulant jusqu'au menton. Elle remonta ses mains dans les manches et se rapprocha furtivement d'un tronc particulièrement large, contre lequel elle s'appuya.

Les voix étaient presque à sa hauteur, désormais – ils seraient sur elle en quelques secondes, avec leurs épées, leurs chevaux et leurs torches. Elle se tourna vers Morte, aussi immobile qu'elle, une vapeur blanche s'élevant de ses naseaux. Il lui faudrait faire preuve d'un grand sang-froid pour ne pas se ruer dans la bataille. Dinah tendit le bras et chercha son museau à l'aveuglette, puis elle posa délicatement la main dessus. D'une voix tremblante, elle murmura :

— Ne bouge pas… Ne bouge pas…

La vapeur disparut et Morte s'agenouilla, ne faisant plus qu'un avec la végétation qui l'entourait. Peut-être avait-il conscience de ne pas pouvoir emporter cette bataille, pas cette nuit, pas alors qu'il n'était pas pleinement remis des blessures que l'ours lui avait infligées. En tout cas, Dinah ne le voyait plus. Elle plaqua son visage et son corps contre l'arbre et attendit leur arrivée. Des frissons de terreur remontaient le long de ses jambes et lui envahissaient la poitrine. Ses genoux menaçaient de se dérober. Elle porta les mains à son cœur.

— Bougez pas, siffla la même voix que précédemment.

Se trouvait-elle au-dessus de sa tête ?

— Bougez pas, respirez pas, et les Cartes devraient pas vous voir.

Dinah se figea, statue noire au milieu des bois. *Ne respire pas. Ne pense pas.* Elle ferma les paupières quand les Cartes se mirent à grouiller alentour. Plusieurs d'entre elles passèrent juste à côté, l'une manquant trébucher sur Morte avant de changer subitement de direction et de partir vers la droite. *Il devrait s'estimer heureux d'être encore en vie*, pensa-t-elle, *car cela lui aurait valu une mort atroce.* Deux autres soldats frôlèrent l'arbre contre lequel elle était plaquée, et elle serra les poings à l'intérieur de ses manches pour ne pas s'évanouir. Ne pouvant pas relever la tête de peur d'être vue, elle gardait les yeux rivés sur le sol. Elle ne voyait rien d'autre que l'éclat occasionnel d'une torche agitée dans la nuit, la forêt avalant toute autre lumière dans son immensité. Dinah entendait les Cartes fouiner, dégainer leurs épées, encocher leurs flèches ; elle percevait le son rauque de leur souffle, le bruit des gourdes d'eau, des bannières claquant au vent, aussi sonores que des coups de trompette.

Les voix des soldats s'élevaient entre les arbres.

— Elle était là !

— Je l'ai entendue, Majesté !

— Elle est par ici !

Le tumulte ambiant rendait impossible de positionner avec précision les uns et les autres – et il était évident que les Cartes étaient désorientées et éparpillées. Elles n'avaient pas l'habitude des arbres, des nuits sans étoiles. À sa grande horreur, Dinah sentit le sol trembler sous ses pieds et entendit le pas pesant auquel elle avait fini par s'habituer. Elle osa redresser le front de quelques centimètres. Le cornu blanc qui servait de monture à son père venait de pénétrer entre les troncs, Cheshire le suivant de près. Le roi trônait, fier et furieux, sur une femelle deux fois plus petite que Morte, mais tout de même gigantesque. Il brandissait une torche, parfaitement visible dans les ténèbres qui entouraient les autres Cartes. Il avait revêtu son armure rouge, dont un cœur noir ceignait hardiment le plastron. Sa couronne dorée scintillait à la lumière de la flamme, qui semblait embraser ses prunelles. Les rênes enroulées autour du poignet qui tenait la torche, il brandissait Cœurépée de sa main libre, prêt à tuer. Il semblait regarder droit vers Dinah, droit *à travers* elle. Cheshire serrait son poignard contre lui et scrutait les bois, fouillant chaque arbre de ses yeux noirs de chat, sa houppelande pourpre retombant sur le flanc de son coursier.

La femelle cornue tourna la tête vers la fugitive, et le roi fit route dans cette direction. Dinah étreignait l'arbre, la joue contre le tronc, craignant que son cœur n'explose.

— Bougez pas, ordonna encore la voix.

Dinah obtempéra, alors que la cornue de son père se rapprochait de plus en plus. Son flambeau n'éclairait qu'à quelques pas devant lui. Prudemment, elle redressa le front et vit le roi plisser les paupières à quelques pas de là, un masque de fureur légitimement plaqué sur la figure. Dinah ne bougea toujours pas. Il paraissait confus, comme incertain de ce qu'il voyait. Il inclina la tête, les yeux injectés de sang, et continua de sonder les ténèbres, regardant sa fille en face sans la remarquer. Il était désormais assez près pour qu'elle distingue la sueur sur son front et perçoive l'odeur de l'alcool qui s'accrochait à sa peau. Elle était sûre qu'il pouvait entendre les battements de son cœur, assez puissants pour ébranler l'arbre.

Son père descendit de sa monture et s'approcha à pied du bouquet d'arbres où Dinah s'était réfugiée. La haine l'emporta sur la peur, et elle sentit un afflux enivrant de fureur déferler en elle. *Il a tué Charles*, pensa-t-elle. *Et je vais le tuer maintenant, une ombre dans les ténèbres. Oui, mon roi, approchez encore.* Aussi doucement que possible, Dinah empoigna son épée, les yeux rivés sur le cou de son père, le seul point faible de son armure. Soudain, il y eut un grand fracas dans les bois derrière eux.

— Ici ! s'exclama un soldat au loin. J'ai entendu quelque chose ! Je crois que c'est elle !

Les traits du roi s'étirèrent de plaisir, et il remonta sur sa cornue, la faisant pivoter dans la direction voulue. Cheshire l'imita, jetant néanmoins un regard en arrière vers la vallée apparemment déserte ; puis il brandit son poignard d'un air menaçant et emboîta le pas au roi. La cornue blanche ne cessait de vouloir tourner bride – à l'évidence, elle devait flairer Morte –, mais le père de Dinah fit claquer les rênes tout en lui éperonnant les flancs.

— Avance, maudite créature ! Trouve-la !

Et ils s'enfoncèrent au galop dans les ténèbres, la lumière de sa torche bientôt pas plus forte que la flamme d'une bougie.

— Partez… siffla alors la voix, et Dinah entendit un corps tomber de la branche au-dessus d'elle.

— Qui êtes…

— Pas l'temps ! rétorqua la voix, clairement masculine, vaguement familière. Allez, partez ! J'vais les dérouter vers le sud. Vite, car ils tarderont sans doute pas à revenir par ici.

Il était aussi invisible qu'elle, simple masse noire au milieu des arbres. Dinah sangla son sac autour de sa taille et grimpa sur le dos de Morte, rattachant son épée entre ses épaules. Elle se pencha en avant, s'allongeant contre la robe noire de l'animal pour redevenir invisible. Noir sur noir, une ombre au milieu de la nuit.

— Doucement, maintenant, chuchota-t-elle à son coursier géant.

Morte sembla comprendre et se dirigea vers l'est sans bruit, ses sabots embrassant délicatement la terre. Ils s'éloignèrent de la minuscule chaumière et des Cartes en maraude, s'enfonçant de plus en plus profondément dans la nuit noire, jusqu'à ce que le bruit de l'armée du roi disparaisse tout à fait. Ils cheminèrent paisiblement pendant des heures, et Dinah remarqua que le sol de la forêt s'inclinait de plus en plus, se faisait plus dur et rocailleux. Le cornu et sa cavalière progressèrent furtivement entre les arbres, jusqu'à ce que Dinah avise un petit affleurement rocheux sur une étroite corniche dominant la forêt. Stratégiquement, il s'agirait d'un excellent point d'observation pour suivre l'avancée des Cartes, et les tremblements dans ses jambes lui faisaient comprendre qu'elle n'allait pas pouvoir continuer bien longtemps. Sans un mot, elle se laissa glisser à bas du dos du cornu et s'écroula sur les rochers, épuisée par sa cavalcade et ces heures terrifiantes. Morte s'agenouilla derrière l'éminence près d'elle et sombra rapidement dans le sommeil, la laissant seule sous le firmament éteint.

Rassurée par le fait que l'armée de son père ne risquait plus de les surprendre dans l'obscurité – ni même de les retrouver –, Dinah battit des paupières une fois, deux fois, avant de succomber à l'épuisement. Elle rêva d'un jeu de cartes sur une table en verre, d'une main gantée de noir qui les manipulait. Celle-ci n'était pas rattachée à un bras, et de minuscules taches écarlates dégoulinaient sur les figures des cartes à mesure qu'elles étaient révélées. Des cœurs. Des piques. Des carreaux. Le roi. Le roi. Le roi. Encore, et encore.

Elle rouvrit les yeux aux premières lueurs de l'aube et se réveilla fébrile, couverte de sueur, sans savoir ce qui l'avait si subitement tirée de sa torpeur. Elle entendit alors le cliquetis d'une botte devant elle, sentit une lame froide se plaquer fermement contre sa gorge. Tremblante, elle leva les yeux, sa tresse noire effleurant la pointe de son épée. Un Pique se dressait devant elle, son imposante carrure lui cachant le soleil.

— Bonjour, princesse.

Chapitre 4

Dinah battit en retraite jusqu'à ce que sa colonne vertébrale vienne heurter le surplomb. Elle ramassa une poignée de terre et la jeta à la figure du Pique avant de chercher son épée à tâtons. La Carte toussa d'un air agacé.

— Vous risquez pas d'la trouver, Votre Altesse.

Le Pique montra l'arme de Wardley, qu'il tenait dans son autre main. Il en possédait deux, et elle aucune.

— V'savez, c'pas digne d'une princesse de jeter d'la terre.

Dinah hésita un instant avant de se rapprocher discrètement du soldat, dans l'espoir d'escalader la pierre qui la séparait de Morte. *Pourquoi est-ce qu'il dort encore ? Maudite soit cette grosse feignasse !* La lame glissa sans dommage contre sa gorge lorsque le Pique la repoussa.

— Allez pas affoler votre monstre, j'veux juste vous parler.

Le cœur de la jeune femme battait à tout rompre, et elle observa les alentours d'un air paniqué, cherchant le reste de l'armée royale.

— Où sont les autres ?

— Ah, eux. J'les ai s'més.

Le Pique s'avança dans la lumière, et Dinah laissa échapper une exclamation étouffée.

— VOUS !

Elle reconnut instantanément son agresseur – ses yeux dorés, ses cheveux grisâtres, le minuscule cœur noir tatoué sous son œil droit –, mais, surtout, la balafre de cinq centimètres qui parcourait sa joue gauche.

— Je vous connais.

Le Pique sourit et fit courir doucement l'épée sur sa cicatrice.

— Ouais, vous m'connaissez. C'est vous qui m'avez fait c'cadeau, au palais, quand j'ai osé vous piquer votre jouet en bois ridicule.

— Ce n'était pas mon jouet. Il était destiné à mon frère.

Le soldat fit la moue.

— Il en aura plus trop b'soin, hein ? Il lui aurait plutôt fallu des ailes.

Dinah poussa un cri de rage avant de feinter vers la gauche, esquivant l'épée, et d'agripper le plastron noir du Pique. Celui-ci la repoussa d'une main, sans ménagement. Elle retomba dans la poussière. Il était tellement fort. Elle lui lança un caillou, qui rebondit sur son armure.

— Ne vous avisez pas de parler de mon frère, ordure ! Où est le roi ? Si je dois mourir, évitez de me faire perdre mon temps avec vos plaisanteries ridicules. Tuez-moi sans tarder, ne serait-ce que pour priver mon père de ce plaisir.

Elle marqua une pause.

— S'il vous plaît, je vous en conjure. Pitié. Il ne doit pas le faire lui-même.

Le soldat contempla Dinah avec fascination.

— Aussi fougueuse que dans mon souvenir, hein ? Maintenant, asseyez-vous, fermez votre clapet et écoutez-moi. J'en ai marre d'brandir c't'épée et j'aimerais la poser, mais vous d'vez m'promettre de pas essayer d'fuir, sinon j'devrai vous faire la jumelle, menaça-t-il en indiquant sa cicatrice.

Les jambes de Dinah se dérobèrent sous son poids. Elle ferma les yeux. *Cette fois, ça y est. Cet homme va me livrer directement à mon père, à Cœurépée ou aux Tours noires.* Dinah était convaincue que les autres Cartes les attendaient en contrebas, dans la vallée. Le Pique s'essuya le visage de la manche, puis plaça l'épée de Wardley dans son propre fourreau. Il abaissa ensuite sa lame, sans jamais quitter Dinah de ses yeux perçants.

— C'est bon, princesse, j'peux commencer ?

Il caressa son bouc poivre et sel.

— Les Cartes d'votre père vont pas v'nir ici, si on fait bien attention. On veut pas errer à droite à gauche comme des imbéciles, c'que z'avez fait jusqu'à maintenant. J'suis pas ici pour lui, l'roi d'cœur. J'suis ici dans mon propre intérêt, et dans l'vôtre.

Dinah plissa les paupières.

— Quoi ?

— J'suis là pour vous aider. Vous tiendrez pas bien plus longtemps sans aide. Vot' père finira par vous trouver, p'têt pas aujourd'hui, et p'têt pas demain, mais il vous trouvera. Et alors…

Le Pique pinça les lèvres et fit glisser son doigt au travers de sa gorge.

— Bref, v'savez comment ça s'passe. Vot' père est un roi totalement dépourvu d'honneur.

Il considéra d'un air triste la forêt derrière elle.

Dinah le dévisageait, ne parvenant pas à comprendre ce qu'il racontait. *Lui, il voudrait m'aider ?* Elle observa les bois à son tour, donnant l'impression de réfléchir à ses paroles, avant de s'élancer sur sa droite. Elle avait presque atteint l'autre côté du rocher, et déjà ouvert la bouche pour appeler Morte, mais le Pique la rattrapa par la taille et la plaqua au sol. Les doigts déjà blessés de Dinah frémirent de douleur, et le garde la boxa sur la tempe droite, lui faisant tourner la tête. Du sang coula dans son oreille.

— Comme j'vous ai dit, Écoutez-moi. Ç'pas possible…

Il la releva avant de la plaquer sans mal à l'abri du surplomb.

— Bon, on r'prend d'puis l'début. J'm'appelle sire Gorrann, ou sire Gorr, si vous préférez. J'suis une Carte d'puis près d'trente ans, et j'suis là pour vous aider, alors vous pourriez vous comporter un peu plus comme une princesse et un peu moins comme une bête sauvage, merci d'avance.

Dinah avait du mal à respirer et la tête lui tournait toujours, mais l'ouïe finit par lui revenir. Elle n'était pas certaine de comprendre ce qui se passait. Elle essaya à nouveau de prendre la fuite, mais sire Gorrann lui décocha un coup de poing à l'estomac qui lui coupa le souffle et la précipita au sol. Il poussa un soupir sonore.

— Ça m'plaît pas d'vous traiter d'la sorte, mais tant qu'vous m'écout'rez pas, j'continuerai à vous cogner.

Il s'assit sur une souche près de Dinah et retira ses gants noirs pour faire jouer ses doigts. Elle resta allongée, le front contre le sol, roulée en boule pour protéger son ventre.

— Je ne peux… plus… respirer.

— Ah ouais, z'aviez jamais été frappée avant, c'est ça ? Raison d'plus pour accepter ma protection si vous voulez survivre. J'peux vous apprendre des tas d'choses, princesse. Comment survivre, comment couvrir vos traces, comment vous défendre.

— Je sais déjà me défendre, siffla Dinah avant de cracher du sang par terre.

— Du tout. L'joli garçon d'écurie vous a p'têt montré deux trois trucs, mais pas comment vous défendre. Ni comment vous taire. Z'avez attiré l'roi jusqu'à vous, à force de piétiner dans la forêt sur vot' monstre…

— Vous parliez de Wardley ?

Dès que le Pique avait évoqué le garçon, le monde semblait s'être arrêté de tourner.

— Que savez-vous de lui ? Est-ce qu'il est vivant ?

— Ah, là vous voulez causer.

Le soldat épousseta sa tunique noire ornée d'un pique brillant.

— J'vais vous dire, princesse : j'vous propose un marché. Z'arrêtez d'essayer d'fuir, vous faites en sorte qu'votre canasson m'empale pas sur ses éperons osseux, et j'vous raconte tout c'que vous voulez savoir sur l'Pays des merveilles et c'qui s'est passé d'puis votre… départ.

Dinah cilla face au soleil levant, les yeux rivés sur le visage du Pique.

— Je me souviens de vous. Vous avez laissé le portail ouvert. Vous auriez pu le refermer, mais vous avez attendu. Je vous ai vu. Vous vous êtes arrêté…

Il acquiesça rapidement.

— Si fait. C'la dit, r'foncez-moi d'sus et j'vous assomme, et vous saurez rien d'votre garçon d'écurie, d'votre précepteur, ni d'votre sœur.

Dinah fit la grimace en se redressant sur les coudes, un goût de boue dans la bouche.

— Vous vous méprenez, messire. Je n'ai pas de sœur. Et je me réjouirais d'apprendre la mort de Vittiore.

Le Pique partit d'un rire bourru, proche du son d'une pierre raclant le sol.

— Rev'là la princesse furieuse de mon souvenir ! Maintenant, soyez sympa, et appelez votre… *cheval.* On f'rait mieux d'partir. Si on reste là, les Cartes du roi nous tomberont d'sus en moins d'une heure.

— Comment vous… ?

Le Pique siffla doucement, et une jument roussâtre approcha au petit trot. Dinah fronça les sourcils. Morte ne risquait pas de venir si elle le sifflait.

— Répondez déjà à cette question, traître : pourquoi n'êtes-vous pas avec le roi ?

Il ricana en montant en selle.

— Disons seulement qu'c'est dans mon intérêt d'vous aider. Mais y a pas lieu d'vous en inquiéter pour l'instant. Maintenant, avant d'répondre à vos questions, j'voudrais qu'vous grimpiez sur votre diable noir et qu'vous vous mettiez en route, sauf si vous estimez qu'vot' tête f'rait une chouette décoration dans les latrines du roi.

Dinah se remit péniblement debout.

— Combien de temps ?

— Combien d'temps pour quoi ?

— Combien de temps avant que vous ne répondiez à mes questions ?

Le Pique se mit à rire.

— Vous savez quoi ? J'répondrai à une question à chaque coucher d'soleil. À présent, on doit vraiment y aller, parce que l'coin va bientôt grouiller d'Cartes. Croyez-moi sur parole.

Il la menait par le bout du nez, elle en était certaine, mais que pouvait-elle faire d'autre ? Tout de même pas retenir sa respiration sans chercher à connaître le sort de Wardley.

— Comment pouvez-vous savoir ce qu'ils vont faire, puisque vous n'êtes pas avec eux ?

Le cavalier s'était déjà mis en route entre les arbres, qui paraissaient encore plus étranges de ce côté des Bois tordus.

— Je l'sais parce que j'suis l'meilleur pisteur du roi, ou du moins j'l'étais. Vous nous avez guidés jusqu'à vous, et j'suis pas seul à son service. Ils sont en train d'vous chercher à l'heure qu'il est, et vu comme z'êtes passée près hier, j'suis sûr qu'vous comprenez c'que ça implique. Ils hésiteront pas à vous déborder d'tous les côtés. Les ténèbres vous cacheront pas éternellement, d'autant qu'plus on va vers l'est, moins y a d'arbres.

Dinah s'essuya la figure sur sa lourde robe noire.

— C'était vous, qui m'avez dit de me cacher.

— Ouais. Et si j'l'avais pas fait, z'auriez d'jà perdu la tête, vu qu'vous étiez déterminée à affronter toute une armée juste pour vous venger d'votre père. J'espère qu'j'arriverai à vous apprendre à réfléchir aux conséquences de vos actes, à maîtriser cette fureur.

— Mon père a assassiné mon frère.

— J'imagine qu'c'était pas l'premier à subir les foudres du roi, vu comme il est rancunier, mais on en r'parlera plus tard. D'abord, faut qu'on bouge, sinon j'devrai vous assommer, vous j'ter sur la croupe de mon ch'val et abandonner votre canasson ici. Ça m'plaira pas, mais c'est pas la pire chose que j'ferai aujourd'hui. Et pour être sûr qu'vous allez pas mettre les voiles avec vot' bestiau, j'vais garder vot' sac et vot' épée pour un temps.

Dinah fut prise d'une bouffée de rage.

— Qui êtes-vous, pour me donner des ordres ? Personne, sale Pique ! Je m'en suis très bien sortie sans vous jusqu'à présent.

Le garde fit volter son cheval et plissa les paupières pour la toiser.

— Très bien sortie ? Et qu'est-ce que vous comptez faire, quand z'aurez plus rien à manger ? Ou quand faudra vous éloigner du ruisseau ? On vous a r'trouvée facilement parce que z'avez suivi l'cours d'eau, et les Cartes vous ont rattrapée sans effort. J'me suis pas laissé piéger par la fausse piste de la Neuvième Mer, mais eux oui, alors j'les ai laissés patauger là-bas pendant que'ques jours. Vot' canasson est rapide, mais ils finiront par vous r'joindre, une fois qu'il se s'ra épuisé ou qu'il vous aura abandonnée. Vous faites pas d'illusions, les Cartes vous chop'ront un jour ou l'autre.

Il se frotta la barbe.

— P'têt que le roi exposera vos deux têtes côte à côte. Z'êtes passée à deux doigts d'vous faire tuer la nuit dernière. Dites-moi, princesse, c'est quoi vot' plan ?

Il prenait Dinah de court, et elle baissa les yeux en se sentant rougir de honte. D'un claquement de langue, le Pique ordonna à son cheval de trotter jusqu'à elle. Le visage sale et contusionné, se tenant toujours le ventre à deux mains, la jeune femme s'efforçait de se tenir droite pour faire face au soldat. Elle soutint son regard d'or serti au milieu de ses traits qui, à une époque, avaient dû être beaux.

— Mon plan ? Mon plan consiste à attendre…

— Attendre qui ? l'interrompit-il en la jaugeant. Vot' garçon d'écurie ? Le roi ?

Dinah secoua la tête.

— Je ne sais pas, je pense que…

Elle mesura alors à quel point elle avait été sotte. Le doute l'envahit soudain. *Je n'ai aucun plan. Grands dieux, je ne sais même pas où je vais.*

— Je…

Elle referma la bouche. Il n'y avait rien à ajouter. Elle avait échoué. Elle n'avait ni itinéraire ni avenir, pas sans Wardley ; or, il n'était pas là. Sire Gorrann était en revanche bien présent, et elle pouvait soit le suivre (et elle y serait contrainte, sous peine de n'avoir plus de quoi se nourrir ou se vêtir), soit rester mourir ici. C'était pourtant simple. Elle crut entendre un coup de trompette distant, venu des profondeurs des Bois tordus en contrebas. Ils la cherchaient encore, et si elle ne repartait pas bientôt, ils la trouveraient. Le Pique avait raison. Elle n'avait pas le choix. Elle rejeta ses cheveux en arrière et le fusilla des yeux.

— D'accord. Je vais chercher Morte.

— Oh, c'est comme ça qu'il s'appelle ? C't'une sacrée bestiole. J'l'ai vue au combat. L'a tué une dizaine d'Yurkeis juste devant moi.

— Vous devriez le monter. Il adore changer de cavalier.

Le Pique gloussa.

— Pas aujourd'hui, princesse. Faut y aller. J'suis sûr qu'vous m'rattraperez sans mal.

— Arrêtez de m'appeler princesse, rétorqua-t-elle à mi-voix. Mon nom est Dinah.

Il inclina la tête dans sa direction tandis que sa jument disparaissait dans un bouquet d'arbres couverts de mousse verte. La jeune femme resta immobile un instant, se laissant caresser par la brise. L'air était plus frais qu'auparavant, et elle se rendit compte avec stupeur que, depuis l'éminence rocheuse, elle pouvait deviner à l'horizon les sommets des monts Yurkei. Les arbres de la vallée grognaient voracement dans la brise, et elle en vit plusieurs étendre leurs branches pour accueillir l'air pur et vif. Dans le ciel azur, un faucon flamboyant plongeait à intervalles réguliers dans les bois en quête de nourriture, puis se remettait à tournoyer au-dessus des arbres avec une efficacité redoutable. Ses plumes ondulaient comme des écailles de poisson, et elle vit des couleurs rougeoyantes danser sur son petit corps.

Un éclat argenté scintilla à son cou dans la lumière matinale. Elle plissa les yeux. *Un collier.* Dinah sentit son souffle se bloquer dans sa poitrine. C'était un faucon limier. Et il ne cherchait pas les rongeurs, mais il la chassait, *elle*. Elle l'avait déjà vu auparavant. Le Pique avait raison. Il était vraiment temps de partir. Dinah drapa sa cape de laine crasseuse autour de ses épaules et se mit à grimper pour sortir de son nid de roche. Morte somnolait toujours, ses sabots hérissés étendus devant lui. Elle se racla la gorge. Il ne remua pas d'un poil. Elle toussota à nouveau, plus fort. Il ouvrit alors un de ses yeux ronds comme des billes noires, et regarda Dinah emprunter le chemin de forêt sinueux, suivant les traces du Pique. Elle dut marcher plusieurs minutes avant de repérer sire Gorrann devant elle ; sa jument errait dans la forêt tandis que le chevalier fredonnait doucement. Il sourit à Dinah lorsqu'elle apparut sur le chemin derrière lui.

— Ah, z'avez décidé d'venir. C'est votre première bonne décision d'puis qu'vous avez quitté l'palais.

— Fermez-la, répliqua Dinah. Je n'ai pas eu le choix. Vous avez mon sac et mon épée.

— En effet, princesse.

— Je crois avoir vu un faucon pisteur.

— Tout juste. Il s'appelle Bew et il appartient à l'un des pisteurs du roi, sire Fourwells.

— Va-t-il nous retrouver ?

— Pas maint'nant qu'vous êtes avec moi.

Le Pique leva les yeux pour observer les arbres et le paysage de plus en plus rocailleux.

— On n'aura pas à courir longtemps. J'doute que l'roi les mène hors des Bois tordus. S'ils vous trouvent pas ici, ils remonteront sans doute vers Ierladia, pour rendre une visite très désagréable à la famille d'vot' mère.

— Pourquoi ne nous suivraient-ils pas ?

Le Pique la toisa d'un air exaspéré.

— Parce qu'on se rapproche du territoire yurkei et que le roi ne veut pas se retrouver surpassé en nombre, devina-t-elle.

Le soldat contempla le soleil en cillant, puis se pencha pour arracher une herbe haute qu'il coinça entre ses dents.

— Z'êtes aussi maligne qu'on l'raconte.

Le sol trembla légèrement lorsque Morte apparut au bout de la piste, son corps colossal réfléchissant la lumière éclatante tandis qu'il les rejoignait à une allure inquiétante. La jument de sire Gorrann recula d'un pas, manquant trébucher sur une branche. Même elle savait qu'il valait mieux ne pas prendre un cornu à la légère. Le chevalier blêmit.

— Ouah, il est vraiment impressionnant ! Vous pouvez l'contrôler ?

Dinah haussa les épaules et ramassa une brindille pour la jeter dans les arbres.

— Pas vraiment. À votre place, je n'essaierais pas de le toucher.

Elle n'avait pas lâché son morceau de bois que le Pique, dont les ongles étaient noirs comme la suie, lui agrippa le poignet.

— Qu'est-ce que vous faites ? Jetez rien. Touchez à rien, sauf si vous êtes obligée. Lancez rien, donnez pas de coups de pieds, les traînez pas par terre, caressez pas les arbres. Ça va déjà pas être facile de dissimuler ses traces…

Il désigna Morte, occupé à mastiquer de minuscules fleurs jaunes qui éclataient telles des bulles entre ses dents.

— Allez pas en plus laisser vos empreintes et votre odeur partout. Autant déployer un tapis rouge derrière nous !

Ils marchèrent jusqu'à ce que le soleil se trouve haut dans le ciel, avant de casser une croûte rapide auprès du ruisseau. Le soldat sortit de la viande séchée et un petit fromage de son paquetage. Dinah en eut aussitôt l'eau à la bouche, mais elle se força à regarder ailleurs et fit mine de se contenter de son pain rassis. Elle ne voulait rien accepter de la part de cet homme.

— Passez-moi vos bottes, ordonna-t-il de son ton bourru.

Dinah obéit. Il les rinça dans le courant, veillant à en récurer les semelles avec application avant de les lui rendre.

— Marchez doucement. Imaginez-vous légère comme l'air. Tout ce que vous faites laisse une trace. Essayez de pas trépigner dans les bois en faisant un barouf pas possible, pour changer.

Dinah regarda, fascinée, le soldat attacher deux branches de pin à sa ceinture, afin qu'elles traînent derrière lui. Il lui désigna le cours d'eau.

— Vous et vot' cheval allez d'voir marcher là-d'dans pendant que'que temps. C'est là que j'compte les s'mer pour de bon.

C'était plus facile à dire qu'à faire. Contraindre Morte à la suivre dans ces quelques centimètres d'eau se révéla incroyablement difficile. Elle dut le convaincre en lui faisant miroiter le gros morceau de viande qu'elle avait déniché dans la chaumière du fermier. Morte n'aimait pas avoir les piquants mouillés, même s'il était évident qu'ils en avaient grand besoin : des tourbillons de sang séché colorèrent l'eau quand il finit par y pénétrer. Ils suivirent le lit qui gravissait la pente. Tout semblait remonter, à présent : la terre, les fleurs, les plantes. Dinah se mit bientôt à transpirer sous son épaisse robe noire. Progresser dans l'eau n'était pas chose aisée. Elle trébucha à plusieurs reprises. Sa cheville se prenait dans des algues, dans des pierres et même, à sa grande horreur, dans un serpent à rayures roses et argentées. Au bout de plusieurs kilomètres, le Pique lui intima de quitter le ruisseau et de ne plus marcher qu'en chaussettes. Il resta derrière elle pour effacer ses empreintes. De temps à autre, il s'humectait le doigt et le tendait en l'air, ou s'arrêtait subitement et inclinait la tête, cherchant à percevoir quelque chose d'inaudible pour elle. Puis il rectifiait leur trajectoire, pas à pas. À un moment donné, il demanda à Dinah de grimper dans un arbre pour en redescendre de l'autre côté. Elle protesta vigoureusement, jusqu'à ce qu'il dégainât son épée. Elle grommela pendant toute la durée de l'exercice, sous l'œil amusé de Morte.

Dinah essaya de lui parler plusieurs fois, mais se fit systématiquement rabrouer. Il y eut même une occasion durant laquelle, sans crier gare, le Pique la poussa dans un buisson, s'allongea sur elle, empilant derrière lui branches et broussailles. Dinah laissa échapper un cri et le repoussa de toutes ses forces, craignant qu'il cherche à la souiller ainsi qu'elle l'avait lu dans des livres, mais il lui plaqua les mains sur la bouche. Dinah se débattit avant d'apercevoir l'éclat rouge du faucon limier, dansant au-dessus des branches. Elle se tut alors, bien qu'elle fût certaine que l'oiseau pût entendre les battements assourdissants de son cœur. Après plusieurs minutes, ils reprirent leur progression parmi les arbres blanchis, jusqu'à ce que le crépuscule plongeât les bois dans la pénombre. Dinah avait l'impression d'errer au beau milieu d'une assemblée de fantômes, chacun drapé d'un drap blanc dégoulinant. Le soldat s'arrêta subitement pour plaquer son oreille au sol. Après avoir écouté quelques secondes, il se releva d'un bond.

— Nous allons camper ici pour la nuit. C'est un bon endroit.

Il attacha sa jument, Cyndy, à un arbre, et contempla Dinah pour voir si elle allait en faire autant.

Cette perspective la fit rire.

— Essayez donc de l'attacher ! Vous ne vivrez pas longtemps, raison de plus pour tenter le coup.

Morte s'écroula sur un tas de mousse à quelques mètres de là et se mit à dévorer toutes les herbes folles à sa portée. Le Pique entreprit de rassembler du bois. Dinah ne comprit que trop tard ce qu'il préparait. D'un coup de pied, elle projeta de la terre dans le tas.

— Arrêtez ! Qu'est-ce que vous fabriquez ? N'allumez pas un feu, ils vont nous repérer !

Le soldat éclata de rire en lui montrant un minuscule sac de mousseline.

— Vous connaissez la poudre de nuit ?

Dinah secoua la tête. Le Pique alluma le feu à l'aide d'une pierre à briquet, puis versa une pincée de poudre sur la flamme naissante.

— Voilà, le truc, c'est d's'y attaquer quand elle est toute petite. Ça marche pas sur un gros brasier, ni même sur une bûche.

Dinah observa la flamme croître avec stupéfaction, car au lieu de luire d'un éclat orangé, elle était noire et émettait une fumée transparente qui se diluait dans le ciel. Les flammes étaient malgré tout brûlantes, et Dinah profita de la chaleur sur son visage pour la première fois depuis une éternité. L'homme fit rôtir deux lapins chassés durant la journée et en offrit généreusement un entier à la jeune femme. Elle mordit dedans à pleines dents, savourant la graisse dégoulinante. Elle jeta ses restes à Morte, qui fit craquer les os de la carcasse entre ses dents.

Le Pique le contempla avec répugnance.

— Ça, c'est pas naturel.

Dinah haussa les épaules. Quand le soldat eut fini de manger, il versa quelques grains de poussière de nuit dans sa pipe et s'adossa à un rocher. Sa nonchalance mettait Dinah en rage, et elle ne put se contenir plus longtemps.

— Wardley. Qu'est-il advenu de lui ? Et Harris ? Dites-le-moi maintenant, ou je vous jure de m'enfuir avec Morte.

L'homme tira une grande bouffée sur son tuyau puis se racla la gorge.

— Vous voulez donc des nouvelles du royaume qu'vous avez déserté ?

— Oui.

Il recracha un nuage de fumée, qui dériva vers le visage de Dinah.

— Comme vous voudrez. C'est quoi, votre seule question ?

Chapitre 5

Dinah réfléchit longuement avant de déclarer :

— J'aimerais connaître toutes les informations se rapportant à Wardley Ghane et les raisons pour lesquelles il a pu être blessé ou mis en danger.

Le Pique se rembrunit.

— Ça fait plus qu'une question.

Dinah eut un sourire malicieux.

— Je ne pense pas, non, ça me semble être une question légitime. Après tout, je demande juste des nouvelles de Wardley.

— Et un peu plus, z'en avez conscience.

— Vous vous faites des idées.

Dinah continuait à sourire. Elle observait l'évolution de son expression au travers des flammes d'onyx. Dinah ne savait pas grand-chose des Piques – de toutes les Cartes, c'étaient les plus secrètes –, mais elle n'ignorait pas qu'ils adoraient échanger de bonnes histoires avec leurs camarades, des récits de guerre, de membres perdus, de batailles enfiévrées, des contes qui feraient trembler d'horreur les autres Merveilleux. Dinah l'appâtait – elle le voyait à la manière dont sa bouche se contractait aux commissures et à sa façon de faire grincer ses dents crasseuses. Sire Gorrann mourait d'envie de tout lui raconter. Dinah enfonça le clou.

— Telle est ma question. Je n'ai pas essayé de fuir aujourd'hui, même si nous savons l'un comme l'autre que Morte pourrait distancer votre monture sans mal.

— Z'auriez pas pu atteindre vot' canasson, répliqua sire Gorrann avec certitude. J'vous aurai lancé un couteau dans l'dos en moins d'temps qu'il vous en faut pour grimper d'sus. J'joue pas du poignard aussi bien qu'les Carreaux, mais j'vise bien. Et j'vois facilement qu'votre plus grande faiblesse, princesse, c'est votre impulsivité. Comme votre père. J'peux vous apprendre à vous améliorer. Votre entraînement commence demain.

Dinah détestait la désinvolture avec laquelle il l'insultait, et sa façon de prétendre qu'il la connaissait aussi bien qu'un Wardley ou qu'un Harris. À une autre époque, elle l'aurait fait écrouer aux Tours noires pour son insolence. Elle regretta aussitôt d'y avoir songé : la simple évocation de cette prison lui donna envie de rendre le lapin qu'elle avait mangé. Elle ne pourrait jamais envoyer quelqu'un croupir là-bas, pas après y avoir vu Faina Baker, pas après avoir senti les racines noires se visser dans sa narine. Elle se mit à trembler.

— Que'que chose vous travaille, princesse ?

Dinah redressa le menton avec morgue, feignant une grande confiance en soi.

— Non. Répondez à ma question, Pique.

Le soldat se leva dans la nuit, les flammes noires de son feu embrassant le sommet de ses bottes. Un léger filet de fumée s'éleva du coin de sa bouche quand il commença.

— Bon, puisque vous t'nez à l'savoir, Wardley Ghane est vivant.

Dinah sentit une délicieuse vague de soulagement la parcourir ; elle n'avait jamais éprouvé sensation plus agréable. L'immense fardeau de l'inquiétude déserta subitement ses épaules, et elle souhaita que ce sentiment de libération ne se ternisse jamais. Un sanglot lui échappa.

Sire Gorrann l'étudia de près.

— J'vais vous dire c'que j'sais, c'que j'ai vu c'jour là. Au jour d'votre fuite – les Merveilleux l'appellent maintenant « Le Matin d'chagrin » –, toutes les Cartes ont été réveillées par leurs commandants et ont eu la stupéfaction d'apprendre qu'la princesse avait assassiné d'sang-froid son propre frère, ses domestiques et deux Cœurs.

Deux mensonges pour une vérité, songea Dinah. *J'ai effectivement tué deux Cœurs. J'en ai pourfendu un par-derrière, comme une lâche, et j'ai frappé le deuxième à la tête. Wardley en a éliminé un autre aux écuries. Ça fait trois Cartes.* Elle avait de plus en plus de sang sur les mains. Le Pique poursuivit son récit, ignorant tout de sa culpabilité dévorante.

— Au lever du soleil, on a r'çu l'ordre d'enfiler notre armure, d'intercepter la princesse devant l'portail et d'la ramener au roi, morte ou vive.

Il toussota.

— Notre commandant, l'grand Starey Belft, nous a clairement expliqué qu'la mort était tout à fait acceptable, étant donné la nature d'vos crimes.

Il se racla la gorge.

— J'savais qu'c'était un mensonge. La cicatrice sur ma joue disait l'contraire. La fougue avec laquelle z'aviez défendu c'jouet idiot pour vot' frère prouvait qu'vous auriez pas pu faire une chose pareille. J'me suis d'mandé, en enfilant mon armure, c'que vous auriez eu à gagner en commettant un fratricide. Votre frère a jamais été une menace à votre couronne – elle vous rev'nait de droit, en tout cas c'est c'que j'pensais. Non, la seule personne qu'avait un truc à y gagner, c'tait votre père. J'me suis dit tout ça avant d'aller fermer l'portail. Aucun d'mes collègues semblait s'poser d'questions – ils avaient soif de conflit, d'action, de que'que chose. Les Piques roupillaient d'puis trop longtemps.

» On est allés prendre position au portail, alors qu'l'essentiel d'notre bataillon suivait les Cœurs dans l'château. On a attendu. Les Cartes sont r'venues fouiner dans les écuries. Puis j'vous ai vue, une vision terrifiante s'il en est.

Dinah inclina la tête, surprise. Le feu de nuit se reflétait sur la figure du Pique, faisant scintiller ses yeux telles deux pièces d'or.

— Quoi ?

— Ouais ! Vraiment terrifiante. J'vous ai vue, Votre Altesse, juchée sur votre immense étalon noir, à jaillir du labyrinthe des écuries comme si z'aviez l'diable aux trousses. J'ai vu l'bois exploser sous l'corps d'votre canasson, j'ai vu l'épée dans votre main, l'autre poing serré sur sa crinière, vot' manteau volant derrière vous. J'étais admiratif quand z'avez piétiné sans ciller ces hommes impuissants, assoiffée de vengeance. J'pouvais pas m'imaginer c'que vous f'siez, mais c'était terrifiant. Et vous galopiez vers l'portail, les deux aut' cornus derrière vous, à massacrer tous ceux qui s'dressaient sur vot' route. Vous savez qu'y a eu au moins dix morts ?

Encore du sang, encore des morts par ma faute, pensa Dinah. Le Pique pouffa doucement. Son rire rebondit sur les roches alentour.

— Les Merveilleux en causent encore – y vous appellent « la Reine rouge ».

— Mais je ne suis pas la Reine rouge. Ce n'est pas moi, bredouilla Dinah. J'étais paniquée. Je fuyais pour ma vie. Je n'avais même pas pleinement conscience de ce qui se tramait. Wardley m'a jetée sur Morte et l'a envoyé courir vers le portail.

— Oui, mais les habitants l'ignorent. Ils savent juste c'que le roi leur raconte, c't'à dire pas grand-chose. À cause du Matin de chagrin, y vous haïssent, mais surtout, y vous *craignent.* Tous les gens du royaume ont vu ça comme une attaque, ou au moins comme une vengeance contre le Pays des merveilles après l'assassinat d'votre frère – un crime féroce, provoqué par la rage. Y pensent qu'vous vouliez tuer autant d'Cœurs qu'possible avant d'déserter l'château et votre père endeuillé, pleurant son fils unique.

— C'est faux. Je n'aurais jamais…

Et pourtant si, lui souffla une petite voix intérieure. *Tu as tué des Cartes innocentes. Tu en étais capable, et tu l'as fait.* Le soldat jeta une poignée de branchages sur les flammes noires, qui jaillirent plus haut encore, leur fumée invisible faisant pleurer les yeux de Dinah. Il reprit :

— Z'aviez l'air d'une guerrière assoiffée d'sang, c'jour-là, princesse. J'ai vu la panique dans vos yeux quand z'avez franchi la porte d'acier ; z'aviez l'air d'une enfant qu'a peur de mourir. J'ai vu l'même air des tas d'fois au combat. Mais c'est pas c'que l'reste du royaume a vu. Croyez-moi, ça vous servira à l'avenir.

L'avenir ? Dinah se releva du rondin pourri sur laquelle elle était juchée.

— Je ne vois pas bien le rapport avec Wardley. Parlez-moi de lui.

Elle commençait à perdre patience.

— Ah, navré, j'y viens, Votre Altesse. Parce que tout c'qu'est arrivé à votre garçon d'écurie…

— Wardley ! s'emporta Dinah. Il s'appelle Wardley.

— Tout c'qui lui est arrivé est la conséquence de votre comportement d'ce jour-là, d'votre fuite effrénée. J'suis resté sur place assez longtemps pour voir votre père et ses cavaliers franchir les portes à votre poursuite, et j'crois pas avoir jamais vu un homme plus animé par la volonté d'tuer. Il réclame vengeance, et il s'arrêtera pas avant d'l'avoir obtenue.

Naguère, ce genre de phrase aurait fait fondre Dinah en larmes ; à présent, cela ne faisait qu'attiser la rage qui couvait en elle. Elle n'en était plus à pleurer la perte de son père. Il lui avait tout pris. *J'aurais dû le tuer dans la forêt la nuit dernière*, se reprocha-t-elle. *Je tenais l'occasion de me venger, et je l'ai laissée filer.*

— Quand l'roi d'Cœur est r'venu d'sa traque, il était aveuglé par la rage. Il était bredouille, et tout l'monde au pays l'savait, surtout les Cartes. Il a tué trois vendeurs de fruits qu'ont eu l'malheur de pas s'pousser assez vite, et il a tabassé si violemment une poignée d'citadins qu'on les r'connaissait à peine. Il a aussi ach'vé une cornue blanche, sous prétexte qu'elle a pas pu vous rattraper.

Le soldat fit glisser sa main sur son ceinturon, et Dinah commença à se sentir en danger en entendant sa colère croître.

— Wardley, chuchota-t-elle.

— Euh, ouais. J'connais un Cœur qui monte la garde à l'infirmerie du palais. M'a dit qu'après qu'le roi a tué la cornue, il a déboulé au pavillon où y soignaient vot' garçon d'écurie et qu'il a réclamé sa tête. Il était fou d'rage, renversait lits et chariots, frappait sages-femmes et infirmiers d'ses gantelets. L'médecin d'garde lui a expliqué qu'Wardley avait d'jà perdu beaucoup d'sang, qu'un vilain coup d'surin prouvait son innocence. Le roi l'a r'poussé, l'épée à la main…

Dinah se crut sur le point de défaillir sous les étoiles qui envahissaient cette fois le ciel nocturne, formant une spirale lumineuse.

— Par que'que miracle, l'roi s'est ret'nu en voyant tout c'sang sur la table et l'sol. Wardley était inconscient, sa blessure profonde et à vif.

Dinah fit la grimace en se rappelant la sensation de sa lame sectionnant le muscle avant de racler contre l'os, de la moue de douleur du garçon qu'elle aimait.

— On l'avait r'trouvé effondré dans les écuries. À l'en croire, il s'était éloigné des Cœurs tandis qu'ils pénétraient dans le château pour vous arrêter – il se disait qu'vous iriez chercher vot' pitoyable cheval et voulait vous r'trouver l'premier pour venger votre frère, un garçon qu'il aimait tant. Il a entendu un bruit dans l'noir, et à son réveil, il avait un gros trou sanguinolent dans l'bras et une énorme bosse sur la tête.

Dinah remercia silencieusement Wardley d'être si intelligent et astucieux. Déjà, dans les Tours noires, elle l'avait trouvé fin et vif d'esprit.

— L'roi voulait sa tête malgré tout, mais un conseiller – sans doute Cheshire, c'serpent sournois – l'en a dissuadé. Assassiner une jeune carte si prometteuse et si appréciée, l'futur Valet d'cœur probable, aurait été mal perçu à la cour et au royaume. Au bout du compte, c'tait une grâce toute politique.

Le soldat secoua la tête en partant d'un rire caverneux.

— Bien sûr, ça lui a coûté sa réputation d'talentueux combattant, et maint'nant il est célèbre pour avoir été ridiculisé par la princesse aux écuries. Vot' père lui a reproché votre évasion, et il est d'venu la risée d'tous. On l'appelle « Wardley l'Faible », mais toujours dans son dos, pour pas risquer d'l'énerver l'épée à la main. Y porte toujours l'fermoir des Cartes, mais il est surtout chargé d'la reconstruction des écuries.

Dinah essaya de respirer normalement, mais les sanglots qu'elle réprimait finirent par lui échapper, et elle s'enfouit le visage dans les mains. Wardley, l'une des plus brillantes étoiles du Pays des merveilles, le futur Valet de cœur, serait raillé pour le restant de ses jours, tout ça parce qu'il lui avait sauvé la vie. Elle était à ce point secouée par les pleurs que le Pique finit par s'en émouvoir et s'inquiéter de son afflux d'émotions.

Dinah en fut gênée.

— Je suis désolée. C'était ma faute… Wardley… Il m'a sauvée. Il m'a fait monter sur Morte avant de déverrouiller les portes des écuries. Il m'a confié son épée et m'a ordonné de le frapper. Sans lui, je me serais allongée par terre en attendant le roi.

Elle s'essuya le nez sur un coin de manche.

Le soldat se fendit d'un demi-sourire.

— J'avais d'viné. Z'avez pas l'air d'une guerrière. Plutôt d'une princesse terrifiée, privée d'son royaume, négligée par son père, l'ombre d'une fille – qu'a vu son frère assassiné et sa d'mi-sœur couronnée reine.

Dinah redressa brusquement la tête.

— Vittiore ?

— Vous d'viez vous douter qu'elle prendrait votre place.

Oui, Dinah l'avait imaginé, mais seulement dans ses pires cauchemars, et elle avait toujours cherché à se convaincre que cela n'arriverait pas. Vittiore, remontant l'allée de la Grand-Salle, devant la cour prosternée. Vittiore, aux longues boucles blondes écrasées par la magnifique couronne torsadée que Charles avait réalisée pour elle. *Mon père m'a tout pris.* Elle imaginait sa rivale, assise sur le trône de cœur à côté du roi, à régner sur le Pays des merveilles alors qu'elle n'était qu'un fruit pourri tombé d'un village des montagnes. Dinah poussa un brusque cri de colère et, d'un coup de pied, précipita dans le feu le rondin pourri sur lequel elle était assise.

— Cette catin ne sera jamais vraiment reine. Ce n'est qu'un pion dans le jeu de mon père, un outil dont il s'est servi pour m'évincer. Elle savait que mon frère serait assassiné, et elle n'a rien fait pour l'empêcher.

Dinah vit l'ombre d'un sourire courir sur les traits sombres du Pique.

— En effet. Mais l'peuple l'adore et s'réjouit qu'elle ait survécu à la folie sanguinaire d'la Reine rebelle. D'après la rumeur qui circule chez les roturiers, z'auriez essayé de tuer la douce Vittiore, mais z'auriez échoué à pénétrer dans sa chambre.

— C'est un mensonge, protesta Dinah avec intensité. Je ne me suis pas approchée de sa chambre ce soir-là. Je me suis seulement rendue dans celle de Charles, où j'ai vu mon frère…

Sa voix se brisa dans un mélange de chagrin et de colère.

— J'ai vu son corps brisé sur une dalle de pierre. Les étoiles étaient assombries par son sang cette nuit-là, et ses yeux regardaient dans le vide.

Le soldat resta silencieux, et, pendant de longues minutes, seuls les crépitements du feu de nuit et la vapeur s'élevant des naseaux de Morte troublèrent le calme ambiant.

Le Pique finit par se racler la gorge.

— Y a plus rien à y faire. Vittiore est reine et trône auprès d'votre père. Y a des troubles au Pays des merveilles parce que l'roi a levé des taxes pour augmenter l'nombre de Cartes et d'armes. Des tas d'gens crèvent de faim pour qu'il renforce ses troupes. Quand on est partis, des tourelles étaient érigées l'long des murs de fer.

Dinah s'essuya les yeux et s'efforça de parler d'une voix ferme.

— Les portes de fer ? Est-ce qu'on les a brisées ?

Elle se rappelait vaguement les vantaux se refermant sur les épaules de Morte avant de se rouvrir brusquement. Le soldat éclata de rire.

— Ben, l'roi pensait qu'elles suffiraient à empêcher sa traîtresse de fille de sortir, alors il les renforce pour s'assurer qu'elle puisse pas rentrer.

Dinah partit d'un rire empreint d'ironie.

— Il cherche à m'enfermer dehors ? Quelle idée ! Je n'ai aucune intention de retourner là-bas. Je me ferai tuer dès que je reposerai les pieds au Pays des merveilles. Je ne reverrai jamais le palais.

Ni Wardley, songea-t-elle avec tristesse. *Ni Harris. Ni Emily. Ni le magnifique vitrail en forme de cœur devant la chambre de ma mère, celui qui inonde le monde de rouge.*

Le Pique tira une dernière bouffée sur sa pipe avant d'en vider le contenu dans le feu.

— Peut-être. Mais j'crois qu'le roi craint davantage qu'le retour d'la princesse.

— Les Yurkeis ?

— J'ai d'jà largement répondu à votre question du soir.

— Vous n'avez rien de plus à me dire sur Wardley ?

— Non. Son épaule n'est pas encore guérie. Il passe ses journées aux écuries, à essuyer l'crottin qu'les orphelins lui jettent à la figure.

Mais il est vivant, chercha à se rassurer Dinah, *il est vivant.* Elle se frotta les mains d'un air absent. *Toujours plus de sang sur mes mains, davantage de conséquences à mes actes.* Et Harris, et Emily… Que leur était-il arrivé ? Son père les avait-il éliminés aussi facilement que Lucy et Quintrell ?

Elle recommença à parler tandis que le soldat tournait légèrement la tête, tendant l'oreille vers le ciel.

— *SILENCE !* lui intima-t-il en chuchotant.

Dinah se figea. Sans un bruit, le Pique courut jusqu'à son paquetage pour en retirer un arc et des flèches. Le cœur de la jeune femme battait à tout rompre. Que fabriquait-il ? Peut-être travaillait-il pour le roi. Peut-être s'agissait-il d'un assassin chargé de l'exécuter discrètement avant de l'enterrer au fond des bois, où son corps se décomposerait lentement. Elle regarda autour d'elle, avisant les roches couvertes de mousse et les arbres blancs et fins qui encerclaient leur feu de nuit. *Il y a pire endroit où reposer pour l'éternité*, se rassura-t-elle. *Au moins, je peux voir les étoiles. Cela dit… s'il voulait me tuer, il l'aurait plutôt fait dans mon sommeil. Il aurait pu m'égorger sans que je me rende compte de rien.*

L'homme banda son arc, son bras musclé tremblant légèrement tandis qu'il visait une chose au firmament que Dinah ne pouvait voir. Il retint son souffle jusqu'à avoir lâché sa corde. La jeune femme entendit un bruit sourd, suivi d'une chute dans les feuilles séchées. Le chevalier se précipita entre les arbres. Dinah se leva. *C'est le moment idéal pour fuir avec Morte. Fonce !* Ses jambes refusèrent de lui obéir. Elle resta plantée sur place. Ce Pique n'était pas comme les autres. En outre, elle n'avait presque plus rien à manger. Et il avait raison : elle n'avait aucun plan. Vaincue, elle se résolut à admettre qu'elle avait effectivement erré sans but dans la forêt, et qu'elle avait survécu par miracle. À présent, elle avait de l'aide, ou au moins quelqu'un qui attendait quelque chose d'elle, ce qui était souvent tout aussi précieux. Ce n'était pas un ami, mais elle ne se sentait plus en danger en sa compagnie. Elle repensa à la rage qui déformait le visage de son père tandis qu'il la cherchait dans la nuit. *Tu ne peux pas te fier à ça*, se morigéna-t-elle. *Tu ne peux pas te reposer sur cette impression.* Elle n'aurait jamais imaginé que le roi puisse un jour tenter de l'assassiner ou de balancer son frère par la fenêtre. Les impressions ne signifiaient rien. *À qui peut-on se fier, quand notre propre famille se retourne contre nous ?*

Elle retourna s'asseoir sur un rondin, qui grinça sous son poids. *Le jour où je découvrirai ce qu'il veut sera le jour où je l'abandonnerai dans mon sillage*, se promit-elle. Elle perçut un bruissement dans les bois, et quelque chose atterrit à ses pieds avec un craquement écœurant. C'était le faucon, le faucon limier, dont les magnifiques plumes flamboyantes étaient couvertes d'un sang noir. Une flèche lui transperçait le cou. Dinah releva les yeux pour observer le soldat, déçue par l'admiration qu'elle éprouvait à son égard.

Il s'esclaffa en la découvrant si surprise.

— Du poulet, princesse ?

Pour la première fois depuis longtemps, Dinah dormit longtemps et profondément, sans rêver des Cœurs sanguinaires ni d'autres ennemis terrifiants. La matinée était déjà bien avancée quand un grand fracas la tira du sommeil. Elle s'assit, une main en visière. Le Pique frappait ses épées l'une contre l'autre pour voir comment les lames réagissaient. Naturellement, cela la troubla quelque peu.

— Bonjour, princesse.

Il lui jeta une petite miche de pain, qu'elle dévora avec appétit.

— Z'êtes pas très délicate, hein ?

Elle lui fit la grimace.

— À présent, debout, qu'on commence votre entraînement. Vous d'vez apprendre à vous battre et à vous défendre. J'ai vu des gamines de huit ans mieux manier l'fer que vous.

— J'en doute fortement, rétorqua Dinah en essuyant les miettes collées à ses joues.

Elle tendit un petit morceau de pain à Morte, qui manqua lui arracher les doigts.

— J'vous assure, j'ai grandi dans un village où tous les mioches savaient s'défendre.

Décidément, cet homme l'intriguait de plus en plus.

— Et où est ce village ? Et qu'est-ce qui vous faire croire que vos enfants savaient se défendre seuls ?

Il ne répondit pas et couvrit sans bruit la distance qui les séparait. Dinah n'eut pas le temps de dire ouf qu'il avait refermé sa main épaisse autour de son bras pour la secouer sans ménagement.

— Parlez pas d'c'que vous comprenez pas. Si ma fille avait survécu, elle vous écraserait en une seconde.

— Lâchez-moi ! s'écria-t-elle en pivotant pour se libérer. Je croyais que les Piques n'avaient pas le droit d'avoir de famille ? Votre fille doit juste être votre plus jeune soldat…

Elle n'eut pas le temps d'aller au bout de sa repartie : l'homme lui balaya les deux jambes, et Dinah tomba lourdement sur les reins. Elle en eut le souffle coupé. Elle eut à peine le temps de réagir que la pointe d'une épée lui éraflait la joue. Il s'inclina devant elle.

— Maintenant, on est assortis.

Dinah se releva d'un bond pour se ruer sur lui, et tous deux roulèrent au sol. Il lui enfonça sans mal la figure dans la terre avant de la maintenir au sol de sa botte, la dominant de toute sa hauteur. Malgré la brusquerie de ses actes, son ton restait calme.

— J'vous interdit d'parler d'ma fille, compris ? À présent, z'êtes prête à apprendre ?

Dinah se tortilla sous son pied avant de lui crier :

— Laissez-moi. Je vous somme d'enlever votre pied ! Obéissez ! Je vous l'ordonne !

Le rire bourru du soldat se répercuta sur les rochers alentour, mais il n'obtempéra pas.

— Ah, princesse. Avant d'apprendre à vous battre, vous d'vez vous faire à l'idée qu'plus personne au royaume s'soucie d'votre sort. Z'êtes plus la fille du roi jouant au bâton avec le garçon d'écurie. Z'êtes plus ni princesse ni personne. Z'êtes une misérable, une vagabonde perdue dans la forêt. Pensez-y. Alors, c'est vous cette fille qui voulait être reine ?

Dinah y réfléchit un instant, sa figure ensanglantée toujours dans la poussière. Il avait raison. Elle n'était plus cette princesse qui adorait regarder tourbillonner les flocons de neige rose, celle qui pouvait ordonner à n'importe qui de ployer le genou devant elle. Elle se trouvait désormais au milieu de toute cette folie. Elle mourait de faim, souffrait, saignait, et un Pique lui était littéralement monté sur le dos. Malgré tout cela, Dinah se sentait davantage maîtresse de son destin qu'au cours des derniers mois passés au palais. N'avoir plus rien à perdre offrait une certaine forme de liberté.

— Laissez-moi me relever. Je vous dis de me laisser me relever !

Elle roula rapidement de côté, ce qui fit perdre l'équilibre au soldat. Puis elle s'accrocha à la jambe de ce dernier et lui mordit le mollet. Il poussa un hurlement et s'éloigna en sautillant.

— Vous m'avez mordu ! Ça s'fait pas !

Dinah se releva péniblement, la lèvre ensanglantée et couverte de poussière. Elle cracha à terre.

— Allez, sale Pique. Apprenez-moi à me battre.

Il se frotta la barbe.

— Ah, voilà la fille qui m'a giflé pour un jouet, j'savais bien qu'elle était là que'que part.

Il lui lança l'épée de Wardley, et Dinah parvint à l'attraper sans se couper la main. Ce serait cependant son seul fait d'armes de la journée. Le reste de la matinée ne serait plus que coups, estafilades et contusions causées par le côté émoussé de la lame de sire Gorrann. Chaque assaut était repoussé, chaque attitude disséquée afin de mettre en évidence ses faiblesses, qui se révélaient innombrables.

Il voltigeait autour d'elle sans cesser de la sermonner.

— Le moindre déséquilibre et c'en est fait d'vous. Un bon bretteur sait quand son adversaire est déséquilibré et manque pas d'en tirer profit.

Dinah s'efforçait de conserver un équilibre parfait tout en brandissant son arme, mais cela ne fonctionnait jamais – elle se retrouvait systématiquement emportée d'un côté ou de l'autre. Le soldat continuait de la terrasser sans peine, mais elle finit par apprendre à rebondir rapidement pour se remettre au combat.

— Bien. Apprenez à bien vous relever, baissez jamais les bras. Z'avez pas l'habitude d'vous r'trouver à terre. Vous d'vez la prendre, afin d'réagir au plus vite. Ça peut faire la différence entre une victoire et une défaite. Même les meilleurs combattants s'retrouvent par terre d'temps à autre. À présent, rendez-moi votre épée. On r'tentera d'main d'corriger votre équilibre. En attendant, vous méritez pas d'la garder.

Dinah serra la lame de Wardley tout contre sa poitrine. *J'ai totalement mérité cette lame*, se dit-elle. *Je ne la céderai pas si facilement.* Enhardie, elle lança :

— Venez donc la chercher !

Il s'exécuta, et la laissa étendue sur une corniche de pierre, à court de souffle, le nez en sang. En fin de matinée, sire Gorrann effaça toute trace de leur campement, et ils reprirent leur chemin sinueux en direction des monts Yurkei. Le terrain évoluait en permanence, s'élevant tantôt avant de retomber en pentes rocailleuses aboutissant sur de magnifiques prairies verdoyantes, avant de remonter de nouveau. Une progression physiquement éprouvante, et Dinah coulait régulièrement des regards pleins d'espoir en direction de Morte, qui l'ignorait ostensiblement. Il fallut qu'elle glisse sur une pierre et s'entame le tibia sur toute la longueur pour qu'il s'arrête enfin et l'invite à monter. Dinah grimpa avec lassitude sur son dos imposant, sous l'œil fasciné de sire Gorrann.

— Merci, souffla-t-elle à son coursier en lui flattant l'encolure, jusqu'à ce qu'il tente de lui croquer la main.

Elle adorait sentir rouler les muscles du cornu, se baigner dans cet océan noir qui recouvrait son corps. Il progressait aisément entre les pics déchiquetés, alors que la jument de sire Gorrann, Cyndy, semblait peiner davantage. L'air se faisait plus pur, mais plus rare, et Dinah appréciait ce souffle froid et vif qui lui éclaircissait les idées.

Ils montèrent le camp pour la nuit, et la jeune femme se vit autoriser une question tandis que le Pique allumait le feu de nuit. Elle l'interrogea sur Harris, et apprit qu'il avait été enfermé dans les Tours noires. Il faisait partie d'un groupe de prisonniers condamnés aux travaux forcés, et œuvrait à renforcer les portes de fer. Il passait donc chaque jour plusieurs heures à l'extérieur. Sire Gorrann admit que le vieil homme paraissait exténué, usé et triste. Il était souvent couvert d'hématomes et de coupures infligés par les Carreaux. Cette nouvelle brisa le cœur de Dinah, et il n'y eut dès lors plus un jour sans qu'elle pense au tendre visage et aux mains douces de son précepteur. C'était lui qui lui avait donné naissance, qui l'avait aimée comme un père, qui lui avait appris tout ce qu'elle savait, et à présent, on le torturait. C'était impardonnable, et la rage brûlante qu'elle éprouvait à l'encontre de son père aurait pu réduire les Bois tordus en cendres. À son grand désespoir, elle apprit qu'Emily avait été décapitée lors d'une piteuse exécution publique, sur la seule foi des témoignages de Nanda et Palma, les dames d'honneur de Vittiore. Après lui avoir annoncé ces terribles nouvelles, son compagnon ne lui adressa plus la parole de la soirée, et elle lui en sut gré. Elle garda les yeux rivés sur les étoiles, rassemblées en petits amas, sans se donner la peine d'essuyer les larmes qui coulaient librement.

Chacune des journées des semaines suivantes se déroula de la même manière. Elle se réveillait en ayant mal partout, fourbue mais reposée. Ensemble, ils avalaient un rapide petit déjeuner constitué de pain et de gibier, puis son entraînement commençait. Après avoir travaillé son équilibre durant de longues séances, elle finit par récupérer son épée, et sa fierté avec. Elle était couverte de bleus, mais chacun d'eux lui avait enseigné une leçon douloureuse qu'elle n'était pas près d'oublier. La douleur permettait au cerveau d'assimiler les choses plus efficacement que la lecture. Après avoir ferraillé, ils reprenaient la route de l'est, progressant avec une lenteur frustrante sur des sols caillouteux ou des champs de rochers. Les monts Yurkei les dominaient désormais, et plus ils s'éloignaient des Bois tordus, moins elle redoutait que son père les retrouve. Les affleurements rocheux et les ornières dans la terre ne leur offraient qu'une protection minimale depuis qu'ils avaient atteint la limite des arbres, mais il n'y avait personne aux alentours. Comme promis, le soldat les avait préservés des mains du roi. Le soir, sire Gorrann lui parlait de la politique et des rumeurs tournant autour du Pays des merveilles ; elle en connaissait certaines, mais pas toutes. Il lui raconta les sombres histoires des Piques, des récits divertissants, mais glaçants. Il n'évoquait jamais son propre passé, ce qui ne faisait qu'attiser la curiosité de Dinah quant à ses origines et aux raisons de sa présence ici. Quand elle cherchait à lui arracher des réponses, il s'éloignait, l'abandonnant dans un silence gêné.

Lorsque les étoiles apparaissaient, ils observaient avec fascination les ombres jouer sur les parois, soudain animées de tourbillons colorés, chatoyant comme si elles réfléchissaient un coucher de soleil invisible. C'était à la fois magnifique, éthéré et terrifiant. La lumière semblait planer au-dessus d'un pic en particulier. Elle n'avait jamais rien vu de pareil. Dinah n'aimait pas tourner le dos aux lumières, et dormait face à elles, se réveillant au matin devant des parois redevenues gris terne. Le Pique continuait de la former, et à force d'entraînement, le corps de Dinah s'affinait et se raffermissait. Une nouvelle semaine s'écoula. Elle oublia peu à peu l'idée de partir sans lui, et lorsque la nuit froide retombait, elle était heureuse d'avoir un ami à ses côtés, pour autant qu'il en fût un.

Chapitre 6

Après leur leçon matinale – qui consistait à frapper à répétition des cibles que sire Gorrann avait marquées au charbon –, ils commencèrent à marcher tôt à cause de l'abondance de nuages menaçants qui couvaient à l'ouest. Le temps avait tourné au cours des derniers jours. Au printemps joyeux et pimpant avaient succédé pluies chaudes et nuits brumeuses. À présent qu'elle était presque constamment soit trempée, soit en train de sécher, Dinah découvrait à quel point cette condition pouvait être déplaisante.

Alors qu'ils contournaient des rochers ressemblant à des géants de granit au côté desquels même Morte paraissait tout petit, Dinah sentit poindre une question. Le Pique avait si peu parlé de lui que sa curiosité à son égard allait grandissant. Certains jours, elle avait l'impression de le connaître mieux que quiconque ; d'autres fois, il lui semblait suivre une ombre – intangible, insaisissable. Ils venaient d'accomplir leur ascension la plus difficile jusqu'à présent et étaient tous deux épuisés à cause des montées et descentes rocailleuses qui avaient fini par aboutir à une falaise presque verticale. Étonnamment, Morte avait autorisé Dinah à le guider à l'aide d'une longe en cuir que le Pique lui avait donnée. *Une plaisanterie cruelle*, songeait Dinah. Si Morte dévalait à flanc de montagne, elle ne pourrait rien pour lui. Au contraire, il l'entraînerait dans sa chute, et leurs dépouilles se retrouveraient démantibulées en contrebas. *Comme mon frère.* Malgré tout, maintenir un lien physique avec le cornu les apaisait l'un et l'autre, tandis qu'ils s'efforçaient de progresser sans regarder vers le vide.

Espérant que la fatigue et la concentration apaiseraient la fureur de son escorte, Dinah osa enfin l'interroger :

— Sire Gorrann, qu'est-il arrivé à votre famille ?

Il tressaillit en s'ouvrant le bras sur un rocher coupant.

— Merde ! Voyez c'que vous m'avez fait faire ! Ça vous démangeait d'poser la question, hein ?

Dinah haussa les épaules, faisant trembler les rênes de Morte au passage.

— Peut-être. Oui. C'est soit ça, soit vous me dites où on va.

Le soldat inspira un grand coup et contempla le ciel d'un air vide.

— D'accord. J'vais vous dire. Mais à certaines conditions. Vous d'vrez l'répéter à personne, compris ? Et vous m'poserez pas d'autres questions à c'sujet. J'veux pas vous entendre me harceler au sujet d'sentiments qu'j'ai enfouis d'puis longtemps.

Dinah acquiesça.

— C'est promis.

— Très bien.

Il se retourna légèrement vers elle, ses longs cheveux gris dansant au vent.

— Accrochez-vous à la paroi, princesse, ou les bourrasques vont vous faire basculer.

Dinah se plaqua contre le mur d'ardoise et continua de l'observer en silence. Le Pique scruta l'horizon, ses yeux dorés rivés sur une chose qu'elle ne pouvait voir.

— J'ai grandi dans les Bois tordus, plus au nord qu'l'endroit où on était. C'pour ça qu'j'ai un accent, comprenez ? Dans un p'tit village nommé Dianquill. Z'en avez sans doute jamais entendu parler.

Dinah secoua la tête, concentrée sur les trente mètres de vide en dessous d'eux.

— Ça m'surprend pas. On d'vait être une centaine d'habitants, p'têt un peu plus. Ma mère est morte quand j'étais bébé. Mon père était chasseur, et il rapportait l'gros d'la bouffe au village, avec que'ques autres bonshommes. C'est comme ça qu'on gagnait not' croûte. Dianquill était pas mal réputée pour sa récolte de baies chaque printemps. J'ai passé l'essentiel d'mon enfance à en chercher dans la forêt, en quête des rares fruits qui rapport'raient une fortune au passage des voyageurs.

» J'avais juste quinze ans quand j'ai rencontré Amabel. J'l'ai aperçue du coin d'l'œil, c'te p'tite rouquine en haillons qu'avait l'air d'mourir de faim. Elle v'nait d'une d'ces familles du fond des bois. Pouvaient même pas s'permettre d's'installer au village, alors Amabel et ses sœurs v'naient acheter que'ques provisions d'temps à autre avant d'retourner dans leur isolement. C'jour-là, j'y ai donné des jullas qu'j'avais dans mon sac, et elle a détalé dans les arbres. Une semaine plus tard, elle m'a r'trouvé en train d'chasser. Son père était mort d'une maladie fulgurante, mais avant d'casser sa pipe l'avait fait d'sa fille la meilleure pisteuse d'tout l'Pays des merveilles. C'est comme ça qu'elle m'a r'trouvé, c'jour-là et toutes les s'maines suivantes. En échange de nourriture, elle m'apprenait à pister. Même s'tu m'trouves p'têt doué, j'arrive pas à la ch'ville d'Amabel. L'était capable d'pister une biche sur des lieues et des lieues, tout en r'montant la trace d'un homme ayant foulé c'te terre vingt ans plus tôt.

Sire Gorrann s'interrompit le temps de boire longuement à son outre.

— On s'est mariés quand j'avais dix-neuf ans, et j'peux t'le dire, j'ai jamais aimé une aut' femme. Tous les matins, quand j'ouvre les yeux, c'est son visage que j'vois en premier – ses longs ch'veux roux, ses yeux brillants, aussi farouches qu'la mer. Avec mon père, j'nous ai construit une baraque en lisière d'village. On était assez loin dans les bois pour trouver d'la terre et du calme, mais assez près du centre pour qu'j'puisse subvenir aux besoins d'ma famille grâce à mes rev'nus d'chasseur. C'tait presque trop facile avec les talents d'pisteuse d'Amabel. On gagnait bien not' vie, on coulait des jours agréables. On était tellement heureux. Puis, après trois ans d'mariage, on a eu not' fille Ioney. Elle r'semblait à sa mère. J'pensais qu'j'aimerais jamais rien autant qu'Amabel, mais j'ai changé d'avis l'jour où j'ai posé les yeux sur Ioney. Not' famille était au complet, y m'manquait rien au monde. J'étais un jeune homme comblé. Puis elles sont arrivées. C'tait par une journée d'printemps bien humide, un peu comme celle-ci…

Sa voix mourut. Il s'était arrêté d'avancer, et Dinah garda sa position sur la face rocheuse. Les yeux de l'homme étaient mouillés de larmes, et elle voyait ses mains tannées trembler d'émotion. Bien que fascinée, elle sentait la culpabilité la gagner.

— Vous n'êtes pas obligé de…

— Silence, fillette ! ordonna-t-il. Z'avez posé une question, z'allez écouter la réponse. Un peu de patience. Ça fait une paie qu'j'ai pas parlé d'eux.

Sa bouche se tordit de douleur quand il reprit son histoire.

— Comme j'le disais, c'était l'printemps, et les pluies chaudes étaient déjà r'parties. J'chassais un ours blanc, un peu comme çui qu'a failli vous arracher la tête, quand j'ai vu d'la fumée s'élever du village. J'suis rentré en courant, mais c'était trop tard. Tout avait cramé, pas une maison avait été épargnée. Plusieurs d'mes plus proches amis étaient morts en tentant d'protéger leurs biens. Femmes et enfants avaient eu la vie sauve, mais la plupart des hommes avaient été taillés en pièces. Mon père pendait à un chevron calciné d'ma maison d'enfance. Toute la bouffe et l'bétail des villageois avaient été emportés, les bâtisses cramées. Un village tout entier, éradiqué en moins d'une heure par quelques Cartes cruelles.

Dinah plissa les paupières.

— Des Cartes ? Venues du palais ? Pas des Yurkeis ?

— Moi aussi, j'ai d'abord cru qu'c'étaient les Yurkeis, mais non. Un ami mort dans mes bras m'a dit qu'si certains cavaliers étaient maquillés pour leur ressembler, c'étaient indubitablement des Cartes. La flèche qu'il avait plantée dans l'bide s'achevait par un cœur d'verre rouge, ça laissait peu d'place au doute. En fait, c'étaient même des Cœurs, en route pour aller affronter les Yurkeis. Y manquaient d'rations, donc y sont v'nus servir dans mon village. J'ai fermé les yeux, j'suis r'monté à ch'val et j'ai galopé vers chez moi plus vite que jamais.

Dinah voulut le faire taire, lui plaquer les mains sur la bouche pour se prémunir de l'horreur à venir.

Une larme roula sur la joue du soldat.

— J'suis arrivé trop tard. Trop tard pour sauver mes filles chéries. Les Cartes étaient tombées sur Amabel pendant qu'elle s'occupait d'notre jardin d'herbes aromatiques. Elle gisait immobile, ses cheveux roux trempés par le sang qui lui coulait de la poitrine. Elle étreignait un arc et une flèche, et j'imagine qu'elle comptait s'en servir pour défendre notre fille impuissante, mon courageux amour, l'amour de ma vie. Cela lui avait valu un trait en plein cœur. J'ai voulu finir mes jours en serrant dans mes bras son corps encore chaud, mais fallait qu'j'retrouve ma fille.

Dinah ferma les paupières et colla sa joue à la paroi fraîche, comme pour se boucher l'oreille.

— Ioney était à l'intérieur, même si y avait plus vraiment d'maison, juste un tas d'bois carbonisé et d'charpentes écroulées. Restait plus qu'les os d'son p'tit squelette.

Les yeux de Dinah s'embrumèrent alors, et elle arracha son regard à sire Gorrann pour observer la vaste étendue devant eux, ce mélange de vallées couleur de miel et de roches grises. Jusqu'à présent, elle avait cru, à tort, être la seule à avoir souffert, la seule à avoir une raison de pleurer. Accablée par sa puérilité, elle se sentit rougir de honte.

Le Pique poursuivit son récit.

— Vous r'grettez d'avoir posé la question, hein ? J'ai passé c'te nuit sans étoiles au côté d'mon amour, et j'ai plus d'une fois porté l'poignard à ma gorge, sentant qu'seule la mort pourrait m'soulager d'ce chagrin, espérant pouvoir rejoindre Amabel et Ioney, où qu'elles soient. La seule chose qui m'a empêché d'me sectionner la jugulaire, c'était l'esprit d'vengeance. L'lendemain, j'ai enterré Amabel et Ioney sous leur buisson préféré dans les bois, sans marquer leur tombe. J'ai planté les orchidées préférées d'ma femme autour d'leur sépulture, j'leur ai chanté leur chanson favorite et j'suis r'parti avec mon ch'val à la tombée d'la nuit. J'ai rien emporté d'autre que d'la nourriture, une couverture et toutes les armes que j'ai pu trouver.

Un sourire mauvais s'étira sur ses lèvres, et Dinah craignit d'être malade.

— J'ai chevauché si dur qu'ma monture est morte en deux jours. J'l'ai abandonnée dans les bois, m'arrêtant à peine le temps d'abréger ses souffrances. De là, j'ai traqué les Cartes jusqu'au pied des monts Yurkei, où elles échouaient lamentablement à trouver l'chemin d'Hu-Yuhar, la cité cachée. C'tait un p'tit groupe d'six hommes à peine.

Sire Gorrann sourit et se gratta la barbe avec une délectation troublante. Soudain, Dinah eut extrêmement peur de lui.

— J'ai fait en sorte d'en tuer un chaque nuit, pour qu'les autres vivent dans la terreur d'leur mort imminente. M'ont surnommé le Fantôme, supposant à tort qu'j'étais un assassin yurkei. Il m'a fallu six jours pour les éliminer tous, et j'en ai savouré chaque seconde. Une fois ma vengeance accomplie, j'ai abandonné leurs corps dans les Bois tordus, comme ils avaient fait avec Amabel. J'ai passé des mois dans ces collines avant d'retrouver l'goût d'vivre. J'suis allé à Merveille. Y avait plus rien pour moi au village ou dans les bois. J'voulais jamais r'voir ces endroits où j'avais vu ma femme pour la première fois, où on avait conçu not' fille.

Sire Gorrann se racla la gorge et cilla avant de poursuivre le long du sentier, parlant d'une voix raffermie.

— J'suis allé jusqu'au palais, dont la taille et l'opulence m'ont fasciné. Merveille ressemblait pas à c'que j'imaginais, et j'ai eu tôt fait d'me laisser happer par la vie d'citadin. J'avais gaspillé l'peu d'argent qu'y m'restait à m'payer à boire et des femmes. J'ai couché avec des compagnes peu r'commandables, et j'me suis bientôt r'trouvé à voler pour manger, puis pour vivre. J'étais doué quand j'buvais pas, malheureusement c'tait rare. J'me suis fait pincer chez une dame de la cour pendant qu'j'essayais d'y piquer ses bijoux, tellement ivre que j'tenais à peine debout. Son mari était un type féroce qui m'a passé à tabac. On m'a j'té dans les Tours noires.

Dinah en resta bouche bée, et il parvint à lui décocher un sourire rude.

— Oui, princesse, z'êtes pas la seule à avoir connu les horreurs des Tours noires. Par chance, j'tais dans la tour des Voleurs, où on torture peu. J'me suis jamais r'trouvé sanglé cont' ces terribles racines.

Dinah pria silencieusement pour que Harris se soit vu épargner pareil traitement. Le voir dévoré de l'intérieur comme Faina Baker achèverait sans doute de la briser.

— J'suis resté emprisonné là-bas pendant deux ans. C'tait une période bien sombre, mais j'ai réussi à m'acoquiner 'vec un jeune Carreau qui m'a expliqué tout c'qui s'passait au Pays des merveilles, dans les Tours noires et chez les Cartes. J'ai été libéré l'année suivante et contraint d'rejoindre les Piques, c'dont j'leur sais gré tous les jours. Grâce aux Piques, j'ai eu d'quoi remplir mon assiette, un toit où dormir et un but dans la vie. Finalement, j'suis d'venu l'premier pisteur du roi, c'qui fait qu'j'suis avec vous aujourd'hui.

Dinah fronça les sourcils quand elle fit rouler une gerbe de cailloux sur la pente raide.

— Je ne comprends toujours pas pourquoi vous avez cherché à m'aider. Vous êtes un Pique, vous devez donc être dévoué au roi et aux Cartes. Vous avez trahi votre serment d'allégeance dans les grandes largeurs.

L'homme grimpa sur une corniche pour étudier les environs et se pencha vers Dinah, qui l'observait avec une admiration perplexe. Elle monta péniblement le rejoindre, s'approchant enfin du sommet de la montagne.

Il resta debout devant elle, le regard intense.

— C't'exact. J'ai rompu mes vœux et vous aidant. J'ai abandonné les Cartes. J'ai aidé la personne la plus recherchée du royaume. Pour quelle raison ? Bah, z'avez dû d'viner qu'vous ai pas tout dit. Je dois encore m'venger d'une personne qui m'a pris ma famille et d'c'que j'avais d'plus précieux. Et même si ça m'a pris trente ans, j'finirai par avoir gain d'cause, même par des moyens détournés.

» L'assaut contre mon village a été ordonné par un jeune roi, récemment couronné par son père. Y voulait impressionner ses hommes, faire étalage de sa force, alors il est parti avec un groupe d'éclaireurs, dévorant tout sur son passage. Il était là pendant l'assaut, avant d'être rapp'lé au palais pour des affaires officielles. J'ai pas pu l'tuer silencieusement en rôdant dans les bois, car il était protégé nuit et jour par des combattants plus doués qu'moi. Lui ôter la vie m'suffira pas. J'dois assister à sa déchéance, veiller à c'tout c'qu'il aime lui soit arraché.

Dinah dévisagea le soldat tandis que de grosses gouttes de pluie s'abattaient sur eux. Un éclair zébra le ciel gris.

— C'pour ça qu'j'vous aide, pour ça qu'on continue d'marcher dans ces montagnes. L'type qu'vous app'lez vot' père est çui qu'a ordonné l'massacre d'mon village, et un jour on s'vengera tous deux pour ceux qu'y nous a pris.

Dinah ne sut que répondre, submergée par un afflux de pensées et d'émotions. Un sifflement vide de sens s'échappa de ses lèvres tandis qu'elle essuyait d'un revers de main la larme qui venait de poindre, se mêlant à l'averse qui tombait désormais de biais. Sa douleur n'était rien comparativement à celle de son compagnon, et pourtant elle sentait la brûlure de la colère la consumer. Le soldat avait enfin révélé ses motivations, et elle prenait tout juste la mesure de tout ce qui l'unissait à cet homme qui aurait pu lui ôter la vie une bonne dizaine de fois avant son réveil.

Elle trouva enfin les mots qui lui faisaient défaut et entreprit de lui répondre.

— Sire Gorrann, je suis navrée que vous ayez perdu toute votre famille, mais je n'ai aucunement l'intention de retourner au palais des merveilles. Ni aujourd'hui, ni jamais. À présent, si vous voulez bien me dire où vous m'emmenez, je suis sûre que nous pourrions…

— Taisez-vous, imbécile ! siffla le Pique en tournant brusquement la tête vers l'ouest.

Morte dressa les oreilles. Elle ne perçut d'abord que du silence, puis autre chose. Le craquement d'une feuille, un bruit de pas sur le sentier en contrebas.

— Vite ! s'écria-t-il. Quelqu'un nous suit. Faut s'dépêcher. Pressez l'pas. On doit franchir c'sommet, et vite. Si l'ch'val peut pas suivre, abandonnez-le. On doit partir tout de suite.

La peur ébranla Dinah quand elle agrippa les rênes de cuir et tira Morte aussi vite qu'elle l'osait pour franchir la pente rocailleuse.

Chapitre 7

Ils escaladèrent les rochers jusqu'à aboutir devant un à-pic. Un énorme bloc gris se dressait devant eux, tendant ses extrémités dentelées vers le soleil de midi. Des centaines de rochers jonchaient le sol, comme si un géant avait laissé traîner ses jouets en pile avant de partir.

— Nous sommes fichus ! siffla Dinah. Où nous avez-vous emmenés ?

Sire Gorrann étudiait la paroi, en quête d'une chose que Dinah ne pouvait voir. Les bruits de pas se multipliaient dans leur sillage, résonnant sur les corniches en contrebas ; il devait y avoir plus d'une dizaine d'hommes, qui se rapprochaient sans cesse. Dinah ne comprit d'abord pas pourquoi ils ne leur étaient pas déjà tombés dessus, mais elle finit par saisir. Ceux qui étaient à leurs trousses voulaient les voir basculer de l'autre côté. Et Morte était avec eux.

Aucun homme, Carte ou Yurkei, ne voulait être le premier à franchir la saillie. Sire Gorrann continuait d'observer les rochers.

— Qu'est-ce que vous faites ? hurla Dinah. Nous devons nous battre !

Sire Gorrann finit par dénicher l'objet de sa convoitise. Deux rochers de taille et de forme égales. À première vue, il n'y avait là rien d'extraordinaire, mais à y regarder de plus près, qu'ils soient en tous points identiques était troublant. Dinah se précipita vers sire Gorrann, l'épée au clair.

— Rengainez-moi ça, marmonna-t-il. Z'êtes pas de taille à affronter c'qui nous menace.

Alors qu'ils contournaient les blocs de pierre, le Pique s'aventura hardiment entre eux. Au lieu de se cogner la tête ainsi qu'il aurait dû le faire, il disparut complètement. Dinah cilla à plusieurs reprises avant de parvenir à déchiffrer cette illusion époustouflante – et géniale. Les deux rochers n'en étaient en réalité qu'un seul, sculpté de manière à faire croire à deux blocs séparés. Ils semblaient collés l'un à l'autre, mais leur face taillée dissimulait un trou plus haut que large. De l'extérieur, on eût dit deux rochers normaux, mais lorsque l'on adoptait l'angle parfait, l'étroite ouverture apparaissait clairement. Dinah devina cependant qu'elle ne l'aurait jamais trouvée seule.

— Par ici ! l'appela le soldat.

Son ventre se noua quand elle scruta le tunnel obscur. Une terrible impression de menace imminente, une peur mal définie. Elle reconnut aussitôt ce sentiment – elle avait éprouvé le même lorsque la racine s'était tortillée dans sa bouche. Le désespoir était évident – quelque chose de malfaisant se tapissait dans ce conduit.

— Non. Non, je ne peux pas entrer là-dedans.

Sire Gorrann lui empoigna le bras et l'y entraîna de force.

— Z'avez pas le choix, princesse. Avancez !

Elle ouvrit la bouche pour protester, mais elle n'imaginait effectivement aucune alternative. La tête baissée, elle suivit la jument de sire Gorrann. Morte souffla bruyamment et battit furieusement le sol, ses sabots provoquant des échos retentissants dans la carrière. La terre trembla. Quand Dinah accepta finalement de lâcher la bride, il courba l'échine et pénétra de son propre gré dans l'obscurité. Ses flancs touchaient les parois. Il était mal à l'aise sur ce terrain rocailleux qu'il ne maîtrisait pas. Ses oreilles étaient plaquées contre son crâne, et Dinah voyait à ses muscles bandés qu'il était prêt à courir. Elle ressentit un violent accès de panique.

Sire Gorrann, sa monture, Dinah et Morte progressaient les uns derrière les autres, aussi vite qu'ils l'osaient. Si le cornu venait à paniquer et s'emballer, il les piétinerait tous sous son poids écrasant. Sire Gorrann lui jeta un regard par-dessus son épaule, le visage blême et crispé. Il en était manifestement arrivé à la même conclusion. Ils marquèrent une pause, les battements de leurs cœurs résonnant bruyamment dans ces quartiers exigus.

— C't'un endroit maudit, souffla sire Gorrann. Dépêchons-nous. Et faites en sorte qu'vot' monstre reste calme.

Le tunnel devait mesurer sept ou huit cents mètres, et dès l'instant où ils y avaient pénétré, des ténèbres omniprésentes les avaient recouverts telle une lourde couverture. Dinah entendait au plafond le grouillement léger des racines, des bruissements, ainsi que le bruit d'un millier de pattes minuscules. Quelque chose de chaud, à l'odeur de sang, lui goutta sur la joue. Sa main effleura une surface humide et caoutchouteuse, et elle poussa un cri en bondissant pour se rapprocher de la jument. Morte semblait de plus en plus agité, et Dinah s'efforça de conserver son calme lorsqu'une vrille froide lui caressa la joue dans le noir. Elle sentit une bestiole faisant claquer sèchement ses mandibules lui courir dans les cheveux. Elle s'aventura sur son front avant de sauter sur le mur. Toutes les parois étaient vivantes, joignant leurs voix dans un chœur de sifflements. *Néfaste, néfaste, néfaste.* Sire Gorrann se plaqua contre la cloison pour laisser passer Cyndy, et Dinah sentit la main du soldat se refermer autour de son poignet. Elle fut heureuse du contact chaud de ses doigts calleux. Une chose longue et humide s'enroula autour de leurs mains avant de repartir furtivement dans le tunnel.

— Courez pas. Courez pas.

Il répétait cette phrase tel un mantra, cherchant à se convaincre tout autant que Dinah. Celle-ci n'avait pas besoin de ce rappel : si terrible que fût ce tunnel – et c'était l'endroit le plus infâme qui soit, un lieu de cauchemars –, elle n'imaginait rien de pire que de se faire piétiner par le cornu et abandonner là, en attendant que les démons florissant dans ce conduit obscur la consument lentement. Elle n'allait pas courir. Si elle le faisait, Morte le ferait également, et ils mourraient tous. Elle conserva une allure régulière, serrant les doigts autour de la main de sire Gorrann pour l'assurer de sa force. Elle veillerait à ce que lui aussi reste calme. Ils demeuraient silencieux, craignant que leurs voix fassent s'écrouler la roche ou, pire, poussent les innombrables créatures invisibles à les agresser. La peur farouche de l'inconnu harcelait l'esprit de la jeune femme, qui se souvint malgré elle de tous les sinistres événements qui lui étaient arrivés. Elle vit la mort, des corps, le roi. Charles, aux globes oculaires grouillant d'asticots. Vittiore, portant sa couronne en argent. Le fermier abattu, la flèche plantée dans son dos ensanglanté.

Elle trébucha une fois, une seconde… une troisième. Sire Gorrann rencontrait lui aussi des difficultés, murmurant des imprécations violentes chaque fois qu'il heurtait un mur ou perdait l'équilibre. Une lourde bestiole glissante s'était nichée sur son épaule, et il peinait à l'en arracher. Dinah continua d'avancer. Elle ne pouvait pas l'aider. Tout espoir était perdu. La vapeur s'élevant des naseaux de Morte lui brûlait désormais le coude, son museau lui poussait le dos. Il forçait, forçait, de plus en plus vite. *Nous allons mourir ici*, se dit-elle. Une autre pensée lui vint alors : peut-être étaient-ils déjà morts. Peut-être ce tunnel *était-il* la mort, dans toute sa hideuse irrévocabilité.

Elle ne se rappelait plus qui elle était. Comment était-elle arrivée ici, déjà ? Quelque chose faisait levier sur sa bouche. Autant l'ouvrir, songea-t-elle. *Quel mal y aurait-il à cela ?* Puis elle aperçut de la lumière. Une lumière chaude au bout du tunnel, un point d'abord flou et rose, accueillant, rassurant. Il palpitait dans les ténèbres. Cyndy s'élança dans sa direction et sire Gorrann lui emboîta le pas, oubliant ses instructions précédentes, impatient de se libérer de cet enfer souterrain. Dinah ne courut pas. Elle conserva son allure régulière, et Morte ne s'emballa pas non plus. Des créatures gluantes et terribles se détachèrent de ses cheveux et poignets. L'une glissa le long de sa jambe avant de retourner dans le noir. La lumière repoussait l'obscurité. Dinah émergea du tunnel et se laissa tomber à genoux auprès de sire Gorrann. Celui-ci la bouscula juste avant que le corps gigantesque de Morte s'effondre en tas à l'endroit précis où elle s'était trouvée un instant auparavant.

Ils restèrent au sol à haleter, avalant de grandes goulées de cet air pur et délicieux, tout heureux d'être libérés du tunnel. Plusieurs minutes s'écoulèrent. Il n'y avait rien de meilleur que d'être en vie. Morte hennit joyeusement près d'elle, se roulant dans le délicat tapis de fleurs pour dissiper la pestilence du tunnel. Une fois suffisamment réorientée, Dinah contempla ses mains posées dans l'herbe. Des fleurs du pourpre que Cheshire arborait si souvent s'ouvraient et se fermaient devant elle, leurs cœurs émettant chacun des rayons d'une lumière douce. À chaque battement de pétales, une infime vrille rouge émergeait, un éclat rose à la pointe de l'étamine. C'était à la fois remarquable et étrange, et elle redressa la tête en constatant qu'une fleur menait à un parterre de fleurs, et le parterre de fleurs à un champ. Ils se trouvaient dans une vallée remplie de fleurs pourpres et roses émettant de la lumière et… elle tendit la main au-dessus de l'une d'elles pour s'en assurer. *Oui. De la chaleur.*

Les fleurs chauffaient quand elles s'ouvraient, ce qui expliquait la température divine qui régnait sur ce champ. L'herbe y était d'un vert vif, et les lieux évoquaient davantage un oreiller moelleux que le sol plein de racines de la forêt. Dinah éprouva le besoin subit d'ôter ses bottes et de courir en riant parmi les fleurs. Une joie tout hystérique qui l'enivrait.

— Grands dieux, entendit-elle marmonner sire Gorrann.

Elle se releva. Le soldat lui posa la main sur le bras avant de lui redresser délicatement la tête. Ils contemplèrent tous deux, émerveillés… des *champignons*. Des milliers de champignons énormes emplissaient le champ. La plupart étaient grands comme des arbres. Leur pied était plus large que Dinah et ressemblaient à des troncs blancs s'élevant jusqu'à une épaisse explosion de couleurs, l'horizon avait ainsi des allures de seau rempli de parasols renversés. Ils jaillissaient depuis le sol, chacun semblant appartenir à une espèce unique, conférant à l'ensemble des allures chimériques. Dinah pivota sur elle-même. La vallée était longue et profonde, véritable dédale de couleurs et de courbes fantastiques composé de champignons se dressant fièrement devant le ciel.

Elle cilla. Elle ne savait déjà plus depuis combien de temps elle observait ce décor incroyable. Était-elle là depuis une heure ou une minute ? Elle se tourna vers sire Gorrann. Celui-ci, toujours bouche bée, n'avait pas bougé. Dinah secoua la tête pour se sortir de sa transe et se dirigea vers l'un des champignons. Des volutes orange et rouge, scintillantes, parcouraient son chapeau jaune vif, comme si quelqu'un avait oublié son pinceau humide au sommet. Une lumière blanche et chaude palpitait au sein des lamelles. Celles-ci semblaient se contracter à chaque nouvel éclat, comme si l'organisme respirait. Le champignon était réellement fascinant, peut-être le végétal le plus magnifique qu'elle eût jamais vu. Il semblait l'appeler. Dinah tendit la main pour en toucher le pied.

— Non.

La voix grave l'arracha à sa rêverie, et elle s'immobilisa. Le soldat vint la rejoindre.

— Les touchez pas. Y sont p'têt vénéneux, on n'en sait rien. C'la dit…

— J'ai envie de les manger, chuchota Dinah, qui en eut aussitôt l'eau à la bouche.

Sire Gorrann se gratta la barbe d'une main tremblant de désir.

— Moi aussi, et c'est justement pour ça qu'on doit pas l'faire. Reprenons notre route.

Dinah aurait aimé rester là pour l'éternité, mais elle se contenta d'acquiescer. Ils traversèrent le champ sans un mot. Les champignons, qu'elle détaillait avidement, s'étendaient à perte de vue dans toutes les directions. Dinah observait, fascinée, les spécimens devant lesquels ils passaient : un rayé de rose et de blanc, au pied noir et aux lamelles jaunes ; un autre de la couleur profonde du ciel ; un troisième violet intense, dont le tronc était couvert de milliers de spores minuscules de la même teinte. La lumière de la vallée décrut jusqu'à adopter un lustre apaisant. Un lieu des plus extraordinaires, totalement détaché du monde, à l'exact opposé du tunnel sombre dont ils venaient d'émerger. Sire Gorrann resta muet, mais il avait dégainé son épée pour une raison qui échappait à la jeune femme. Morte marchait près d'eux, dévorant tout ce qui se trouvait à sa portée. Dinah n'aurait jamais pu l'en empêcher dans une vallée aussi riche ; elle le regarda avec envie engloutir un champignon d'un blanc virginal qui semblait fait de glaçage. Elle progressait sans bruit dans l'herbe tendre. Des vrilles noueuses s'élevaient du sol à leur passage, aussi épaisses qu'un bras d'homme. Les boucles tremblaient légèrement quand elle posait le pied près d'elles, comme remuant dans leur sommeil.

Je pourrais ne jamais quitter cet endroit. M'allonger sous ces champignons et les regarder changer de couleur avec leurs pulsations si envoûtantes. Dinah laissa ses yeux s'attarder sur un spécimen rose, dont la riche teinte fuchsia rappelait l'intérieur d'un julla. De minuscules étoiles scintillantes en couvraient le chapeau. La jeune femme était époustouflée par tant de beauté. Elle tendit la main vers cette merveille. Un cri étrange retentit à l'autre bout de la vallée, un bruit si curieux dans ce havre paisible de lumière et de chaleur. On eût dit le craquètement d'une grue. Ce cri fut suivi d'un autre, puis d'un bruissement sourd. Elle reconnut ce son.

Elle fit volte-face, prise de panique. La première flèche fit décoller le Pique. Il vola en arrière dans l'herbe, un trait blanc émergeant de sa poitrine. Deux autres projectiles se plantèrent de part et d'autre de lui. La vallée s'illumina quand tous les champignons émirent soudain une lumière blanche et aveuglante. Une nouvelle flèche atterrit près des pieds de Dinah, une autre devant elle. Elle battit des cils, stupéfaite.

Réveille-toi ! se serina-t-elle. *Vous êtes attaqués !* Elle finit par recouvrer ses esprits et se mit à courir comme une dératée au beau milieu d'une averse de flèches. Elle plongea entre les champignons, rentrant la tête dans les épaules pour se préserver des traits.

— Morte ! s'écria-t-elle. Morte ! Morte !

Soudain, la robe noire du cornu apparut près d'elle, ondulant d'excitation. La bête s'immobilisa juste le temps de la faire grimper sur sa jambe puis sur son dos. Ils repartirent alors à une allure démentielle, les muscles de la créature roulant tel le tonnerre sous la jeune femme. Ils sinuaient entre les champignons, franchissant un arc-en-ciel de lumière trouble. Dinah vit avec horreur une rangée de guerriers couverts de plumes apparaître devant eux. Ils étaient des centaines, tenant chacun un arc bandé dans sa direction ou celle de sa monture. *Les Yurkeis.* Morte vira sur la gauche, mais ils étaient là également, ainsi qu'à droite, émergeant entre les champignons tels des spectres dans la nuit. *Nous observent-ils depuis le début ?* Morte hennit et regimba. Son comportement trahissait son inquiétude. Il chancelait, sautait sur place, perdait l'équilibre. Soudain, les guerriers se mirent à avancer lentement. Dinah et Morte se retrouvaient cernés.

Le cornu rua, et la princesse fugitive dut s'accrocher à sa crinière pour ne pas se laisser démonter. Quand il reposa les sabots à terre, elle le poussa à avancer. Si elle ne pouvait échapper aux Yurkeis, elle allait devoir franchir leurs défenses. Morte les broierait sous ses sabots formidables, même s'il se comportait étrangement. Dinah dégaina son épée.

— DINAH, ARRÊTEZ !

La voix puissante et grave traversa la vallée. La lumière des champignons se ternit légèrement. Elle tourna la tête, surprise. C'était la première fois que sire Gorrann l'appelait par son nom. Il se dressait à près d'un kilomètre de là, bien vivant au milieu des mille guerriers yurkeis qui l'entouraient, flèche encochée. Du sang ruisselait de son épaule, mais la plaie n'avait pas l'air très grave. Aucune trace de blessure au torse. *Son armure*, pensa-t-elle. Il ne l'avait pas ôtée, grâce aux dieux. Les battements frénétiques de son cœur la firent trembler quand Morte virevolta avant de se tourner de nouveau.

Sire Gorrann poursuivit d'une voix forte.

— Dinah, ne résistez pas ! Ils vous cribleraient de flèches avant que vous les ayez dépassés. Nous devons nous rendre. Baissez votre épée.

Le soldat montra l'exemple en déposant la sienne devant lui avant de lever les bras au ciel. Un murmure parcourut la foule, et les yeux de Dinah s'arrondirent de surprise quand la mer de Yurkeis s'ouvrit. Les champignons se mirent à fredonner une mélopée sonore et lumineuse. Les guerriers tendirent tous les bras et apposèrent la base de leurs paumes l'une contre l'autre, les pouces liés, les doigts écartés. Comme des ailes. Dinah entendit une cavalcade familière, et son ventre se serra.

Un cornu brun clair émergea du halo lumineux ; un homme à l'allure terrifiante le chevauchait. Ses cheveux blancs comme la neige étaient rasés, à l'exception d'une longue bande qui se prolongeait entre ses omoplates. Des traits de peinture blanche recouvraient son corps musclé et profondément hâlé, tandis que ses yeux d'un bleu brillant étaient visibles même de très loin. Une coiffe blanc et bleu de plumes tressées ceignait son crâne et retombait en cascade dans son dos. Les autres Yurkeis l'observaient avec intensité, les mains toujours déployées devant eux. Il hocha légèrement la tête, et ils reprirent leur position initiale – les remettant en joue, Morte et elle. Il se trouvait presque à sa hauteur, désormais. Dinah était certaine de connaître son nom : Mundoo, le chef des Yurkeis.

Une terreur glaçante l'envahit quand elle se souvint des histoires terribles qu'elle avait entendues sur son compte. Il leva la main et s'exprima d'une voix ferme et posée.

— Femme. Vous êtes entrée sans permission dans le cimetière sacré de la tribu des Yurkeis et allez désormais être punie en conséquence : donnez-nous votre monture, vos réserves et toutes vos provisions, et vous aurez la vie sauve.

Sinon, mes fiers guerriers vous transperceront de leurs flèches. Ils ne manquent jamais leur cible.

Dinah resta assise, parfaitement immobile, surprise de l'entendre maîtriser à la perfection la langue du Pays des merveilles. La proposition paraissait honnête, mais elle ne voulait pas se séparer de Morte. Mundoo le convoitait avec avidité – sans qu'elle sache ce qu'il comptait faire de lui.

Dinah toussota.

— Au lieu de mon étalon, j'ai une chose de grande valeur à vous offrir. Les bijoux et l'or valent bien davantage que ce coursier. Je peux vous en couvrir.

D'un claquement de langue, Mundoo fit approcher sa cornue pâle, qui lorgna Morte d'un air agressif. La femelle rivalisait presque en taille avec lui ; elle était de la couleur du sable le plus pur, et sa crinière blanche, peinte par endroits, était tressée de rubans bleus.

Les yeux bleu pâle de Mundoo s'étrécirent tandis qu'il s'approchait d'eux.

— Mais ce n'est pas un simple coursier, ma dame, vous le savez pertinemment.

Dinah vit alors ses prunelles s'écarquiller à peine, juste avant qu'il encoche une flèche et la pointe vers sa gorge en un clin d'œil.

— Iy-Joyera ! Iy-Joyera !

La tribu se referma rapidement autour d'elle, toutes les flèches désormais braquées sur Morte.

Mundoo observa la jeune femme de l'autre bout de son long trait.

— Ce n'est pas un simple cornu. Je l'ai déjà vu auparavant. Iy-Joyera, le diable noir. Il s'agit de Morte, la monture du roi des merveilles. Cette bête a tué des dizaines de mes meilleurs guerriers et porté le roi assassin sur son dos tandis qu'il brûlait et pillait nos villages.

Les deux cornus étaient désormais dangereusement proches l'un de l'autre ; ils respiraient lourdement en frappant le sol de leurs sabots, impatients d'en découdre. Morte vacilla de nouveau, et Dinah bascula vers Mundoo. La pointe de sa flèche lui érafla la gorge.

— Dites-moi ! Dites-moi comment une paysanne toute crasseuse peut monter le cheval d'un roi et parler comme une noble. Expliquez-le-moi, ou je ferai couler votre sang ici, et maintenant. Je vous laisserai regarder l'agonie de votre diable, que nous abattrons flèche après flèche.

Dinah dressa le menton et planta ses yeux dans ceux du chef. Elle n'avait pas le choix. Ils la tueraient sans doute quand ils découvriraient qui elle était, mais mieux valait subir une mort brève qu'une interminable séance de torture aboutissant au même résultat. Elle ne partirait pas discrètement, en princesse docile et manquant d'assurance. Elle disparaîtrait en apothéose, guerrière étant arrivée si loin toute seule, après avoir traversé les Bois tordus. Elle avait repoussé la mort et la douleur, senti la lame d'une épée sur son cou et le frisson de la peur précédant l'imminence du trépas. Elle était une femme, plus une fille, et elle ne se rendrait pas sans combattre.

Dinah leva la voix tout en dégainant son épée.

— Je m'appelle Dinah, et j'étais naguère la future reine du Pays des merveilles, jusqu'au jour où j'ai fui mon père pour gagner cet endroit. Vous ne toucherez pas à ma monture aujourd'hui, ni ne verserez mon sang. Je ne crains pas vos flèches, mais vous devriez avoir peur de mon épée et de mon courroux.

Morte se cabra alors, et elle lut un mélange de confusion et de stupeur sur le visage de Mundoo lorsqu'elle abattit sa lame vers sa tête. La cornue du chef yurkei recula d'un bond agile, et Dinah manqua sa cible avant que quelque chose de lourd et dur l'atteigne à la tempe avec un craquement écœurant. La lumière voilée du champ de champignons s'éteignit, et elle remercia les dieux de lui avoir accordé une mort rapide et indolore. Elle ferma les paupières et attendit de revoir la figure rayonnante de Charles, de l'autre côté du terrier du lapin.

Chapitre 8

À nouveau les ténèbres tourbillonnantes, le ciel d'encre, les horloges flottantes. Dinah remua et se tortilla à l'intérieur, peinant à bouger. Une chose était enroulée autour de ses bras – une sorte de lierre ? Elle avait beau se débattre, l'étreinte se resserrait, l'étranglait, pressait douloureusement ses organes les uns contre les autres. Elle ouvrit la bouche pour hurler, mais les plantes l'envahissaient également. Sauf qu'à présent, il s'agissait de racines, les racines des Tours noires qui entraient et sortaient, lui imposant leurs visions. Du sang sur une épée, un spectre blanc émergeant de l'obscurité, toutes griffes dehors… Le corps de Dinah se convulsa et elle eut la sensation de tomber, avant que quelque chose de dur et robuste lui enserre la taille pour la redresser. La conscience lui revint, et elle se rendit compte qu'elle oscillait de haut en bas. Elle secoua la tête sèchement avant de se forcer à ouvrir les yeux.

Morte. Elle était sur Morte, mais qu'est-ce qui se trouvait derrière elle ? Elle parvint à tourner la tête. Le Pique était assis en croupe, un bras passé autour de sa taille, l'autre étreignant avec la rage du désespoir les rênes de cuir rouge. Elle comprenait pourquoi. Sire Gorrann avait un bandeau sur les yeux. Dinah pencha le front en avant et découvrit qu'elle était ligotée à l'aide d'une lourde corde blanche, dont la texture n'était pas sans évoquer les branches d'un arbre. Une sorte de bâillon en tissu lui avait été fourré dans la bouche, et elle s'efforça de respirer par le nez pour ne pas suffoquer. Elle avait l'impression qu'un objet contondant lui avait enfoncé la tempe, et du sang séché formait une croûte sur son œil et son nez. Elle essaya de remuer la bouche et sentit la main du chevalier remonter vers sa figure pour lui ôter délicatement son bâillon. Il lui effleura l'oreille des lèvres avant de se lancer dans une tirade furieuse.

— Dites pas un mot, pas une syllabe, espèce d'imbécile de crétine de princesse. Z'avez d'la chance d'être encore en vie ; à cause de votre impulsivité, on a failli y rester tous les deux. Z'êtes comme votre père, prompte à vous mettre en colère, mais lente à la comprenette. Z'avez d'la chance qu'j'aie trouvé une pierre, sans quoi vous seriez éparpillée en mille morceaux dans l'champ d'champignons.

Dinah sentit l'outre contre sa bouche.

— Buvez un peu, et rendormez-vous. J'imagine qu'on a encore une trotte à parcourir avant d'atteindre Hu-Yuhar.

Dinah pouvait à peine hocher la tête à cause de la douleur fracassante qui lui vrillait la tempe, mais elle parvint à avaler quelques gorgées d'eau. Sire Gorrann lui avait lancé une pierre dessus ? Ses pensées étaient confuses, brumeuses. Il y avait eu les champignons, les Yurkeis et leurs flèches, puis… elle ne se souvenait de rien d'autre. Pourquoi le Pique l'avait-il entraînée dans cette direction ?

La cadence régulière de Morte la berça jusqu'à l'inconscience, et quand elle s'éveilla de nouveau, le soleil se couchait. Elle regarda autour d'elle. Ils se trouvaient dans un vaste champ d'herbe vert pâle haute comme un homme, parsemée de lavandes qui jaillissaient de leurs racines en tournoyant. Le vent faisait violemment onduler l'herbe d'un côté à l'autre, et lorsqu'elle rentra la tête pour éviter de se faire cingler, les Yurkeis ne semblèrent même pas le remarquer. Une rangée de guerriers s'étendait devant elle, et Dinah constata qu'elle était cernée de toute part de gardes yurkeis qui les lorgnaient, sire Gorrann et elle, avec une détestation manifeste. Elle soutint leurs regards sans se laisser démonter ; ils paraissaient si différents de tous les hommes qu'elle avait pu rencontrer jusqu'à présent. Leur peau était d'une profonde teinte caramel, entre le sable humide et le pain grillé. D'épaisses rayures de peinture blanche partaient de leurs yeux pour descendre sur toute la longueur de leurs corps, recouvrant leurs bras et leurs torses nus. Chacun était doté d'une paire d'yeux bleus brillants, qui irradiaient au milieu de leur visage brun. Leurs cheveux blancs s'achevaient en pointe au milieu du front. La plupart les portaient court, rasés juste en dessous du cou, mais ceux de Mundoo étaient plus longs, et sa tresse zébrée de bleu lui descendait dans le dos. Tous les guerriers portaient un pantalon (ou un vêtement s'en approchant) de plumes blanches ajusté à hauteur de leur bassin musclé.

Ils étaient étrangement beaux et se mouvaient avec une aisance gracile que ne possédaient pas les humains que Dinah connaissait. Leurs montures avaient toutes la même robe claire et une crinière blanche. Elles étaient plus petites que les juments des écuries du palais, mais semblaient plus rapides et mieux assorties à leur cavalier. Homme et animal avançaient à l'unisson, comme s'ils avaient fusionné. À eux tous, les Yurkeis formaient une masse incroyable de muscles et d'habileté ; un carquois rempli de flèches blanches mouchetées de gris pendait entre leurs omoplates.

Mundoo chevauchait en tête, les pas lourds de sa cornue retentissant dans le paysage silencieux. Il était plus grand que les autres, et Dinah devina aux muscles qui roulaient dans son dos qu'il s'agissait d'un spécimen impressionnant. Elle trouvait étrange de considérer Mundoo – un nom qui instillait la peur dans le cœur de chaque enfant du Pays des merveilles – et de constater que, malgré sa férocité évidente, il n'était malgré tout qu'un homme. Des légendes sur les Yurkeis circulaient dans tout le royaume – les récits des horreurs qu'ils faisaient subir à des villes innocentes, des maltraitances qu'ils infligeaient à leurs femmes, de leur tendance à sacrifier leurs enfants et à ronger les os humains. L'on disait qu'ils s'étaient accouplés avec des grues, donnant vie aux terribles ours blancs des Bois tordus. Dinah avait toujours douté de la véracité de ces contes – notamment parce qu'elle doutait toujours de ce qu'elle apprenait –, mais elle pouvait désormais témoigner que ces récits étaient largement exagérés.

Ces hommes n'étaient pas si différents des Cartes. Ils s'habillaient autrement et parlaient une langue ressemblant au gazouillis de l'eau qui coule, mais ce n'étaient que des hommes, pas des monstres. Elle avait appris quelques rudiments de yurkei au cours de ses études, mais la véritable leçon était tacite : ils étaient l'ennemi. *Connais la langue de l'ennemi.*

Dinah lutta contre ses entraves, car ses bras s'engourdissaient et son dos hurlait de protestation, supportant mal de rester ainsi fléchi vers l'avant pendant d'aussi longues heures.

— Feriez mieux d'arrêter d'gesticuler, fit doucement remarquer le Pique. Évitez d'attirer l'attention.

— Mmm.

L'homme lui retira son bâillon un instant.

— Morte ? haleta-t-elle.

Elle sentit la déception de sire Gorrann quand il remit le tissu en place, malgré le bandeau qu'il avait sur les yeux.

Il finit par opiner.

— C'est dingue les questions qu'vous vous posez. Morte m'a laissé monter – sans doute parce que j'vous portais. L'est sévèrement drogué à cause des champignons – j'doute même qu'il ait conscience de c'qui s'passe. Y s'contente de marcher. Sinon, j'pense qu'il aurait fait un carnage aujourd'hui.

Il se tut un instant.

— J'tiens à vous prévenir qu'il risque de pas survivre longtemps quand on s'ra à Hu-Yuhar. Vous d'vez comprendre qu'il a tué des tas et des tas d'Yurkei. *Iy-Joyera* signifie le diable noir.

Dinah sentit ses yeux se mouiller de larmes tandis que du sang dégoulinait de sa plaie à la tête. Elle lutta contre son bâillon. Sire Gorrann l'ôta de nouveau.

— Pourquoi… pourquoi m'avez-vous emmenée ici ?

— Z'en faites pas pour ça pour l'instant. Vous comprendrez plus tard.

Dinah referma les paupières, mi-rassurée mi-perturbée par la présence du soldat derrière elle.

— Dormez. J'vous réveillerai quand on arrivera. Feriez bien d'avoir les idées claires. Et essayez plus d'tuer leur chef, sinon on finira tous deux criblés d'flèches.

Je ne peux pas vous le promettre, pensa Dinah. Elle était sur le point de se rendormir quand sire Gorrann remit son bâillon en place. *Pas s'il essaie d'abord de me tuer. Je me battrai pour sauver ma misérable existence, si insignifiante qu'elle puisse paraître pour le moment.* Sa tête palpitait, et elle se laissa rapidement sombrer dans les bras apaisants du sommeil.

Chapitre 9

Elle se réveilla allongée sur le dos, les yeux levés vers un cercle lumineux de ciel bleu. Elle cilla à plusieurs reprises avant d'essuyer ses yeux humides. Ses bras étaient libres. C'était bon signe. Elle laissa son regard vagabonder alentour, hésitant à bouger. Elle se trouvait dans une espèce de tente parfaitement ronde et trapue, dont la forme n'était pas sans évoquer les tartelettes qu'elle adorait au palais. Elle savait que, si elle se levait, ses doigts toucheraient le haut de la toile, et que si elle avait mesuré quelques centimètres supplémentaires, elle aurait pu sortir sa main par l'ouverture au sommet. Dinah se redressa à gestes tremblants. Elle était installée sur un incroyable matelas d'herbe tressée. Son dos la faisait moins souffrir que durant toutes ces semaines passées à dormir à même le sol. Pour la première fois depuis une éternité, elle se sentait réellement reposée. Elle étira les bras devant elle – ce qui lui provoqua un élancement fulgurant dans la tempe.

Elle palpa précautionneusement la plaie à cet endroit. Du sang séché recouvrait la zone, et une bosse de la taille d'une pomme saillait de son crâne juste au-dessus de son oreille. Son cœur battait fort, et la migraine qui l'assaillait lui fit grincer des dents. Elle resta immobile pendant quelques minutes, laissant la douleur refluer suffisamment pour lui permettre de se déplacer. Elle inspira un grand coup. Elle allait bien. Elle était vivante. Cela lui suffisait. Elle considéra son matelas avec envie, envisageant de s'y rouler en boule et de faire la morte pour le reste de la journée, mais son intuition lui disait que tel n'était pas son intérêt. Elle devait d'abord obtenir un certain nombre de réponses. Lorsque ses yeux eurent finalement accommodé, elle remarqua deux guerriers yurkeis debout près de la porte, l'arc à la main.

Dinah retourna vers sa couche de fortune. Une tunique rouge toute simple et un pantalon en plumes blanches y avaient été disposés pour elle. Elle se vêtit en hâte, vaguement consciente du regard bleu vif et scrutateur des gardes, dont l'expression demeurait toutefois insondable. Elle tenta de tresser ses cheveux, même si l'épaisse tignasse noire qu'elle avait naguère si profondément détestée était plus emmêlée que jamais. Ses bottes avaient disparu, et elle espérait pouvoir les récupérer un jour, si elle survivait à tout ceci. Elle avait fini par en apprécier le confort.

Lorsqu'elle s'approcha de la porte, les deux guerriers s'écartèrent.

— Mundoo veut voir vous, l'informa l'un d'eux dans un langage haché.

Dinah acquiesça, espérant qu'ils n'avaient pas conscience de sa peur grandissante. *Ils ne m'ont pas encore tuée*, chercha-t-elle à se rassurer. *C'est déjà ça.* La haine qui couvait dans le regard de l'un des gardes était intense, alors que l'autre paraissait simplement intrigué par sa présence. Après avoir pris une profonde inspiration, elle remonta le rabat de la tente. Un soleil aveuglant l'assaillit, et elle peina à comprendre ce qu'elle avait sous les yeux. Après quelques instants, elle s'autorisa à expirer, plongée dans un silence respectueux. Elle se trouvait à Hu-Yuhar, la cité cachée des Yurkeis. Elle se tenait dans une étroite allée cernée d'à-pics rocheux qui s'éloignaient en sinuant. Par-delà ces murailles de pierre grise, les magnifiques monts Yurkei s'élevaient, leurs sommets perpétuellement dissimulés derrière une brume épaisse qui ondoyait et bondissait tel un enfant en plein jeu. L'on prétendait que ces montagnes n'avaient pas de sommet, et plus Dinah s'en rapprochait, plus elle avait tendance à le croire.

La vallée tout entière ne devait pas mesurer plus de huit cents mètres de large. Le sol était couvert d'une herbe bleu-vert luxuriante. Des chevaux vagabondaient librement – mangeant, courant, dormant. Le sol semblait leur appartenir, même si Dinah vit plusieurs centaines de Yurkeis vaquer à leurs occupations quotidiennes sur les deux étroits sentiers de terre flanquant les parois rocheuses. Elle leva la tête, s'abritant les pupilles de cette lumière qui couvrait le vallon d'un voile de rosée. Des centaines de tentes semblables à celle dans laquelle elle s'était réveillée faisaient saillie sur le flanc de la montagne, planant tels de petits nuages à des dizaines de mètres du sol. Plates et rondes, elles émergeaient de trous dans la roche, ou parfois simplement du bord des falaises, quand elles n'étaient pas tout bonnement placées directement sur la paroi verticale. Une sorte de structure en bois arrimait chaque tente à la montagne à l'aide de longues poutres qui s'enroulaient autour des nacelles, les supportant par en dessous. *Des biscuits*, pensa Dinah en remarquant ces formes. *Des biscuits plats et ronds.*

Un système de ponts suspendus dans le même bois que la charpente soutenant les habitations reliait les deux montagnes. Les Yurkeis traversaient ces passerelles à une allure inquiétante : des enfants s'y poursuivaient, des femmes y transportaient des paniers remplis de vêtements ou de nourriture, des hommes des brassées de flèches. La vallée grouillait d'animation, mais l'essentiel de l'activité se déroulait au-dessus de la tête de Dinah. Un objet dur lui frappa l'épaule. Elle se retourna en grimaçant. Le guerrier qui l'avait toisée avec une telle détestation se tenait derrière elle, brandissant dans sa direction la hampe d'une longue lance incurvée.

— Aller. Voir. Chef.

Dinah avança sans savoir où elle allait, jusqu'à ce qu'une nuée d'enfants se mette à courir devant elle pour lui montrer la voie. Leurs longs cheveux blancs flottaient librement dans leur dos, dépourvu des rayures blanches qui marquaient celui des hommes. Dinah peinait à distinguer garçons et filles. Ils avaient l'air en tout point adorables, jusqu'à ce que l'un d'eux se retourne pour lui cracher à la figure.

— C'hallgu Quon !

Plusieurs autres l'imitèrent.

— C'hallgu Quon ! C'hallgu Quon ! psalmodièrent-ils.

Mauvaise reine ? traduisit mentalement Dinah en essuyant la salive qui coulait sur ses lèvres. Des cailloux se mirent à pleuvoir de nulle part, et la jeune femme se retrouva subitement criblée de toute sorte d'objets : touffes d'herbe, pierres, crachats, terre… Elle leva les mains pour se protéger, et les deux gardes yurkeis se rapprochèrent d'elle pour la saisir chacun par un bras et aboyer des ordres aux enfants. Elle chercha désespérément sire Gorrann du regard, sans repérer son visage grognon. Elle était seule.

Des femmes s'étaient rassemblées sur les flancs de la vallée pour observer cette princesse sale et humiliée. Elle trébucha, se sentant un peu plus rabaissée par leur beauté sauvage et leurs regards perçants. Elles ne portaient que des jupes à plumes blanches leur ceignant lâchement les jambes, ainsi qu'un bandeau assorti qui leur dissimulait la poitrine. Toutes étaient minces et musclées ; leur peau était brune et lisse, leurs yeux d'un bleu éclatant. Leurs longs cheveux étaient ramassés en divers chignons élaborés, rehaussés de perles bleues éparses qui scintillaient au soleil. Dinah se sentait atrocement dépaysée, tel un monstre hideux avec sa complexion laiteuse, sa tignasse noire et ses yeux charbonneux. Toutes plissaient les paupières à son passage. Elle comprit alors pourquoi on lui avait réservé cette tunique. Elle arborait du rouge, la couleur du palais des merveilles, afin de rappeler à tous qui elle était exactement. Le rouge, la couleur du sang, la couleur de l'oppresseur. *J'aurais dû venir toute nue*, pensa-t-elle en trébuchant encore. *J'aurais peut-être moins attiré l'attention.*

La foule s'ouvrit devant elle quand elle approcha une imposante échelle de corde blanche, qui semblait suspendue en plein ciel. Dinah tordit le cou pour tenter d'estimer la hauteur jusqu'au sommet. Loin au-dessus d'elle, deux grues sculptées dans les à-pics majestueux qui fermaient la vallée se faisaient face – les ailes déployées, la poitrine gonflée. Leur long cou aboutissait à une tête énorme au bec béant. Les représentations étaient si colossales que leurs becs se touchaient presque, alors qu'elles se trouvaient chacune d'un côté du vallon.

— Meir hu-gofrey, murmura le guerrier qui l'avait considérée avec tant de curiosité. Nos protecteurs et nos dieux.

Dinah acquiesça. Elle savait que les Yurkeis vénéraient les oiseaux, et que la fascination du Pays des merveilles pour les espèces rares remontait aux premières rencontres avec les Yurkeis. Entre les deux grues, une nacelle unique était suspendue entre la courbure de leurs cous grâce aux mêmes charpentes de bois que plus bas. Le chef devait y vivre, perpétuellement perché entre deux oiseaux en guerre, chacun de la taille d'une montagne.

Dinah s'arrêta pour contempler l'échelle. Celle-ci ondulait dans le vent, usée et fatiguée.

— Je ne peux pas.

Le guerrier furibond la poussa en avant et la força à mettre la main sur le premier barreau.

— Grimper, exigea-t-il. Grimper.

Dinah leva encore les yeux. La nacelle était suspendue à des dizaines de mètres de hauteur. Une chute, même à mi-parcours, la tuerait à coup sûr. Elle inspira profondément pour se donner du courage et entama son ascension ; curieusement, même si l'échelle de corde oscillait au gré de la brise, elle ne ployait pas sous son étreinte. Une main après l'autre, elle gravit les échelons ; les guerriers, qui montaient derrière elle, semblaient s'impatienter de cette progression si lente. Une forte bourrasque agita l'échelle, et Dinah se serra contre elle, enroulant bras et jambes autour des barreaux. Elle entendait les rugissements de rire des enfants en contrebas, qui l'observaient s'agripper désespérément, tandis que le bas de l'échelle battait l'air sous les guerriers à la manière d'une queue furieuse.

— En haut, en haut ! criait le garde derrière elle. Dinah resta accrochée, craignant de bouger, redoutant cette longue chute qui la laisserait, brisée, sur le sol irrégulier. Elle était tétanisée, incapable d'avancer. L'échelle se mit à tournoyer sous l'effet du vent, de plus en plus vite, commençant à craquer et siffler. Dinah devinait les éclats de rire derrière les mugissements courroucés des bourrasques balayant la vallée. *J'ai tellement peur,* se dit-elle. *Ai-je jamais eu aussi peur ? Je vais mourir ici.* Le barreau qu'elle tenait était à ce point imprégné de sueur qu'il en devenait glissant, et le pied de la jeune femme était coincé entre deux autres. *Je ne peux pas. Je ne peux plus avancer.*

Le plus gentil des deux gardes força alors l'allure pour la rattraper. Il fut à sa hauteur en quelques secondes. Là, il passa prudemment de l'autre côté de l'échelle, et se trouva bientôt nez à nez avec Dinah. Il se laissa pendre d'une main, délivrant le pied de la jeune femme de l'autre. Il changea alors de prise, ferma le poing autour de la corde de bois et passa son bras libre autour de la taille de Dinah.

— Je vais aider, murmura-t-il. Pied.

Elle ferma les yeux et monta sur le barreau suivant, rassurée par son soutien. Sans réfléchir, elle leva la main d'un cran, puis d'un autre, même lorsque le vent faisait se balancer l'échelle si violemment qu'elle manquait lâcher prise. Elle dépassa bientôt la poitrine des grues immenses, puis le sommet de leur cou géant, avant enfin d'atteindre la vaste nacelle blanche déployée entre les deux oiseaux telle une soucoupe qui serait tombée de leurs becs.

Le Yurkei fut le premier à rejoindre la cabane, et il frappa à deux reprises sur le cadre de bois à l'extérieur. Un carré de tissu fut soulevé du bas, et il disparut d'un bond à l'intérieur du trou ainsi ménagé, avant de se pencher pour aider Dinah à le rejoindre. Les pieds de la jeune femme battirent mollement l'air tandis qu'il lui tenait les bras et qu'elle le dévisageait avec angoisse, s'en remettant exclusivement à lui. Il lui adressa un sourire timide et lui fit franchir l'ouverture, avant de la déposer sans ménagement à l'intérieur de la tente. Les bras et les jambes de la prisonnière tremblaient si fort qu'elle se contenta de rouler sur le dos, les poumons douloureux et le souffle court. Ses mains n'arrêtaient pas de s'agiter et une sueur froide coulait en abondance. Soulagée de reposer sur une surface dure, elle ne pouvait toutefois pas oublier à quelle altitude cet abri de toile était suspendu. Cela n'avait rien de naturel, et il lui tardait de pouvoir de nouveau enfoncer ses ongles dans le sol. Elle était une fille de la terre, pas du ciel. Son cœur s'emballa douloureusement quand elle se rendit compte qu'elle allait plus tard devoir redescendre, ce qui se révélerait moins fatigant physiquement, mais infiniment plus dangereux. Elle ferma les paupières et se concentra sur sa respiration. Quelques minutes plus tard, une voix d'homme finit par rompre le silence.

— Avez-vous apprécié l'ascension, princesse ?

Dinah roula prudemment sur le ventre avant de se mettre en position assise. Elle essayait de contrôler son souffle, de donner une illusion de maîtrise. Mundoo se trouvait devant elle, l'air resplendissant dans sa coiffe complète composée de plumes bleues. Il ne portait rien d'autre qu'un pagne en plume et des sandales en bois, dont les lacets s'enroulaient autour de ses chevilles et de ses mollets. Les rayures blanches qui le recouvraient plus tôt avaient disparu, remplacées par des dessins et symboles élaborés qui jalonnaient sa peau. Ses muscles étaient longs et durs, ses yeux bleus et brillants. Il était assis paisiblement sur un immense trône en oiseaux dorés sculptés, qui, à sa grande surprise, n'était pas sans rappeler les trônes de cœur de la Grand-Salle. En réalité, plus elle l'étudiait de près, plus elle découvrait de ressemblances. À l'exception des oiseaux qui remplaçaient les cœurs, les sièges étaient identiques. Ils avaient à n'en pas douter été taillés par le même artiste, à la même époque.

Lève-toi, s'intima Dinah, *tout de suite ! Tu as l'air faible.* Malgré ses tremblements, elle se força à se mettre debout et à relever le menton. Mundoo se leva à son tour et adressa un signe à ses gardes.

— Lu-feryir.

Les guerriers tournèrent les talons et sortirent par les battants ouverts autour de la tente oblongue. Dinah hoqueta, pensant que Mundoo leur avait ordonné de se jeter dans le vide – puis elle s'avisa que ces espèces de cordes de bois qui servaient à soutenir les nacelles au-dessus du sol faisaient aussi office de passerelles menant aux tunnels étriqués creusés directement dans la poitrine des oiseaux de pierre.

— Souhaiteriez-vous un peu d'eau ? L'ascension de l'échelle peut se révéler… éprouvante, pour qui n'en a pas l'habitude.

Dinah repoussa son offre d'un geste de la main. Elle ne voulait rien d'autre de lui que sa clémence, même si sa gorge était atrocement sèche.

— Cette ascension était destinée à me faire passer pour faible.

Elle releva le menton.

— Majesté.

Mundoo partit d'un léger rire.

— Vous savez, vous ne me faites pas beaucoup penser à votre père. Par votre arrogance et votre manque de maîtrise, à la rigueur, mais en dehors de ça…

Il scruta ses prunelles sombres.

— Je ne retrouve pas en vous cet homme qui a tué tant des miens.

Dinah baissa les yeux.

— Mon père, le roi, a assassiné mon frère de sang-froid afin de ne pas avoir à partager sa couronne. Il a essayé de me tuer, moi, sa propre fille, après avoir balancé *son propre fils* par une fenêtre. Il m'a traquée à travers les Bois tordus, et s'est retrouvé si près de moi que j'ai perçu son haleine et senti la rage exsuder de son corps. Je n'ai aucun amour pour lui, et le fait que vous ne le retrouviez pas en moi est le plus grand compliment que vous puissiez me faire.

Mundoo sourit et porta la main à la joue de Dinah. Elle se força à ne pas tressaillir quand sa peau tannée suivit le tracé de sa mâchoire.

— Qu'en est-il du reste du palais des merveilles ? N'éprouvez-vous aucune loyauté à l'égard de ses autres habitants ? des Cartes ?

Dinah pesa soigneusement ses paroles suivantes. *Je suis une souris dans l'aire d'un aigle,* se dit-elle, *et le moindre faux mouvement pourrait me précipiter dans son gosier.*

— Je n'éprouverai aucun dévouement envers le pays des merveilles tant qu'il demeurera sous le règne de l'homme qui a assassiné mon frère.

Le regard bleu de Mundoo s'illumina quand un sourire vint éclairer son visage.

— Bien répondu. Je constate que vous savez manier le langage de la politique et des régnants. Cela ne me surprend pas.

Il s'éloigna pour aller faire les cent pas autour de son trône.

— Vous devez connaître l'histoire de mon peuple et du Pays des merveilles. Selon nos légendes, les Yurkeis sont arrivés ici sur le dos d'oiseaux géants il y a des siècles et des siècles. Nous avons vécu en harmonie avec la terre, et fait de cet endroit – Hu-Yuhar, la cité cachée – notre demeure. Nous ne connaissions pas la guerre, ne nous servions de nos armes que pour la chasse. Puis, un jour, des inconnus ont débarqué d'un bateau en provenance d'une terre lointaine, des « Autres Mondes », comme vous les appelez. Ils étaient copieusement armés et possédaient quantité de bijoux rutilants qui ont suffi à impressionner notre imbécile de chef de l'époque. Ces hommes ont érigé le palais des merveilles et entrepris de nous repousser vers les montagnes, bien qu'ils eussent originellement accepté de partager la terre. Le père du père de votre père nous a déclaré la guerre, et nous guerroyons depuis contre la lignée des Cœurs.

» Tout cela dans quel but ? Nous n'aspirons qu'à vivre paisiblement sur nos terres. Certes, lorsqu'un village du Pays des merveilles s'installe trop près de nos territoires, nous le réduisons en cendres, car nous devons lutter pour préserver le moindre centimètre carré d'herbe. Vous, les soi-disant Merveilleux, vous prenez et prenez, sans jamais rien rendre en retour. Nous habitons un vaste pays, pourtant le palais estime devoir en posséder le moindre recoin, depuis la mer Ponantaise jusqu'au pied des monts Yurkei. Comme le disaient nos ancêtres, *Yu-Fhullei-Ja-Drayden, Ja-Drayden*

– ce qui ne peut être ne peut être. Comme vous le savez sans doute, je dispose d'espions au sein du palais des merveilles, et j'ai appris que votre père avait lancé les préparatifs pour sa grande guerre. Il cherche à nous repousser jusqu'à la mer, cet endroit d'où venaient ses ancêtres avec leurs cœurs rouges et leur soif de sang. Il aimerait trouver et détruire Hu-Yuhar.

Mundoo soupira et posa la main sur son trône tout en dévisageant Dinah. Celle-ci voyait des rides inquiètes creuser son visage puissant.

— Revenons-en à vous, qui avez déboulé si hardiment sur mon territoire sur le dos du diable noir. Que voulez-vous que je fasse d'une princesse en exil ? La plupart des gens de mon peuple vous auraient exécutée sur la place publique. Regardez en bas.

Dinah resta immobile tandis que Mundoo soulevait quelques rabats sur le côté de la tente. Il la prit alors par le cou pour la pousser vers la lumière.

— Regardez en bas, Dinah. Regardez-les, voyez ces veuves qui veulent voir votre sang versé pour tous ces guerriers qui ne sont jamais rentrés. Vous avez peut-être été bannie du Pays des merveilles, et le roi désire peut-être vous voir morte, mais cela importe peu à un orphelin de père ou à une femme dont la couche ne sera plus jamais réchauffée.

Dinah demeura silencieuse en observant la foule en contrebas, la main brûlante de Mundoo toujours plaquée sur sa nuque. Rien de ce qu'il avait dit n'était faux.

— Vous exécuter, vous, votre Pique et votre destrier, serait la solution la plus simple. Mais je pense que nous pouvons tirer meilleur profit de votre présence ici. Que savez-vous de votre royaume et de sa situation actuelle ?

— Je sais que la révolte couve à cause de l'augmentation des impôts. Je sais que mon père devient de plus en plus paranoïaque et qu'il amasse ses Cartes en nombre – même si j'ignore dans quel but. Je sais qu'il a placé Vittiore, sa marionnette, sur le trône, et qu'il règne d'une poigne de fer. Il se trame quelque chose, mais cela me concerne peu. Je ne fais plus partie de la famille royale. Je ne suis plus qu'une fille sans foyer.

Mundoo sourit.

— J'aimerais pouvoir y croire. Il paraît que votre sœur est très belle, avec des cheveux pareils au soleil.

— Et un esprit tourbeux, répliqua Dinah d'un ton plus cinglant qu'elle ne l'avait souhaité. Elle ne fait rien tant que mon père ne le lui a pas demandé. Vittiore ne saurait pas régner sur une fourmilière.

— Intéressant. Mais votre père est un homme intelligent, n'est-ce pas ?

Dinah repensa au jour où il avait décapité Faina Baker juste devant elle pour lui apprendre à se mêler de ses affaires.

— Il est intelligent, oui. C'est un combattant agile, mais aussi un ivrogne brutal et impitoyable. Tout cela le ralentit. Il est plein de rage, pour des raisons que j'ignore. L'homme le plus brillant du palais est Cheshire. La plupart des décisions que prend mon père émanent de lui.

Dans son esprit, Dinah visualisa le corps minuscule de Charles déstructuré sous le ciel étoilé. Elle poursuivit d'une voix plus forte.

— Je n'éprouve rien que de la haine à l'encontre du roi. Je lui ôterais volontiers la vie. C'est ce que je comptais faire dans les Bois tordus, avant l'intervention du Pique.

— C'est ce que j'ai entendu dire.

Mundoo la dévisagea, scrutant son âme de ses yeux perçants.

— Je vous trouve très intéressante, Dinah, princesse en exil du Pays des merveilles. L'histoire de votre fuite a résonné jusqu'à cette terre, jusqu'ici, à Hu-Yuhar, notre demeure. Cela vous a valu de nombreux surnoms : la Reine de la mort, la Reine rouge, la Reine rebelle, la Dresseuse du Diable noir. Certains prétendent même que vous êtes un fantôme, ou un présage…

— Je ne suis personne, rétorqua la jeune femme. Simplement Dinah, une bannie ayant accidentellement échoué dans votre champ de champignons.

Mundoo haussa un sourcil.

— Accidentellement ? Oui, c'est *très* intéressant. Nul ne profane notre cimetière sacré par simple accident. Non. Votre Pique vous a guidée là-bas, bien que ses motivations soient encore incertaines.

— Non, nous avons…

Les mots de Dinah moururent sur sa langue, et un pincement au cœur lui affirma que Mundoo avait vu juste. Sire Gorrann l'avait menée là-bas volontairement. Elle pensait qu'ils fuyaient simplement le roi, peut-être dans l'espoir de rallier les Autres Mondes, mais il l'avait simplement entraînée vers l'est… pour la précipiter dans les mains des Yurkeis.

— Je lui faisais confiance, hoqueta-t-elle d'un timbre sec et râpeux.

Mundoo se leva et lui tendit un petit bol en bois rempli d'eau.

— Buvez. J'insiste. Cela me chagrine d'entendre votre voix si abîmée.

Dinah, quelque peu humiliée, avala bruyamment l'offrande.

— Avec le pouvoir que vous possédez, vous devriez savoir qu'il ne faut vous fier à personne.

— Je ne possède aucun pouvoir, le dédit-elle en s'essuyant la bouche. Mes seuls biens sont une épée, un sac de linge sale et un cheval.

— Ah, votre cheval.

Mundoo dénoua un morceau de tissu attaché à son trône magnifique, et le toit de la tente se rabattit tel un œuf dépouillé de sa coquille. Le ciel s'ouvrit au-dessus d'eux, et la pièce se retrouva emplie du vent froid et tourbillonnant qui avait si aisément secoué l'échelle. Dinah eut à peine le temps de se baisser quand une grue blanche géante arriva dans un battement d'ailes, lui envoyant des bourrasques dans la figure. L'oiseau se posa sur le trône et poussa un cri rauque et puissant en direction de la jeune femme. Mundoo ne semblait pas décontenancé par l'échassier menaçant.

— Morte sera abattu à la prochaine pleine lune. Il doit verser le prix du sang pour toutes les vies qu'il a ôtées à cette tribu. Croyez bien que je n'éprouve aucun plaisir à l'idée d'éliminer une de ces rares et exquises créatures que sont les cornus – d'autant que je n'en avais jamais vu de pareil.

— Il n'a rien fait du tout.

Dinah sut qu'il s'agissait d'un mensonge dès que ces mots eurent franchi ses lèvres.

— Ah bon ? Je l'ai pourtant vu de mes yeux broyer trois de mes meilleurs guerriers sans plus de cérémonie, jusqu'à ce qu'il revienne pour en goûter la chair.

Dinah se souvint de l'ours et du museau de Morte couvert de sang, de l'écœurement qu'elle avait ressenti alors.

— Cette créature va mourir. Puis nous déciderons de ce que nous ferons de sa cavalière. Une longue réflexion m'attend. Mes espions m'ont fourni de bonnes raisons de croire que votre père prépare un assaut de grande ampleur contre ma tribu. Les combats pourraient faire rage pendant des mois, jusqu'à venir s'achever ici, à Hu-Yuhar.

— Mais votre ville semble inexpugnable. Elle est cernée de montagnes.

Mundoo sourit quand la grue posa la tête sur ses genoux.

— C'est ce que l'on pourrait croire, mais je ne sous-estime pas votre père. Nous avons nos faiblesses, comme n'importe quelle cité. Mais il m'appartient d'y songer. En attendant, vous resterez ici comme hôte. Vos participerez à nos célébrations et festivités, et je vous encourage fortement à parler aux membres de la tribu, pour apprendre. Vous ne serez pas autorisée à quitter la vallée, ni à entrer dans les maisons. Vous poursuivrez votre entraînement avec le Pique, et je chargerai mon meilleur guerrier de contribuer à votre formation pour renforcer vos talents. Vous n'approcherez pas de Morte, ou nous réclamerons votre sang au lieu du sien. Et s'il venait à disparaître ou à être libéré, vous mourrez, et le Pique également. Je le ferai démembrer sous vos yeux.

— Où est sire Gorrann ?

— Il vous attendra dans votre tente. Nous nous sommes entretenus plus tôt dans la matinée, et il s'est encore plus mal débrouillé que vous pour l'ascension.

Dinah esquissa un semblant de sourire quand Mundoo passa derrière elle. Au moins le chevalier était-il encore vivant.

— Nous nous reparlerons, princesse, mais en attendant, vous devez partir. Vous avez fait connaissance avec vos gardiens, Ki-ershan et Yur-Jee. Ils vous suivront comme votre ombre, où que vous alliez. Je vous encourage à ne pas essayer de vous dérober à leur vue. Yur-Jee a perdu son fils aîné face à Cœurépée, je veillerais donc à ne pas le contrarier. La passion peut parfois pousser à la violence.

Dinah acquiesça et s'apprêta à partir. Le soleil scintilla un instant devant elle, puis elle sentit un bras autour de son cou et un corps contre son dos. Mundoo s'était déplacé si vite que Dinah n'avait rien vu venir. Une douleur fulgurante la transperça lorsqu'un objet pointu la transperça. Son épaule explosa, et tout devint blanc. Elle attrapa la main tendue du chef yurkei, dans laquelle elle avisa un fin couteau fait du même bois blanc que celui qui soutenait les tentes. Il était plus mince qu'une aiguille à tricoter, et désormais couvert de vermillon. Mundoo inspira avant de l'enfoncer de nouveau en elle, juste au-dessus de l'omoplate. Il était en train de la tuer. Elle ne sentit pas la lame entrer, mais elle ressortit en lui provoquant une souffrance encore jamais éprouvée. Dinah laissa échapper un cri étouffé alors que le sang jaillissait de ses blessures. La douleur était profonde, comme si on enfouissait en elle un millier de fers à marquer. Elle chancela en arrière puis tomba à genoux avec un halètement étranglé. Mundoo s'accroupit près d'elle et enroula à nouveau son bras épais autour de son cou. Ses lèvres effleurèrent son oreille quand il l'attira à lui. Dinah gargouilla et suffoqua. La main du guerrier était couverte de sang.

— N'ayez crainte, princesse. Je ne vous ai pas infligé une plaie mortelle, et elle guérira vite. Vous n'allez pas succomber, vous avez ma parole. C'était simplement pour vous punir d'avoir abattu votre épée sur moi. Je suis le noble chef des Yurkeis, un homme d'honneur, mais je ne pouvais vous laisser croire que nous étions amis ou que vous pouviez échapper à ma surveillance. Même si vous êtes exilée, vous restez la progéniture de mon ennemi, et je ne l'oublierai pas tant que je n'aurai pas rendu justice à mon peuple.

Son haleine chaude s'attardait sur son visage. Dinah avait l'impression que les muscles de son épaule se détachaient, fibre après fibre. Elle poussa un cri qui le fit sourire.

— Navré de vous causer pareille supplice, mais je me devais de vous rappeler de ne pas me trahir. Les Yurkeis ont été traqués, exécutés et torturés sous le cœur rouge du Pays des merveilles. Votre sang n'est qu'une goutte versée dans le seau qui devra être rempli avant que nous soyons quittes. Nous sommes un peuple pacifique, mais à l'instar des serpents endormis, nous frappons quand on nous approche de trop près, et les rois et les reines du palais des merveilles nous piétinent depuis des décennies. Je suis un homme honorable, mais pas inoffensif.

Il la libéra violemment, et elle tomba à plat ventre sur le plancher de la tente, où elle se tortilla de douleur. Le chef appela alors Ki-ershan et Yur-Jee, qui apparurent par l'un des battants ouverts de la tente.

— Emmenez-la par la montagne, ordonna Mundoo avec un geste de la main. Assurez-vous que personne ne lui fasse de mal, ainsi qu'au Pique, en attendant que j'aie pris ma décision les concernant. Nourrissez-les, lavez-les, habillez-les. Veillez à ce qu'ils soient bien traités, mais surveillés de près. Demandez à Ge-Jursi d'utiliser les potions d'Iu-Hora pour la guérir.

Le corps entier de Dinah se convulsait d'agonie. Yur-Jee voulut discuter les ordres, mais Mundoo le fit taire d'une main levée.

— Exécution. Ach-julik.

Yur-Jee s'inclina, les mains formant devant lui le symbole de la grue. Les gardes de Dinah la saisirent par les bras et la traînèrent par la porte ouverte de la tente. Elle avait l'épaule en feu. Elle hoquetait en quête d'air, incapable de respirer tant elle avait mal. Ils la poussèrent sur la passerelle de corde conduisant dans la poitrine d'une des deux grues. Dinah trébucha à maintes reprises, ce qui rendait la traversée sur cette plateforme noueuse encore plus terrifiante. Du sang dégouttait de son épaule sur son pied nu, et elle luttait pour ne pas perdre connaissance. Elle glissa. Ki-ershan apposa sa paume sur la plaie pour endiguer l'hémorragie. Dinah voyait le sol, des dizaines et des dizaines de mètres en contrebas, tandis qu'ils s'efforçaient de la maintenir sur l'étroit pont en corde. La foule observait silencieusement les gouttes de sang pleuvoir de son corps. Cela semblait satisfaire l'assemblée.

— Marcher, gronda Yur-Jee en la bousculant sans ménagement, au point que Dinah serait passée par-dessus bord si Ki-ershan ne l'avait pas rattrapée.

— Ja-hohy ! aboya ce dernier à l'encontre de Yur-Jee.

Arrête, traduisit Dinah, à moitié délirante. *Oui, Ja-hohy signifie arrête. Merci, Harris.*

Quelque chose se tordit dans son épaule et elle eut soudain l'impression que l'os se séparait du muscle, dans les profondeurs de la coupure. Elle poussa un cri et tomba en avant, ses genoux heurtant violemment l'affleurement rocheux qui menait dans la montagne. Ravie et soulagée de sentir la fraîcheur de la pierre, elle partit d'un rire hystérique, même si elle se trouvait encore dans une sculpture d'oiseau géant à une hauteur vertigineuse. Le besoin d'embrasser la montagne fut supplanté par les élancements furieux, et elle lutta encore une fois pour ne pas s'évanouir. Elle entendit des voix, des cris. Le visage de sire Gorrann apparut contre le ciel bleu brumeux, les traits fins de son visage creusés par l'inquiétude.

— Qu'est-ce que vous lui avez fait ? Dinah, ça va ? Dinah ! Dinah ! Majesté, montrez-moi.

Il lui souleva le visage, examina son épaule. Il la fit pivoter doucement, retirant la main de Ki-ershan encore plaquée sur la plaie, et prit une inspiration suffoquée.

— Le chef aurait pas dû faire ça. Pourquoi ? Yur-Jee, allez m'chercher des bandages et un guérisseur. tout d'suite !

Dinah ferma les yeux. Quand elle les rouvrit, une magnifique Yurkei était penchée sur elle, examinant la blessure de ses yeux bleus et brillants. Ses cheveux blancs resplendissants avaient dû tremper dans son sang, car leur pointe était maculée de rouge. Elle écouta sans bruit la femme entonner un chant plaintif en se balançant d'avant en arrière. Elle appliqua une sorte d'emplâtre grisâtre sur la plaie. Le cataplasme sentait comme le champ de champignons – un parfum chaud et puissant, presque décadent. La douleur reflua subitement, pour n'être plus qu'une sensation lancinante de piqûre. Avec un soupir de soulagement, Dinah tendit la main pour agripper l'épaule de l'inconnue.

— Merci, merci, merci…, répéta-t-elle, encore et encore, jusqu'à ce que sa langue soit tout engourdie.

La guérisseuse sourit, révélant de petites dents nacrées et joignit les mains. Elle contemplait Dinah stoïquement.

— Bienvenue. Bienvenue à Hu-Yuhar.

Chapitre 10

Après cela, Dinah dormit pendant deux jours, deux jours merveilleux sur le lit d'herbe tressée, deux jours délicieux de repos. La douleur la réveillait occasionnellement. Elle en profitait pour manger et se soulager, avant de replonger dans l'oubli. Sire Gorrann restait assis silencieusement à son chevet, sur le qui-vive. Il devait somnoler parfois, mais Dinah ignorait quand et ne s'en souciait pas vraiment. L'emplâtre guérisseur rendait ses rêves colorés, vifs et joyeux. Charles, tressant des plumes pour en faire un chapeau. Harris, rajustant ses bésicles tandis qu'ils se repaissaient de vin et de raisin. Wardley, chevauchant Cornier, ses cheveux châtains luisant tel du chocolat chaud au soleil, les bras tendus vers elle. Wardley… Elle pensait souvent à lui, durant les quelques minutes qui séparaient son réveil de son endormissement. Wardley, son amour, qu'elle ne reverrait sans doute jamais.

Wardley le Faible, ainsi qu'ils le surnommaient désormais. La honte qu'elle éprouvait d'avoir terni son nom était parfois insupportable, il était alors plus facile de dormir.

Après deux jours, donc, Dinah accepta à contrecœur de quitter les limites de sa tente douillette et chaude, même si elle aurait pu passer le restant de sa vie à manger, à dormir et à rêver. Sire Gorrann la réveilla tôt et s'assura qu'elle avale une assiette d'œufs et un étrange fruit de la couleur de l'ambre. Lorsque Dinah croqua dans son premier œuf, un filet jaune lui dégoulina sur le menton. Elle contemplait sire Gorrann, qui dévorait sa pitance sans jamais sembler rassasié.

— M'avez-vous menée ici exprès ? s'enquit-elle.

Le Pique s'essuya le visage à l'aide d'une serviette en plume.

— P'têt. Mais p'têt qu'il est trop tôt pour en parler.

Dinah balança son assiette à travers la pièce, avec une rage qui la surprit elle-même. Sa blessure hurla de protestation, lui arrachant un léger gémissement.

— Pourquoi ? Pourquoi faire une chose pareille ? pourquoi nous emmener ici ?

Le chevalier se leva et s'épousseta les genoux.

— J'répondrai pas à c'te question pour l'instant, pas tant qu'vous vous comporterez comme une enfant. Mais si vous voulez un conseil : demandez-vous si vous m'faites confiance. Demandez-vous si z'auriez survécu sans moi. Après quoi, j'vous emmènerai à la rivière pour vous laver, pasque j'ai jamais vu quelqu'un d'si répugnant, et qui faut r'panser vot' plaie.

Il quitta alors la tente sans rien ajouter. Dinah rumina quelques minutes dans la lumière vive qui baignait l'intérieur. Il l'avait conduite ici. Mais pourquoi ? Pour offrir aux Yurkeis cette revanche qu'ils désiraient tant ? Pour la livrer au roi en échange d'une rançon, afin qu'il puisse la tuer en personne ? Aucune des hypothèses qu'elle parvenait à échafauder ne comportait la moindre logique. Sire Gorrann l'avait sauvée, protégée, formée au combat. On ne fournissait pas une arme à son ennemi, et on ne lui apprenait pas à s'en servir. Plus elle y réfléchissait, plus cela lui paraissait irrationnel. Mais avait-elle le moindre choix ? Elle ne pouvait rien changer au fait qu'elle soit l'otage bien reposée d'une tribu yurkei, dont le chef l'avait poinçonnée. Mundoo l'avait *poignardée*. Dinah se rappelait le venin dans sa voix, la colère qui bouillonnait sous ses discours pleins de sagesse.

Elle s'assit pour y songer quelques minutes. Le repos avait été une véritable renaissance, elle était désormais capable de penser au lieu de se contenter de survivre au jour le jour. Elle pouvait se laver, mais pas seule, si elle voulait que l'on s'occupe de sa blessure poisseuse et brûlante. Finalement, avec un cri de douleur et un chapelet de jurons qui aurait gorgé le Pique d'orgueil, Dinah se leva et enfila une tunique. Elle sortit de la tente et tomba sur Ki-ershan, qui l'attendait. Il lui désigna d'un geste du menton le sentier de terre qui courait derrière l'abri.

— Merci, chuchota-t-elle.

Il lui répondit d'un sourire. Ki-ershan était de très loin son garde préféré. Il lui emboîta le pas quand elle se mit à descendre jusqu'au ruisseau d'eau fraîche qui traversait le vallon. Sa blessure l'élançait toujours, mais ce n'était rien en comparaison de la douleur que lui avait infligée le couteau en bois. Sire Gorrann patientait dans un virage, et ils achevèrent le trajet en silence.

Elle s'arrêta près du cours d'eau pour en contempler le lit. Il était relativement étroit, à peine trois mètres de large, mais il gargouillait et dansait sous le soleil matinal ; l'onde était si claire que Dinah avait presque l'impression de regarder dans un miroir. La jeune femme pensait toute honte bue après avoir été trimbalée dans la vallée, affublée de sa tunique rouge vif, puis contrainte de grimper à l'échelle de corde, mais elle s'était fourvoyée. Des centaines de Yurkeis se baignaient déjà, jouaient ou lavaient leur linge. Les femmes étaient entièrement nues, leur corps élancé scintillant au soleil, leur peau parfaitement lisse évoquant un thé bien riche. Dinah vit sire Gorrann se détourner, le rouge aux joues. Elle se déshabilla lentement, tâchant de couvrir ce qui pouvait l'être à l'aide de sa tunique, avant de s'immerger rapidement dans l'eau glaciale, grimaçant d'appréhension à mesure que la blessure se rapprochait de la surface. Tous les regards convergèrent vers elle quand elle se redressa, sans doute dégoûtés par cette créature pâle et contusionnée aux cheveux noirs et aux yeux les plus charbonneux qui soient. Le froid intense lui coupa le souffle, et elle se mit aussitôt à grelotter. Une étrange pâte grise exsudait de sa plaie. Sire Gorrann vint la rejoindre, s'efforçant tant bien que mal de se couvrir, tout en hoquetant à cause du froid. Il y plongea la tête avant de refaire surface et de secouer sa tignasse grise. Il se mit alors à frictionner la plaie de Dinah avec ferveur. La situation n'avait rien d'intime, puisqu'ils gelaient tous deux et faisaient au plus vite.

Sire Gorrann lui souffla à l'oreille :

— Vot' blessure… l'est presque guérie. Incroyable. Jamais rien vu d'pareil.

Et en effet, la plaie cicatrisait bien après deux jours de repos et d'application de l'emplâtre étalé dessus pour la refermer. Son épaule l'élançait continuellement, et lever le bras lui provoquait des douleurs, mais Mundoo avait tenu parole : elle n'en mourrait pas. Elle conserverait simplement une balafre en souvenir de lui. Dinah observa l'eau claire se troubler alors que crasse et terre abandonnaient sa peau. Quelque chose dans la manière délicate dont le Pique touchait son épaule lui fit prendre conscience que, même s'il l'avait précipitée entre les griffes des Yurkeis, elle lui faisait profondément confiance. Il ne lui ferait jamais de mal, elle le savait d'instinct ; tout comme elle savait que les étoiles changeaient de place chaque nuit. Sire Gorrann maudissait le chef tout en frottant la plaie sanguinolente.

— Il pense sans doute qu'vous l'avez mérité, mais il était pas obligé d'vous blesser si profond. Il aurait dû vous laisser tranquille. Qu'est-ce qui va s'passer, lors des prochaines batailles… ?

— Quelle importance ? répliqua Dinah. De toute façon, je serai exécutée d'ici quelques jours, le temps d'assister à la mise à mort de Morte. Il ne fait aucun doute que Mundoo veut ma peau, il cherche juste à repousser l'échéance. Rien d'étonnant là-dedans : tout le monde sait que les Yurkeis ne sont pas les plus grands partisans de la famille royale, et à raison.

Elle tourna les yeux vers Yur-Jee, qui les observait avec une haine à peine dissimulée depuis le bord du ruisseau.

— Mundoo risque de laisser passer sa chance, marmonna la jeune femme. Il y a des tas de gens ici qui aimeraient voir ma tête au bout d'une pique, et le plus tôt possible.

— Les Yurkeis pratiquent pas la décapitation, répliqua posément sire Gorrann avant de replonger la figure sous la surface. Ils jettent leurs prisonniers d'puis les ailes des grues en pierre.

Il se tut alors, conscient de la réaction que cette image allait provoquer chez Dinah.

— Désolé, Majesté. J'avais oublié.

Elle écarta les doigts dans l'eau, revoyant Charles démantibulé sur son bloc de pierre.

— Ne vous excusez pas. Mourir de la même manière que mon frère ne me déplairait pas. Cela procurerait une forme d'équilibre.

Dinah prit soudain conscience que le bruyant ruisseau s'était subitement tu. Les femmes yurkeis retournaient, nues, sur la rive, rassemblant leurs enfants à force de chuchotements. Les petits résistaient, contrariés de voir s'achever prématurément leurs jeux, mais les femmes les emmenaient de force, sans même se sécher. Quelques secondes plus tard, il ne restait plus que Dinah et sire Gorrann dans le cours d'eau. La jeune femme entendit un craquement de branches derrière elle et se retourna, les bras plaqués contre la poitrine, le cœur battant la chamade.

Deux énormes pieds apparurent devant elle sur la berge – d'immondes pieds noueux, d'énormes morceaux de viande couverts de cals et de cicatrices. Ils appartenaient au plus grand homme que Dinah eût jamais rencontré. Elle fut surprise de découvrir ici, dans les profondeurs du pays yurkei, un homme doté de la même carnation qu'elle. Ses cheveux évoquaient le miel plutôt que la neige, même s'ils étaient longs et coupés à la mode locale. Ils s'achevaient en pointe sur son front, au-dessus de ses yeux d'un vert terne. Une cicatrice irrégulière remontait de son menton à sa joue, se mêlant aux rayures de peintures blanches reliant ses pommettes à ses tibias. Il ne portait qu'un pagne de plumes, et ses muscles imposants et veineux saillaient en dessous. Des cuisses et des bras pareils à des troncs d'arbre se déployaient autour de son buste solide. À côté de ce géant, même le roi aurait paru minuscule. Il tenait dans une main un arc et une flèche sculptés avec soin. De l'autre, il empoignait la jumelle de Cœurépée.

Le ventre de Dinah se noua quand elle vit le soleil se réfléchir sur la lame à deux tranchants. Seuls le roi et les Cartes de haut rang brandissaient de telles armes. Elle observa l'épée avec stupéfaction, les mains plaquées sur ses seins ronds. L'inconnu darda sur les deux étrangers un regard noir, avant de jeter ses armes sur la berge. Sans crier gare, il sortit Dinah de l'eau en la soulevant par les épaules, sans plus de difficultés qu'avec une poupée de chiffons. Elle eut l'impression que sa blessure se rouvrait. Elle se débattit en vain, prise dans un véritable étau. Ses pieds s'agitaient au-dessus du sol. Sire Gorrann peina à sortir de la rivière, les yeux rivés sur l'homme.

Celui-ci ricana en avisant le visage surpris de Dinah.

— Ce squelette aux yeux noirs est la grande princesse du Pays des merveilles ? Celle qui a pris le dessus sur son père, qui lui a volé sa monture en laissant dans son sillage une traînée de sang ? Impossible. Vous êtes à peine grosse comme ma cuisse, et aussi faible qu'un vermisseau. Êtes-vous bien cette guerrière légendaire, la Reine rebelle ? Répondez-moi, fillette.

Quand Dinah tordit le cou pour le regarder, de l'eau lui ruissela dans les yeux. Elle se trouvait dans l'incapacité d'articuler.

— Parlez ! beugla-t-il. La puissance de son souffle lui repoussa les cheveux en arrière. Dinah se mordit la lèvre, sentant sa rage sur le point d'exploser. Elle se tortilla pour se libérer, sans résultat. Elle riva donc ses yeux noirs sur lui.

— Je suis Dinah, ancienne princesse du Pays des merveilles, et voici mon escorte, sire Gorrann, un Pique, l'un des pisteurs les plus redoutés parmi les Cartes.

— C'est ce que j'ai entendu dire. Une petite souris noyée et son vieux garde humain ; voilà qui je suis censé former ?

Dans un grand éclat de rire, il la reposa au sol.

— Ravi de vous rencontrer. Vous pouvez m'appeler Bahkan. Comme vous l'aurez peut-être remarqué, je ne ressemble guère à la plupart de mes frères d'Hu-Yuhar. Vous

vous demandez peut-être qui je suis, pourquoi mon merveilleux est si parfait ?

Dinah se posait en effet toutes ces questions. Elle acquiesça.

— Je m'appelle Stern Ravier, et j'ai jadis été le Trèfle le plus haut gradé de l'armée du roi.

Dinah laissa échapper un hoquet de stupéfaction. Stern Ravier était des plus célèbres – d'ailleurs, sa statue gardait l'entrée de la chambre de Charles. L'on récitait des poèmes et narrait des histoires en l'honneur de Stern Ravier, le Trèfle le plus courageux de l'histoire.

— Vous êtes célèbre, bredouilla-t-elle, les lèvres bleuies par le froid. Et mort !

Le colosse poussa un mugissement qui sembla agiter les arbres alentour.

— C'est ce qu'on vous a fait croire au palais. Mon nom yurkei, celui par lequel vous devrez m'appeler, est Bah-kan, ce qui signifie le Grand Guerrier. Je suis ici pour vous former.

Il détailla la jeune femme de pied en cap.

— Je vous autorise à vous rhabiller.

Dinah tituba jusqu'à sa tunique rouge et son pantalon de plumes blanches, qui lui parurent aussi légers qu'un murmure quand elle en recouvrit sa peau mordue par le froid. Sire Gorrann dévisageait Bah-kan, les mains croisées sur son entre-jambes.

— Les légendes d'votre mort formidable résonnent encore dans les couloirs des Cartes, déclara-t-il avec fermeté.

Comment vous avez pu d'venir un Yurkei alors qu'vous portez les plus insignes honneurs du palais ?

Son ton était accusateur. *Traître.*

— Ah, c'est une longue histoire. Mais pour l'heure, nous devons y aller. Mundoo insiste pour que votre entraînement à tous les deux débute aujourd'hui.

Il assena à sire Gorrann une gifle amicale sur l'épaule.

— Content de retrouver une Carte, même un Pique. Je me demande comment vous avez réussi à la maintenir en vie. Les Piques ne sont pas réputés pour leurs capacités.

Sire Gorrann, toujours nu, se rua sur Bah-kan, qui le repoussa sans tressaillir d'une simple poussée de la paume. Le Pique retomba dans le ruisseau, comme précipité par un dieu courroucé. Il refit surface, la mine furieuse, de l'eau dégoulinant de ses cheveux gris. Dinah échoua à retenir un fou rire hystérique, qui la plia en deux. Ses yeux étaient rougis par les larmes. La situation dans son ensemble était si terrible, étrange et troublante qu'elle ne pouvait que rire de sire Gorrann, fulminant dans l'eau, avec son allure de chat mouillé. Le géant yurkei pouffa pour lui-même tandis que la jeune femme rassemblait ses cheveux en un chignon bas.

Bah-kan se racla la gorge.

— Ravi de vous avoir fait rire, princesse. Votre entraînement va commencer dans quelques minutes. Suivez ce sentier le long de la rivière, puis tournez à droite à la cascade et arrêtez-vous devant l'enclos, en dessous du genou de la grue.

Il agita les sourcils.

— Peut-être êtes-vous aussi folle qu'on le prétend, comme votre frère. Personnellement, j'ai hâte de le découvrir.

Il ramassa ses armes et s'éloigna d'un pas lourd. En temps normal, ce genre d'insulte aurait enragé Dinah, mais cela la fit rire de plus belle. Le Pique finit par l'imiter, allongé sur le dos dans le ruisseau, son intimité exposée. Ils mirent un bon moment à se mettre en route vers leur destination, trempés comme des soupes et hilares.

Malheureusement, leur amusement ne dura pas. Bah-kan était un combattant brutal et un formateur impitoyable. Il ne tolérait pas la faiblesse et s'amusait à les affronter d'une seule main – parfois même sans les mains. Dès lors, une foule de Yurkeis se rassemblait chaque matin pour voir Bah-kan les humilier en exploitant leurs fragilités. Il se concentrait surtout sur Dinah, mais affrontait aussi sire Gorrann plusieurs fois par jour. Ces combats étaient d'une intensité incroyable, et Dinah avait la sensation d'en apprendre davantage en les regardant qu'en montant elle-même sur le ring. Même Mundoo, qui partait pour des destinations inconnues au travers des tunnels de la montagne durant la journée, venait parfois assister aux rencontres. Bah-kan s'armait alors de sa Cœurépée, sire Gorrann d'un poignard et d'une épée. Bah-kan pouvait commencer par charger – une vision qui aurait suffi à tétaniser des adversaires moins courageux. Sire Gorrann pivotait alors pour esquiver d'un pas leste, cherchant au passage à attraper son adversaire de la pointe de sa lame. Malgré son imposante corpulence, le

Yurkei demeurait aussi rapide qu'un homme bien plus léger. Il tournoyait dans l'autre sens, faisant remonter Cœurépée dans l'espoir d'atteindre le cou du Pique. Sire Gorrann se penchait en arrière pour dégainer le poignard de sa botte et le lancer sur son adversaire, qui parait. Les deux combattants se retrouvaient ensuite au centre de l'arène.

Le fracas des épées se répercutait dans la vallée, et la danse rapide des guerriers attirait même les meilleurs combattants, venus observer et disséquer les mouvements. Bahkan savait anticiper les assauts du Pique et contrer. Il maintenait Cœurépée tout contre son torse, pour s'en servir à la fois d'épée et de bouclier. Sire Gorrann était le plus prudent des deux, le plus calculateur. Il attendait les meilleures ouvertures pour déclencher ses bottes. Bah-kan le dominait en puissance, mais il faisait aussi un stratège redoutable, qui évaluait les manœuvres les plus délicates avant de charger sans retenue. Les deux adversaires étaient bien assortis. Dinah craignit à plusieurs reprises de voir sire Gorrann y laisser la peau, lorsque la lame de Bah-kan l'approchait d'un peu trop près, mais il bondissait toujours de côté au moment crucial, ou capitulait à temps. Bah-kan levait alors la tête vers le ciel pour hurler de triomphe en se frappant le torse, puis il se penchait pour aider le Pique à se relever. Bah-kan était tout bonnement imbattable, sans doute le meilleur combattant que Dinah eût jamais rencontré. Un dangereux mélange de Carte ultra disciplinée et de guerrier yurkei – à la fois brutal et gracieux, il semblait danser dans l'air. Dinah eut tôt fait de comprendre que nul au Pays des merveilles ou dans les territoires yurkeis ne pouvait rivaliser avec lui, à part éventuellement Xavier Juflee, l'actuel Valet de cœur.

Après le combat, plusieurs femmes yurkeis se précipitaient vers sire Gorrann pour soigner ses blessures tandis qu'il reprenait son souffle au bord du cercle de terre, crachant du sang et, parfois, une dent. Pour quelque étrange raison, elles étaient fascinées par sa personne, et Dinah le surprit plus d'une fois à leur décocher des clins d'œil. Les entraînements entre la jeune femme et Bah-kan étaient bien moins passionnants, puisque le Yurkei n'avait besoin que de quelques minutes pour mettre son adversaire au sol, malmenée et à court de souffle. Néanmoins, elle se targuait de pouvoir réagir à chaque assaut par une riposte de son cru. Elle n'en était plus à fendre l'air à grands coups maladroits ; désormais, elle frappait rapidement, grâce à son excellent jeu de jambes. Elle ne se contentait plus d'agiter son épée de peur d'être touchée : elle préparait son attaque suivante. Elle dansait autour de Bah-kan, et parvint un jour à l'atteindre puissamment au-dessus des côtes, lui coupant la respiration. Le public de Yurkeis l'acclama alors en tapant des pieds.

Bah-kan partit d'un rire minuscule avant de se fendre en avant, la rage se lisant sur son visage rayé de blanc. Dinah sauta pour éviter un coup bas, avant d'abaisser le pommeau de son arme sur le genou adverse. Elle eut l'impression de frapper une pierre, et les vibrations qui se répercutèrent dans ses doigts récemment brisés lui provoquèrent une grimace de douleur. Bah-kan prit alors le dessus. Visant la poitrine de la jeune femme, il s'arrêta juste avant l'impact, tournoya sur lui-même pour la frapper à l'arrière de l'épaule – à l'endroit précis où Mundoo avait enfoncé sa lame. Elle hurla.

— Bah-kan ! gronda furieusement sire Gorrann.

Le Yurkei haussa les épaules.

— L'ennemi cherche toujours les faiblesses manifestes. Pourquoi pas moi ?

Surprise par la douleur fulgurante et distraite par la rage, Dinah parvint malgré tout à viser le bras du guerrier. Ce fut une erreur. Il para de la pointe de Cœurépée, et pivota le poignet. L'épée de Dinah vola jusqu'à la foule, la laissant désarmée.

— Majesté !

La jeune femme leva les yeux à temps pour voir sire Gorrann lui lancer son poignard. Elle l'attrapa au vol et se remit en garde. Le public se tut tandis que Bah-kan basculait son poids d'un pied sur l'autre, semblant envisager un million de manières différentes de la tuer. Il finit par déclarer :

— Votre père, le roi du Pays des merveilles, est un fornicateur et un tricheur.

Les Yurkeis acclamèrent ces propos.

Dinah resserra les doigts autour du manche de son arme.

— Je suis bien d'accord ! hurla-t-elle en retour.

— Et votre père se prostituait, couchant avec des moutons.

Le public éclata de rire, et Bah-kan s'autorisa à sourire.

— Votre demi-sœur est dix fois plus belle que vous, et la couronne lui sied à ravir. Il paraît qu'elle fait une bonne reine.

Dinah sentait la colère croître en elle, cette chaleur dévorante qu'elle avait maintes fois réprimée. Malgré tout, elle conserva son calme.

— Vous avez sans doute raison. Elle est très mignonne, même si c'est une fausse reine.

Bah-kan fit un pas de côté avant de charger, Cœurépée brandie pour la tailler en deux. Dinah plongea dans une roulade et le frappa aux tibias, le faisant trébucher. Une fois de l'autre côté, elle lui piqua le mollet de son poignard. Bah-kan rugit en s'étalant, et Dinah s'empressa de se remettre debout, prête à lancer sa lame. Pendant une fraction de seconde, elle détint l'avantage : distrait par sa jambe ensanglantée, Bah-kan avait baissé sa garde. Il reprit cependant la parole :

— Votre mère était aussi célèbre pour ses passes que pour son fils dérangé, qui aurait dû être noyé à la naissance. Le Chapelier fou aurait dû être abandonné au fond d'un lac.

C'en fut trop pour Dinah, qui, submergée par la fureur, poussa un cri de rage en lançant son poignard vers Bah-kan. Le jet fut tellement raté que la lame rebondit contre celle de Cœurépée sans qu'il eût même besoin de bouger celle-ci. À une vitesse surhumaine, il rattrapa le poignard en train de choir et le renvoya à son expéditrice. Celle-ci le vit s'enfoncer profondément dans son plastron. Sans cette armure que Mundoo l'avait forcée à revêtir, elle serait morte, mais c'était là le cadet de ses soucis. Aveuglée par la colère, elle se rua sur Bah-kan et lui mordit l'oreille à pleines dents.

— Majesté ! Dinah ! Arrêtez !

Elle sentit sire Gorrann l'attraper par la taille pour la tirer en arrière.

Bah-kan la repoussa d'une main.

— Maîtrisez-la ! Grands dieux, elle est aussi folle qu'on le raconte !

La foule regarda sire Gorrann la ramener à sa tente, mais la jeune femme continua de crier et de se débattre.

Malgré cette sinistre journée, l'entraînement se poursuivit. Chaque matin, elle apprenait sa leçon : quand elle se laissait dominer par la fureur, elle perdait toute maîtrise d'elle-même, toute concentration, et fatalement le combat. Depuis lors, Bah-kan l'assaillait de paroles et d'insultes à chaque rencontre, mais Dinah ne répliqua plus. Elle parvenait à conserver son sang-froid en se disant que la vengeance s'obtenait par l'épée – et non par le biais d'un caprice. Bah-kan la surpasserait toujours en force comme en agilité, mais Dinah progressait au combat chaque fois qu'elle croisait le fer avec Cœurépée. Entre les cours que Wardley lui avait donnés en grandissant, le temps passé avec sire Gorrann dans les bois et les face-à-face brutaux avec Bah-kan, la jeune femme se sentait de plus en plus à l'aise une lame à la main. Le lendemain, elle se mesura à une dizaine de guerriers yurkeis différents, et l'emporta la majorité du temps.

Comme elle fanfaronnait, Bah-kan s'amusa à lui rappeler que ce n'était pas non plus un exploit : l'arme favorite de ce peuple n'était pas l'épée, mais l'arc (que Dinah savait à peine bander). En combat réel, elle n'aurait pu s'approcher à moins de cent mètres d'eux, à moins qu'ils fussent privés de leur arme ; malgré tout, même s'ils n'étaient équipés que de poignards, elle perdrait quand même. Peu lui importait : quand elle parvenait à mettre son adversaire au tapis, à plaquer sa lame argentée contre sa pomme d'Adam, elle éprouvait un accès de fierté et de fureur. Elle adorait cette sensation. Pas étonnant que son père se laisse griser par les combats – quand on ignorait si on allait vivre ou mourir, l'instant où l'on trouvait l'ouverture relevait d'une grâce surnaturelle.

Après une semaine complète d'entraînement, Bah-kan libéra Dinah plus tôt qu'à l'accoutumée, prétextant devoir rendre visite à sa femme et à leur ribambelle d'enfants, qui vivaient à l'autre bout de la vallée. Dinah sourit en imaginant Bah-kan et sa femme imposante, leur tente remplie de marmots monstrueux, tous plus grands que les autres Yurkeis du même âge, avec leurs cheveux teints en blanc et leurs yeux bleus éclatants.

Éreintée, Dinah aurait voulu retourner se coucher, mais sire Gorrann l'avisa avec raideur qu'elle allait devoir trouver d'autres manières de tuer le temps. Lorsqu'elle proposa un duel, il argua qu'il avait des affaires urgentes à régler dans leur tente ; il refusa de révéler à Dinah de quoi il s'agissait, mais il la poussa doucement dehors après s'être assuré que sa blessure guérissait bien. Elle le soupçonnait d'avoir rendez-vous avec l'une des femmes qui adoraient l'observer se laver chaque jour, mais elle n'en pipa mot et rassembla quelques œufs avant de sortir. Sire Gorrann rabaissa sèchement devant elle le battant de la tente, après lui avoir ordonné d'aller cueillir des fruits bien mûrs dans le verger du village. Dinah soupira. L'après-midi touchait à sa fin, le couchant commençait juste à projeter son lustre doré sur la vallée. Du temps libre ? Sans ses gardes ? Un concept qui lui était devenu complètement étranger.

Après quelques minutes de tergiversations, elle décida de traverser le vallon pour gagner le verger. Elle disposait d'environ une heure avant que le soleil ne décline à l'est. Il lui tardait de découvrir ce qui se trouvait derrière la plus haute crête de la colline septentrionale, dans la pente de laquelle un escalier sinueux avait été taillé. Dinah prit tout son temps pour s'y rendre, et se retrouva à cheminer le long de la face externe de la montagne qui dominait la vallée, tandis que les Yurkeis regagnaient leurs tentes pour la soirée. La pâle lumière des torches blanches vacillait derrière les toiles, conférant à l'endroit un lustre enchanté et mythique, comme si des nuages éthérés étaient venus se déposer en plein milieu. Les membres de la tribu qu'elle croisait baissaient systématiquement les yeux, une marque de mépris. La méfiance et la colère des Yurkeis à son encontre ne s'étaient pas taries, mais au moins avaient-ils cessé de lui cracher dessus ou de lui jeter des cailloux dès qu'elle sortait de sa tente. Nombre d'entre eux effectuaient de larges détours pour ne pas s'approcher d'elle, et Dinah se demandait s'ils craignaient juste de la toucher ou s'ils pouvaient avoir peur d'elle. Ses séances d'entraînement avec Bah-kan et sire Gorrann faisaient de plus en plus parler, et même si elle perdait chaque fois, elle était devenue bonne combattante.

Le temps s'écoulait lentement par ici, et Dinah eut l'impression d'errer sans but à travers la vallée pendant plusieurs heures ; le seul moment palpitant survint lorsqu'elle dut se plaquer contre la paroi pour éviter un groupe de poneys brun clair qui galopaient dans l'autre sens. Le crépuscule des monts Yurkei était leur moment de détente, et le fracas des sabots était devenu une musique réconfortante pour Dinah quand elle essayait de s'endormir. La vie au village était si paisible, si différente de celle à laquelle elle avait été habituée au palais – une existence de politique et de jeux, de tartelettes, de robes et de Cartes. Ici, on se contentait de vivre en défiant le sol en permanence. Les biens matériels importaient peu aux Yurkeis – seuls comptaient les terres et les chevaux, la nature environnante, les montagnes et les oiseaux, autant de choses qu'ils vénéraient d'une manière ou d'une autre. Bien entendu, c'était de la *terre* que son père désirait s'emparer. Et si elle avait été couronnée reine à ses côtés, ainsi qu'elle l'avait désiré depuis sa naissance, elle se serait sans doute retrouvée confrontée aux pillages des Yurkeis, voire à une guerre – après tout, il semblait en survenir une tous les trente ans environ. Les Merveilleux redoutaient leurs voisins, tout en enviant leur liberté et le lien qu'ils entretenaient avec la nature sauvage. Prise d'un vertige, Dinah vit une splendide jument pâle décrire des cercles endiablés dans la vallée. Au loin, des dizaines de grues blanches repliaient leurs ailes à l'intérieur d'un imposant nid de brindilles conçu contre une éminence rocheuse. *Je pourrais rester ici*, se surprit-elle à penser. *Je pourrais y vivre heureuse.* Elle deviendrait une guerrière yurkei, vivrait dans une tente plate suspendue à flanc de montagne, apprendrait à aimer l'altitude et les cordes tendues entre deux parois.

Oui, elle finirait sans doute par se sentir bien ici. Wardley ne s'y trouvant pas, son existence ne saurait être parfaite, mais que pouvait-elle y faire ? Il ne la retrouverait jamais à cet endroit, et elle ne retournerait pas au palais, de crainte de perdre la tête sur le billot de marbre, comme tant d'autres avant elle. Cette vallée pourrait bien lui réserver un avenir ; pourtant, elle ne parvenait pas à s'en convaincre. En réalité, lorsqu'elle y réfléchissait, elle ne voyait aucune issue heureuse à son existence. Son châtiment n'avait pas encore été décidé, mais quoi qu'il advienne, Morte ne serait pas épargné. Son destin serait tranché après celui de sa monture, et si elle devait se fier au sort qui attendait le cornu, elle était en sursis. Mundoo aurait raison de la laisser prendre son envol depuis les ailes de la grue, car eût-elle été reine, elle aurait probablement condamné à mort la fille de son ennemi le plus redouté. Peut-être le chef avait-il chargé Bah-kan de la former afin d'équilibrer (un peu) le combat à mort qui précéderait son exécution. Un spectacle pour le peuple, un bain de sang glorieux pour qui réclamait justice.

Le train de ses pensées fut interrompu par l'odeur délicieuse qui pénétra dans ses narines. Un parfum caractéristique, chaud et fruité, très différent des arômes terreux de la nourriture yurkei. Elle y décelait un soupçon de cerise et de rose, de pain frais et de crème. Comment était-ce possible ? Était-elle en train de rêver ? Elle huma l'air de nouveau. *Non. L'odeur est bien réelle.* Elle suivit prudemment les effluves jusqu'à un petit verger aménagé à l'extrémité ouest de la vallée.

Les épais fruitiers s'étendaient sur peut-être quatre cents mètres. De petits citronniers croulant sous les fruits jaunes se lovaient contre des pommiers luxuriants, dont les troncs s'appuyaient contre les rameaux de mûriers blancs. Plus haut encore, certains fruits, violets et gros comme des billes, étaient reliés au sol par une espèce de liane bleue et brillante qui sinuait le long du chemin.

Le verger en lui-même était une merveille – un vrai prodige –, mais rien n'était comparable à l'odeur qu'elle sentait : celle de la maison. *Des tartelettes. Du thé.* Au fond d'elle-même, elle savait qu'on l'appâtait ; cependant, ce parfum lui rappelait tout ce qui lui manquait : Harris, Wardley, les bains chauds, le palais. *Son* palais. Des lumières dansaient devant elle au milieu du verger, et elle ralentit sa marche. Une petite voix lui dicta de dégainer son poignard, et elle lui obéit, s'abritant les yeux des lanternes en forme de cœur qui semblaient flotter parmi les arbres. Elle finit par émerger dans une petite clairière. Une longue table, magnifiquement dressée, accueillait des tasses de toutes les couleurs et des seaux remplis de fleurs. Toutes ses tartelettes préférées étaient disposées dessus : framboise et crème, citron fouetté et beurre de roses, cacao mélangé à de la confiture en poudre. Elles reposaient auprès d'assiettes empilées de façon précaire, de bougies et de tasses de thé fumantes.

Une nappe à carreaux rose vif tombait jusqu'aux pieds de la table. Un gâteau avait été placé au milieu. Un gâteau tout simple, blanc, avec un dessin en glaçage : un unique cœur rouge. Celui de Dinah se serra, et elle étreignit plus fort son poignard en battant en retraite. Une lumière remua dans les arbres, et une haute silhouette en robe pourpre élaborée s'avança pour venir s'installer à la table. L'homme saisit une tasse de thé du bout de ses longs doigts et la porta à ses lèvres fines. Il souffla sur la fumée avant de boire une longue gorgée.

— Mmm. Bonsoir, Votre Altesse, dit-il d'une voix suave avant de reposer sa tasse. N'allez-vous pas prendre le thé avec moi ? Rien ne me rendrait plus heureux.

Dinah sentit l'air déserter ses poumons et vit le verger tournoyer autour d'elle. L'homme se renversa contre son dossier et lui désigna la table.

— Je vous en prie, asseyez-vous. N'attendez pas que ce soit froid.

Le sourire mauvais de Cheshire semblait s'étendre jusqu'à l'autre bout de la vallée.

— Vous avez avalé votre langue ?

Chapitre 11

Dinah avait du mal à respirer. Ses poumons étaient compressés contre sa cage thoracique, sa tête contre ses épaules – tout, tout se recroquevillait sous l'effet de la panique, et elle n'arrivait pas à comprendre ce qui se passait. Il y avait là une table couverte de nourriture, des lumières dans les arbres, et puis l'homme – cet homme – responsable de tant de maux, d'avoir retourné son père contre elle, d'avoir aidé le roi à assassiner son frère pour couronner Vittiore. Cheshire, le personnage le plus intelligent du Pays des merveilles. Il se trouvait juste là, son corps incroyablement long étendu sur une chaise en bois, à siroter son thé comme si aucun souci ne le tracassait. Une barbiche poivre et sel terminait désormais son visage caoutchouteux, tandis que ses cheveux et ses yeux noirs scintillaient malicieusement dans la lumière vacillante des bougies. Une corde pourpre nouée sur une tunique prune lui ceignait la taille, et il croqua généreusement dans l'une des tartes au cacao ; du sucre tomba sur la pointe de sa broche, ornée de bijoux symbolisant les quatre cartes, indiquant là qu'il les contrôlait TOUTES.

Dinah remarqua le poignard posé innocemment devant lui, le manche vers l'intérieur – son arme favorite, prête à servir si elle s'avisait de l'attaquer. Indifférent à sa présence, il se lécha le bout des doigts.

— Mmm… Celle-ci est délicieuse.

Sa voix tira brusquement Dinah de la paralysie dans laquelle elle était plongée, et elle caressa la lame de son arme. Il la regarda faire.

— À votre place, je ne la lancerais pas, princesse. Je suis sûr que vous vous êtes considérablement améliorée depuis votre arrivée ici, mais vous n'obtiendriez aucune des réponses que vous cherchez, et je pense qu'elles vous importent plus que la vengeance, du moins pour l'instant. Croyez-moi quand je vous dis que je peux vous offrir les deux.

Dinah plissa les paupières en ôtant malgré tout son poignard de son fourreau. Elle finit par retrouver sa voix.

— Donnez-moi une seule bonne raison de ne pas vous éliminer maintenant, siffla-t-elle. Convainquez-moi de ne pas vous trancher la gorge avant de me repaître de ces tartes pendant que vous vous viderez de votre sang sur la table. Car je suis très tentée de le faire.

Les prunelles de Cheshire se mirent à pétiller quand il la défia du regard.

— Parce que vous ne les savoureriez pas. Les tartelettes et le sang se marient mal. Et puis, ce serait mal élevé, votre mère aurait dû vous l'enseigner.

Ma mère. Comment ose-t-il ? Dinah se rua sur lui, et plaqua sa lame contre l'artère principale de son cou. Elle lui maintenait la tête en arrière en le tenant par ses cheveux graisseux. Les tartes dégringolèrent de leurs socles savamment disposés quand il heurta de ses jambes le coin de la table. Il se tortilla soudain, et Dinah relâcha sa prise sur le poignard, craignant d'entamer la peau fine de sa gorge. Elle voulait effectivement des réponses – mais elle tenait aussi à ce qu'il éprouve la peur susceptible de submerger une personne en quelques secondes, comme une plongée dans l'eau glaciale. Il se débattit furieusement, et elle retira sa lame ; mais déjà, il se trouvait derrière elle, collé à son dos, la main plaquée sur sa bouche. Elle venait de commettre une erreur fatale.

— Cela vous rappelle-t-il quelque chose, princesse ? lui souffla-t-il à l'oreille.

Il baissa alors d'un ton, et Dinah sentit des frissons lui parcourir la colonne vertébrale.

— Peut-être la nuit où je vous ai sauvé la vie en vous poussant à fuir, le sac au dos ? La nuit où je vous ai crié « *PARTEZ MAINTENANT !* », mais où, comme une imbécile, vous vous êtes attardée pour aller voir les appartements de Charles ?

Dinah sentit son corps faiblir. Cheshire – c'était lui l'inconnu qui lui avait sauvé la vie ? Elle ne chercha plus à se libérer, trop sonnée pour cela.

Cheshire retira lentement la main qui la faisait taire et remonta une mèche derrière l'oreille de la princesse.

— À présent, Dinah, soyez gentille, et asseyez-vous. J'ai bien des choses à vous dire, et vous semblez affamée. Prenez donc du thé et des tartes. Cela me contrarierait que vous brisiez ma théière préférée en renversant tout. Je me suis donné du mal pour tout installer ici.

Tremblante, elle le laissa la guider jusqu'à une chaise à l'autre bout de la table. Elle étreignait toujours son poignard, et Cheshire ne fit pas mine de vouloir saisir le sien – il fournissait à n'en pas douter de gros efforts pour lui donner une illusion de maîtrise. Il retourna s'asseoir à sa place et but une nouvelle gorgée de thé en rectifiant l'alignement de la nappe et des tasses.

— Bon. Par où commencer ? J'ai tant de choses à vous apprendre, mais autant partir du début, puisque JE suis à l'origine de la plupart des affaires dans lesquelles je trempe.

Dinah le dévisagea d'un regard haineux.

— Je suis né à Verrader, un petit village de pêcheurs près du Versant Ouest. Je suis sûr que vous n'en avez jamais entendu parler.

En effet.

— Mes parents étaient pauvres, mais instruits, grâce à la diligence des prêtres du bourg, qui, dans leur grande naïveté, estimaient que chaque enfant méritait de recevoir une éducation décente. Ils m'ont formé à devenir pêcheur, comme eux, même s'ils m'ont aussi encouragé à mémoriser la littérature et les langues du Pays des merveilles.

Je détestais la pêche, et je me suis pris à rêver du jour où je quitterais cette bourgade désolée et ses enfants brutaux qui ne deviendraient rien mieux que des marchandes de poissons ou des aubergistes.

» Quand j'étais petit, ils me taquinaient sans pitié, sous prétexte que j'étais doté d'une intelligence supérieure. Plus préjudiciable encore à leur ego : je ne trouvais aucun intérêt à cette vie à laquelle ils se destinaient. Mon père en était déçu également, et lorsque j'ai eu douze ans, il s'est mis à me rosser presque à mort avec une régularité troublante.

» Le jour de mes seize ans, j'ai quitté la maison, non sans avoir au préalable pillé la réserve secrète de mon père. Il passait chaque jour devant un gros rocher sur la plage. Un nid d'algues en dissimulait la base ; or je savais que la plupart des algues se décomposent et se désintègrent. Pas celles-là. Elles ne se gâtaient pas, car il les remplaçait régulièrement. Mes soupçons étaient confirmés : c'était bien là qu'il enfouissait son trésor. De l'argent à foison. Il le dissimulait depuis des années, afin de se procurer femmes et alcool, même si ma mère et moi mangions rarement à notre faim. Je lui ai tout pris, avant d'aller expliquer au maçon du coin que mon père couchait avec sa femme.

» Le lendemain, j'ai enfourché le cheval de mon père et suis parti vers l'est et le palais des merveilles, vivre la vie dont j'avais toujours rêvé. En arrivant sur place, j'ai aussitôt trouvé un emploi de comptable à la bijouterie. Je suis doué pour les chiffres, la tenue de livres et autres choses susceptibles d'être, comment dire… ? Manipulées.

Mon prédécesseur était subitement tombé malade, et je lui ai succédé dans la boutique. J'ai mis les comptes à jour et me suis assuré que toutes les dettes dues au bijoutier soient réglées – le comptable précédent s'étant montré trop indulgent à ce sujet.

Cheshire secoua la tête.

— Le peuple des merveilles rêve de se voir nommé à la cour et dépense donc son argent en bijoux pour impressionner la famille royale, qui, comme vous le savez, ne remarque jamais pareil effort. Les débiteurs voulaient donc ces bijoux sans avoir à les payer. En moins d'un an, j'ai apuré les comptes, me taillant ainsi la solide réputation de toujours obtenir ce que je voulais. Cela a attiré l'attention d'un banquier local, qui m'a recruté, puis d'un autre plus célèbre, qui m'a tout confié à la disparition de son principal comptable. Dès mon arrivée, on m'a fait part d'un souci tracassant le propriétaire de l'établissement : une somme considérable avait été prêtée à un riche marchand, qui parvenait à éviter ou à chasser brutalement tous les receveurs envoyés à sa rencontre.

Cheshire soupira et se bascula sur sa chaise, posa ses pieds sur la table en croquant dans un bonbon à la menthe.

— J'ai appris très jeune que chaque homme possédait une chose qui comptait plus que tout le reste – mon métier consistait à découvrir la nature de cette chose. Après l'avoir observé pendant plusieurs semaines, j'ai compris que cet homme avait un bâtard cher à son cœur, un jeune garçon d'à peine trois ans. Il faisait sa fierté et sa joie, même s'il le cachait aux yeux du monde. Un jour, tandis qu'il se promenait avec sa catin de mère, je lui ai pris son enfant pour l'enfermer à la banque. Il ne s'est pas laissé faire, mais je tiens à souligner que je ne l'ai ni ligoté ni bâillonné, me contentant de l'enfermer dans une pièce avec de quoi manger et boire. L'homme est aussitôt venu régler ses dettes. Nous avons rendu l'enfant, mais lui avons apposé le sceau de la banque sur le talon, de peur que son père oublie d'assumer les prochaines créances. Il a quitté le Pays des merveilles peu après.

» D'une manière ou d'une autre, le palais a eu vent de cette transaction et m'a recruté à la banque royale. Deux ans après mes débuts comme comptable, je suis devenu l'un des trois Carreaux à gérer le trésor du roi. Je savais m'y prendre avec les chiffres, je savais convaincre les débiteurs de rembourser leurs gages. J'étais le troisième Carreau dans l'ordre hiérarchique, et je consacrais mon existence à compter et à calculer.

Cheshire marqua une pause, le temps de siroter son thé et d'encourager Dinah à en faire autant. Elle secoua la tête et vida sa tasse dans l'herbe. Cheshire eut l'air exaspéré.

— Ce n'est pas du poison, Votre Altesse, mais je ne vous blâme pas d'être prudente. Vous êtes intelligente, comme moi. Les dieux savent combien de personnes ont cherché à m'éliminer de cette manière au cours des années.

Il reprit son souffle et adressa à la princesse un sourire trompeur, ses dents blanches luisant dans la pénombre.

— Je suis navré si la partie suivante est difficile à entendre, mais il y a une chose que vous devez savoir. Un soir, j'ai été invité au bal du Croquet royal, que vous devez connaître. Je partage votre répugnance pour ce genre d'événements, mais je les estime nécessaires à l'ascension sociale. Ce soir-là, une jeune femme radieuse était en visite à la cour. Elle arrivait d'Ierladia, et la rumeur prétendait qu'il s'agissait de la future fiancée du roi. Elle s'appelait Davianna.

— NON ! protesta Dinah. Non, non…

Cheshire se pencha en avant, l'air sincère.

— Quand j'ai aperçu votre mère, mon monde a été bouleversé. Comprenez-moi bien : j'avais consacré ma vie à accumuler des choses pour les autres – de l'argent, des biens, des vengeances. J'étais doué pour cela. Et voilà que, pour la première fois, j'apercevais un bien que je désirais *pour moi-même*. C'était la plus belle femme que j'aie jamais vue, que la plupart des hommes aient jamais vue. Sa chevelure était noire et dense, comme la vôtre, et l'on aurait pu déposer un citron sur la courbe de ses hanches. Les roses enviaient la couleur de ses lèvres, les figues le violet profond de ses iris. *J'en ai eu le souffle coupé.* Davianna a dansé avec de nombreux hommes ce soir-là – surtout le roi –, comme dans tout bal qui se respecte.

» J'ai attendu mon tour pour lui saisir le bras. Je ne pouvais plus penser ni respirer. Quand nous avons dansé ensemble, nos deux mondes ont semblé s'arrêter de tourner. Une intense connexion s'est établie entre nous, le sentiment que nous nous étions mutuellement attendus toute notre vie. Nous sommes aussitôt tombés amoureux, une véritable histoire de contes de fées dans la vie réelle. Elle n'aimait pas votre père, qui se comportait déjà comme une brute et un ivrogne, mais elle l'a épousé, car il lui tardait de devenir reine, et nous estimions tous deux que le pays avait besoin d'être mené d'une main ferme. Je suis resté épris de votre mère pendant onze années, de tout mon corps et de toute mon âme.

Il marqua une nouvelle pause, posa sa tasse et plongea son regard sur les lumières chatoyant dans les arbres.

— Ensemble, nous avons conçu un enfant que nous avons baptisé Dinah. Vous, ma belle et forte fille.

Tout sembla alors s'immobiliser autour de la jeune femme, qui étreignit sa tasse si violemment qu'elle se brisa entre ses mains. Elle peinait à conserver son calme et entendait une cacophonie de voix se disputer en elle, toutes révoltées, toutes en état de choc. Une goutte de sang coula de sa paume jusqu'à la table.

— *Mensonges*, murmura-t-elle.

Cheshire lui adressa un sourire compatissant avant de poursuivre.

— Je sais que c'est difficile à admettre, mais n'oublions pas que celui que vous pensiez être votre père a essayé de vous tuer et a assassiné votre frère. Vous devriez vous réjouir d'apprendre que vous n'appartenez pas à sa lignée. Davianna et moi nous sommes aimés pendant un peu plus d'une décennie. Le roi de cœur a fini par soupçonner votre mère d'entretenir une liaison. Je passais chaque heure que je pouvais ménager avec elle, et le roi est maintes fois passé à deux doigts de nous surprendre, mais je me suis toujours évadé à temps. Au cours de votre dixième année, Davianna est subitement tombée très malade. J'ai soupçonné un empoisonnement, et c'est encore le cas, même si je n'ai jamais pu déterminer qui l'avait provoqué et pourquoi.

Son souffle se fit laborieux, et Dinah remarqua le léger tremblement de sa lèvre.

— Je n'ai jamais pu lui dire adieu correctement, sauf lorsqu'ils ont réuni les plus hautes Cartes pour lui rendre un dernier hommage, alors que la vie la désertait lentement. Imaginez voir l'amour de votre vie s'éteindre sous votre nez et devoir vous contenter d'échanger quelques paroles de réconfort en la présence du roi, avec la sensation que votre cœur est sur le point d'exploser.

» Je n'ai rien osé dire, car qui aurait veillé sur vous si j'avais été exécuté ? Et que vous serait-il arrivé ? Le roi soupçonnait déjà que vous n'étiez pas sa fille à cause de vos cheveux bruns et de vos yeux noirs – si différente de ce fou de Charles avec ses cheveux blonds, qui ressemblait beaucoup plus à votre père. Votre mère, le souffle de ma vie, est morte ce soir-là. Le roi est resté seul pour la pleurer, mais je me suis débrouillé pour avoir une affaire urgente à traiter avec lui avant le lendemain. Ivre, et pas seulement de chagrin, il m'a avoué qu'il pensait que sa regrettée épouse lui avait été infidèle. J'ai juré de dénicher le coupable, et dans le mois qui a suivi, preuve à l'appui, je lui ai livré la tête du chef des Carreaux, un beau jeune homme nommé Kenrik Ruhalt. Le pauvre Kenrik – il n'a cessé de clamer son innocence jusqu'à ce que votre père l'exécute en secret aux premières lueurs de l'aube. On m'a offert son poste, et j'ai ainsi continué à gravir les échelons, jusqu'à devenir le principal conseiller du roi, chef de toutes les Cartes.

» Était-ce cruel de ma part ? Certainement, mais je devais être en position de contrôler le roi – de m'assurer qu'il se comporte comme un dirigeant inébranlable, ce qui n'était pas dans sa nature – et surtout de vous tenir à l'œil, ma fille.

Cheshire sourit en contemplant la table.

— Vous aviez alors dix ans, et j'avais déjà intercédé en votre faveur aussi souvent que possible pour m'assurer que vous ayez une belle enfance, avant même la mort de Davianna. Je me suis arrangé pour que les Ghane emménagent au palais, afin de trouver un ami en Wardley, car avant son arrivée, vous étiez une enfant sombre et solitaire. J'ai convaincu le roi d'engager ce bon Harris, au lieu de la cruelle gouvernante Forsythe, la préceptrice habituelle des enfants royaux. J'ai veillé à ce que vous restiez aussi protégée que possible du courroux du roi. Je l'ai encouragé à partir en guerre contre les Yurkeis quand vous étiez si jeune, afin que votre mère et vous puissiez connaître un peu de répit.

» Mais comme vous le savez, celui que vous avez si longtemps appelé votre père est un homme vorace et obsessionnel. Il était convaincu que vous n'étiez pas de lui, qu'il ne devait pas vous laisser accéder au trône, car vous auriez tôt fait de vous marier et de le bannir ou de l'exécuter. Il m'a fait part d'une idée qu'il mûrissait depuis longtemps : celle de créer un héritier, l'héritier dont il avait toujours voulu. Il devait trouver un enfant de votre âge à peu près. Plutôt une fille, les garçons étant plus prompts à se rebeller. Quelqu'un qui deviendrait sa marionnette, qu'il pourrait contrôler en cas de problème. En tant que son conseiller, je l'ai mis en garde contre cette idée, mais je me doutais depuis longtemps qu'il ne vous couronnerait jamais. J'ai fait mon possible pour le tenir éloigné de vous, mais sa rage et ses délires paranoïaques redoublaient, même s'il les dissimulait derrière un charmant masque de mépris. Je ne pouvais mettre en péril mon poste – qui vous aurait surveillée alors ? J'ai donc accepté de l'aider à trouver sa petite princesse.

» Le roi a annoncé à son conseil qu'il partait à la chasse, mais nous avons galopé à bride abattue vers les villages en bas du Versant Ouest – des hameaux isolés en bord de mer où nous passerions inaperçus. En chemin, nous avons trouvé par hasard une petite hutte devant laquelle un feu brûlait, bien à l'écart de toute bourgade. Une femme et une petite fille y fabriquaient des colliers en coquillages. La fillette était d'une beauté époustouflante, presque éthérée ; et surtout, elle avait les cheveux du même blond que ceux du roi. Cette nuit-là, il l'a marquée dans le dos d'un petit cœur, afin qu'elle se rappelle toujours qui il était, puis il est retourné vers le palais en la ligotant sur le dos de Morte. Quelques Cartes fermaient la marche avec sa mère, Faina Baker, et l'ont jetée dans les Tours noires dès leur arrivée. La petite a été baptisée Vittiore – un nom de noble – et présentée à la cour comme étant sa fille perdue depuis si longtemps. Vous étiez présente, ce jour-là, et j'ai pu observer votre réaction tandis que votre monde s'écroulait.

» C'est alors que j'ai compris que votre vie était menacée, et que plus le jour de votre couronnement approcherait, plus votre père essaierait de se débarrasser de vous – ou de vous convaincre de renoncer à votre droit légitime à la couronne. C'était perdu d'avance : déjà enfant, vous rêviez de devenir reine.

Il sourit.

— Votre soif de pouvoir est égale à la mienne. Je vous ai montré les tunnels cet après-midi-là, car c'était alors le seul moyen de vous aider. Je me suis dit que vous en auriez besoin un jour. J'ai essayé de vous faire deviner les motivations de votre père, le fait qu'une vaste conspiration visant à faire couronner Vittiore enflait autour de vous, une conspiration dont je faisais partie, mais que j'essayais de saborder chaque fois que j'en avais l'occasion. Votre père a définitivement pris position au cours du tournoi de croquet royal, et j'ai compris qu'il ne tarderait plus à vous faire assassiner ou à vous bannir. Je vous ai fait passer un message ce soir-là, dans un flacon. Cela peut paraître idiot, mais je tenais à ce que vous le découvriez par vous-même. Après tout, je savais ma fille aussi intelligente et curieuse que moi.

La gorge de Dinah était si sèche qu'elle lui piquait ; ses yeux s'humidifiaient. *Ce n'est pas possible. Ce n'est pas possible.*

— Je n'aurais pas dû m'inquiéter. Grâce aux tunnels, vous vous êtes rendue aux Tours noires et avez découvert toute la vérité au sujet de Vittiore, même si vous n'avez pas tout de suite su rassembler les pièces du puzzle, car Faina

Baker était alors devenue folle. Votre père tenait à introniser sa nouvelle héritière, et en apprenant votre excursion aux Tours noires, il a décidé de décapiter Faina. Ce message vous était destiné, mais son but véritable était de rappeler à Vittiore le sort qui l'attendait si elle se rebellait contre lui. C'était d'une cruauté impensable, mais aussi une leçon claire pour vous enjoindre à toutes les deux de ne pas fourrer votre nez n'importe où.

» Le temps a passé. La patience du roi à votre égard s'étiolait à mesure que votre couronnement se rapprochait. Il a été piqué d'une sorte de folie, au point de se mettre à murmurer des propos sombres et violents. J'ai craint pour votre sécurité. J'ai encouragé le roi à me révéler ses projets, mais il a refusé. Il avait décidé de laisser dans l'ignorance jusqu'à ses plus fidèles conseillers.

Dinah agrippait la nappe des deux mains, ses ongles perçant le tissu délicat. Son monde s'écroulait une fois de plus. Les larmes dans ses yeux donnaient l'impression que les étoiles tombaient. Elle cessa de respirer. Elle regardait Cheshire poursuivre son récit, mais elle ne voyait que Charles.

— Le soir de l'assassinat de votre frère, j'étais en réunion avec certains de mes collègues qui vivaient à la cour, juste hors les murs du palais – lord Delmont et lord Sander, que vous connaissez sans doute.

Dinah acquiesça d'un air impatient.

— Je suis rentré tard, bien après minuit. Votre père a déboulé dans ma chambre sans crier gare, tout couvert de sang. Il était hystérique. J'ai réussi à le calmer, sans parvenir à lui cacher mon horreur quand il m'a appris qu'il venait de défenestrer Charles, après avoir assassiné Lucy et Quintrell. Il disait vouloir vous faire porter le chapeau, afin que vous ne puissiez jamais accéder au trône. Si l'on ne vous tranchait pas la tête, vous croupiriez de toute façon dans les Tours noires pour le restant de vos jours. Alors qu'il se balançait d'avant en arrière près de la fenêtre, en réclamant justice et expliquant que la bâtarde de votre mère allait enfin être jugée pour ses crimes, j'ai compris que toute ma vie se résumait en cet instant. Comment pouvais-je contribuer à sauver ma fille, sans révéler la vérité au roi ?

» Je lui ai conseillé de se changer, de prendre un bain et de rassembler ses Cartes pour participer à votre arrestation. J'ai couru – oh, comme j'ai couru – d'abord aux cuisines, puis dans la salle d'armes. Je savais que vous ne survivriez pas sans nourriture dans la nature sauvage – vous aviez été élevée dans un palais où tout vous était servi sur un plateau d'argent. Après avoir rempli votre sac, je me suis précipité vers votre chambre, où j'ai assommé Harris et Emily. Puis je vous ai regardée dormir pendant quelques secondes, ma fille, la fierté de mon cœur, qui avait hérité du visage de sa mère et d'une intelligence semblable à la mienne. Je ne vous avais jamais vue d'aussi près, si parfaite, le sang de mon sang reposant devant moi. Je me suis engagé à tout faire pour vous aider à survivre. Puis vous vous êtes réveillée… et vous avez tenté de me tuer.

Il pouffa, et Dinah se rappela avec horreur s'être retrouvée en pleine nuit face à une silhouette drapée de ténèbres.

— Et même si vous n'avez pas suivi mes instructions à la lettre, vous avez réussi à vous enfuir, et de façon grandiose ! Vous avez laissé un bain de sang dans votre sillage, volé le cornu du roi, avant de les distancer, lui et son armée, dans une course poursuite dont les paysans du coin parleront encore dans un siècle !

Il tapa dans ses mains.

— Je n'aurais pas prévu mieux. C'était du génie, une véritable déclaration de force. Après votre départ, le roi a eu tôt fait de vous déclarer traîtresse au royaume et de couronner Vittiore. La cérémonie fut la plus importante que le Pays des merveilles ait jamais connue, et je crois que votre sœur en était heureuse. Le roi est reparti immédiatement après à vos trousses, et j'ai saisi l'occasion que j'attendais. Une chance de vous revoir, de m'assurer que vous parviendriez à survivre dans les Bois tordus.

» Des rumeurs m'avaient rapporté qu'un pisteur des Piques nourrissait une rancœur de longue date envers le roi, et je me suis arrangé pour le retrouver. J'ai conclu un marché avec votre sire Gorrann : il vous traquerait – à la tête de l'armée royale –, mais vous retrouverait le premier pour vous conduire dans les profondeurs des monts Yurkei, où vous seriez à l'abri du souverain. Il vous a simplement pistée un peu trop bien, mais comme vous pouvez le constater, il a fait en sorte que vous restiez nourrie et en bonne santé, et que vous receviez même un entraînement au combat.

Cheshire frotta l'avant de son cou, où Dinah l'avait piqué de sa lame. Un sourire étira ses lèvres.

— Le Pique a bien agi. J'ai accompagné le roi dans sa chasse, et dès que je vous ai sue prise en charge par sire Gorrann, je me suis éclipsé discrètement pour suivre une route alternative jusqu'à Hu-Yuhar, non sans avoir convaincu le roi d'abandonner la poursuite et de retourner au palais.

Il tripota distraitement sa broche scintillante.

— Je vous ai vue dans le noir ce soir-là, à rester parfaitement immobile dans cette robe noire que j'avais empaquetée pour vous. J'étais si fier que vous l'utilisiez à si bon escient, mais tellement furieux que vous courriez de tels risques dans l'espoir de vous venger. Je vous prie de pardonner mon retard.

Il lui désigna la table magnifiquement dressée.

— On ne peut pas dire que je voyage léger. Mais, enfin, nous voici réunis, père et fille, sans secrets ni mensonges pour se dresser entre nous. Voilà longtemps que j'attendais ce moment.

La voix de Dinah mourut dans sa gorge. Elle avait très envie de lui sauter dessus, de lui ôter la vie, de le rosser, de l'embrasser, de pleurer et de rire, tout à la fois. Elle était nauséeuse et prise de vertiges, perdue et transportée de joie. *Trop d'émotions.* Elle parvint à peine à articuler une phrase pleine d'amertume.

— Pourquoi ? Pourquoi êtes-vous venu ?

Il cessa aussitôt de remuer les doigts et se leva avec précautions pour s'approcher de Dinah. Il s'agenouilla devant elle, inclina sa tête brune au clair de lune, puis plongea son regard dans le sien, son sourire éclatant fendant son fin visage.

— Pourquoi ? Parce que vous êtes ma fille, la fierté et le but de mon existence, et que je suis venu vous aider à reconquérir le trône des merveilles. Pourquoi ? Parce que vous êtes la véritable héritière de la reine Davianna, que votre droit à la couronne est supérieur à celui de Vittiore, qui n'est qu'une pauvresse sans parenté. Elle repose joliment sur son trône usurpé. Je vous aiderai à vous venger du roi, à la tête de la formidable armée des Yurkeis. Pourquoi ? Parce que vous êtes née pour porter la couronne, et que je refuse de laisser la fille de Davianna gâcher sa vie dans les monts Yurkei. Dinah, vous devez devenir une conquérante.

Il lui baisa subitement la main, et Dinah sentit une vague de répugnance déferler en elle. Elle retira son bras, comme victime d'une brûlure.

Cheshire se leva et retourna à l'autre bout de la table, où il souleva délicatement un plat à gâteau en argent couvert d'une cloche. Il vint le déposer devant la chaise de Dinah.

— Un présent pour ma fille.

— Ça ne m'intéresse pas.

— Regardez, au moins.

Tremblante, Dinah souleva la cloche. Sa couronne de princesse reposait en dessous – sa couronne d'or et de rubis, un cercle de cœurs brûlant comme mille flammes, la couronne qu'elle avait laissée au palais. Cheshire s'en saisit et l'abaissa sur sa tête. Elle avait oublié à quel point elle était solide, comment ses pointes s'enfonçaient dans son crâne, et la bouffée de joie qu'elle éprouvait lorsqu'elle en sentait le poids sur ses tempes. Cette couronne, sa couronne. Les lanternes clignotèrent dans les arbres, et elle entendit le bruissement des ailes d'une grue au firmament. Elle baissa le regard vers Cheshire, agenouillé devant elle. Leurs yeux noirs se croisèrent, comme dans un miroir. Son ennemi, son père ?

La voix tonitruante de Cheshire retentit entre les arbres.

— Debout, Dinah, devenez la reine de cœur. L'heure est venue d'embrasser votre destin.

La nuit retint son souffle. Dinah considéra ces yeux noirs qui scintillaient sous les étoiles.

Embrassez votre destin.

Elle se mit à courir.

Chapitre 12

Elle n'entendait que le fracas des foulées entrecoupées de respirations. Branches et brindilles se brisèrent quand elle traversa le verger yurkei pour s'éloigner de Cheshire et de tout ce qu'il avait pu dire. Son souffle était bruyant et erratique, plein de souffrance et de confusion. Le fracas et le souffle, plus rien d'autre n'existait à présent, c'étaient les seules choses qu'elle pouvait accomplir, les seules choses auxquelles elle pouvait penser.

Des branches pointues lui lacéraient les bras et les jambes, leurs épines perçant sa chair fragile. Les ramures sombres déployaient leurs bras arachnéens au-dessus de sa tête, tandis qu'elle s'enfonçait plus profondément dans le verger. D'étranges lumières bleues clignotaient dans les arbres, mais d'un autre côté, tout n'était-il pas étrange ici ? Une vaste créature vola au-dessus de sa tête, et Dinah entendit un cri inconnu en franchissant un roncier, ses jambes s'activant plus vite qu'elle ne l'aurait cru possible. Ce n'était qu'elle, que le bruit de ses poumons, celui, irrégulier, des sanglots s'arrachant à sa poitrine, le craquement des feuilles et du bois sous ses bottes.

Elle continua de courir. Il ne lui fallut pas longtemps pour atteindre l'extrémité de la forêt, et lorsqu'elle émergea d'entre les arbres, elle fut surprise de découvrir un à-pic rocheux, d'une blancheur d'os dans les rayons de lune, s'élever devant elle. Elle s'enfouit la tête entre les mains en se rappelant peu à peu où elle se trouvait : dans une vallée des Yurkei, entourée de montagnes. Il n'y avait nulle part où aller, à moins de grimper. Il n'existait aucune autre échappatoire. Elle observa autour d'elle pendant quelques minutes avant de repérer le sentier sinueux que sire Gorrann avait évoqué quelques jours plus tôt. Il était raide et se repliait sur lui-même en traçant ses zigzags sur la paroi, un chemin étroit, mais bien marqué. Dinah s'y élança sans réfléchir. Elle avait juste besoin de fuir, de se rendre quelque part, n'importe où. Elle ne supportait plus la situation. Le sentier s'élevait de plus en plus haut vers le ciel, et la jeune femme se retrouva bientôt entourée d'une épaisse brume blanche qui l'aveuglait complètement. Elle plaqua son dos à la paroi et poursuivit son ascension en crabe, jusqu'à ce que le brouillard spectral se dissipe.

Dinah atteignit le sommet de la colline à court d'haleine ; elle haletait, incapable de réfléchir. Chancelante, elle comprit qu'elle se trouvait au bord de l'évanouissement.

La blessure presque guérie dans son épaule l'élançait et palpitait à chacune de ses inspirations fragiles, et Dinah se laissa tomber à quatre pattes sur le sol caillouteux. Elle posa le front sur la pierre fraîche pendant quelques minutes, le temps de retrouver une respiration normale. Puis elle s'essuya la bouche et se releva pour observer alentour.

Elle était vraiment seule dans cet endroit extraordinaire. Le terrain de pierre devant elle était plat – une plateforme circulaire taillée dans la montagne et tombant à pic de chaque côté. De petites gravures marquaient la roche, des traces racontant une vieille histoire de sacrifice ou de rédemption. Elle y fit lentement courir les doigts. Des signes religieux de la tribu des Yurkeis. Harris, fasciné par la spiritualité de ce peuple, aurait adoré voir ça. Dinah leva les yeux pour regarder par-delà la limite du cercle de pierre. En se plaçant d'un côté, elle pouvait distinguer la vallée tout entière, les tentes blanches qui semblaient flotter à flanc de montagne et émettaient chacune le pâle éclat d'une lumière dépourvue de flamme. Les grands oiseaux de pierre demeuraient dressés silencieusement, tandis que l'habitat de Mundoo restait suspendu entre eux. Le ruisseau derrière les tentes gargouillait avec contentement. La nuit était paisible à Hu-Yuhar – les seuls sons émanaient des troupeaux de chevaux sauvages qui jouaient en contrebas, leurs joyeux hennissements lui procurant un apaisement certain.

Dinah laissa son regard vagabonder sur l'extrémité nord de la vallée et se poser sur la forêt délicatement illuminée où Cheshire l'attendait, ses longs doigts refermés autour d'une tasse de thé. Il s'y trouvait encore, attendant le bon moment pour revenir réduire en miettes toutes les certitudes de la jeune femme. Cheshire – son père ? Dinah posa les mains sur la pierre robuste. *Est-ce possible ?* Et dans ce cas, quoi ? Devrait-elle s'estimer heureuse que son véritable père n'ait pas tenté de l'assassiner, mais lui ait au contraire sauvé la vie ? Ou plutôt s'enrager d'avoir jusqu'alors vécu dans un mensonge savamment orchestré ? La vérité lui avait été dissimulée, non seulement par Cheshire, mais aussi par sa propre mère, la seule personne à l'avoir jamais aimée. Sa mère, Davianna, qui se serait éprise de Cheshire et aurait trahi le roi, sa mère avec son rire si profond et ses mains si douces, des mains qu'elle avait posées sur la taille de Cheshire en dansant avec lui dans la Grand-Salle, ces mains avec lesquelles elle avait toujours si tendrement caressé le visage de Dinah... Elle secoua la tête pour chasser cette image. Pouvait-il s'agir une nouvelle fois de l'un des stratagèmes de Cheshire ? C'était possible, mais les palpitations particulières de son cœur lui assuraient que non.

Quelque part, elle regrettait de ne pas lui avoir tranché la gorge sans lui laisser l'occasion de parler. *Vraiment ?* Dinah ne savait plus ce qu'elle voulait. Ses émotions se bousculaient en un tourbillon dévastateur dans son esprit. Allait-elle devenir une fille reconnaissante et adorée ? La guerrière qu'il avait fait en sorte qu'elle devienne ? Une princesse en exil, prisonnière des Yurkeis ? Éprouvait-elle une rage insondable à l'encontre de l'homme qu'elle pensait être son père, ou était-elle plutôt remplie de grâce, à l'instar de

Charles, devenu son *demi*-frère ? Si elle n'était pas la fille du roi de cœur, mais celle de Cheshire, devenu traître à la couronne… Quel statut était le sien ? Qui était-elle désormais ?

— Qui voulez-vous que je sois ? demanda-t-elle furieusement aux étoiles, qui formaient cette nuit-là un cercle autour de la plus brillante d'entre toutes, lambinant paresseusement au-dessus des montagnes. Sa voix se mua en un cri cassé, étranglé par l'émotion.

— RÉPONDEZ-MOI, qui voulez-vous que je sois ?

— J'crois qu'vous l'savez, chuchota une voix familière.

Dinah ne se donna pas la peine de se retourner.

— Comment m'avez-vous retrouvée ? renifla-t-elle.

Il partit d'un rire bourru.

— J'suis un pisteur, v'vous souv'nez ? C'tait pas trop difficile : z'aviez pas d'aut' choix qu'de monter. Z'êtes dans une foutue vallée.

Elle abaissa les yeux, refusant de le regarder.

— Feriez mieux d'pas aller plus loin, c'la dit, ou Mundoo risque de croire qu'vous voulez vous échapper. J'préfère continuer à respirer.

Elle fit volte-face pour l'affronter.

— Vous travaillez pour lui, pour Cheshire. Vous m'avez trahie. Vous m'avez menti.

Sire Gorrann s'approcha d'elle, et Dinah entendit le bruit de ses lourdes bottes résonner dans le gouffre vertigineux derrière elle.

— J'vous ai jamais menti. V'm'avez jamais interrogé sur Cheshire. Est-ce qu'il m'a embauché pour vous r'trouver ?

Ouais. Est-ce que j'ai réussi ? Ouais. J'vous ai sauvé la vie, fillette, et j'recommenc'rais cent fois. Quand Cheshire est v'nu m'voir, il m'a fait une promesse : si j'vous r'trouvais, j'pourrais voir l'roi jugé pour ses crimes, si possible de vot' main. Non seulement ça, mais j'le verrais aussi dépouillé d'son pouvoir et d'sa fierté. Voilà c'que j'attends : qu'il souffre autant qu'j'ai souffert. Qu'le roi d'cœur soit enfin condamné, pour Amabel et Ioney – c't'un truc que j'attends d'puis des années. Et qu'seule sa fille rebelle peut m'offrir.

Il marqua une pause et se gratta la barbe en dévisageant Dinah, dont le visage était entouré d'étoiles lumineuses.

— Même si ça m'fait mal de l'admettre… en vérité, au bout d'un moment, ça a changé. Dinah, j'me suis attaché à vous, et j'me battrai à vos côtés, quoi qu'vous décidiez.

Il la considéra avec tendresse, le visage marqué par l'amour d'un père affectueux.

— Ouais, vous m'rappelez ma douce Ioney, si elle avait eu la chance de vivre plus longtemps. Z'êtes forte et féroce, pleine d'une émotion brute. Croyez-moi quand j'vous dis qu'j'vous suis dévoué à vous, et à vous seule. Si vous m'demandez d'le tuer…

Il agita la main vers la forêt en contrebas, pour désigner Cheshire.

— … j'le f'rai. Mais oubliez pas qu'il pourrait m'tuer l'premier. Cheshire a toujours quat' coups d'avance sur tout l'monde. Il sait d'jà c'que vous pens'rez l'mois prochain. Écoutez-moi bien, fillette : sous-estimez jamais c't'homme-là. Et lui faites pas non plus une confiance aveugle. Jamais.

Dinah remonta ses genoux contre sa poitrine et frissonna en contemplant la vallée blanchie qui s'étendait vers l'est.

— Cet homme… Vous parlez de mon père ?

Sire Gorrann ne répondit pas, mais entreprit d'embraser un ancien nid d'oiseau séché pour lutter contre la nuit glaciale. Grâce à son expertise remarquable, des flammes bien chaudes crépitèrent et sifflèrent bientôt. Ils s'installèrent devant en silence.

Dinah finit par reprendre la parole, la voix brisée par l'épuisement émotionnel.

— Qu'est-ce qu'il attend de moi ?

Sire Gorrann souleva une jambe pour sortir sa pipe.

— C'est pas évident ? Il veut qu'vous r'preniez c'qui vous appartient. La couronne. Le trône d'vot' mère au palais des merveilles. Il veut qu'vous régniez.

— Et vous, que voulez-vous ?

Sire Gorrann souffla un nuage de fumée embaumant le cheval et les feuilles mortes.

— J'veux qu'vous fassiez c'que vous pensez juste. J'ai hâte d'voir l'roi jugé, mais j'finirai par lui faire payer d'une manière ou d'une autre, aujourd'hui ou dans vingt ans, grâce à vous ou pas. J'vous f'rai pas porter mon fardeau.

Dinah fronça les sourcils.

— Ah, la justice.

Elle partit d'un rire franc.

— N'est-ce pas ce que je désire également ? Le roi a tué mon frère. Cheshire m'a sauvé la vie.

— Exact. Et pas qu'une fois, apparemment. Mais vous lui d'vez rien. Mieux vaut pas avoir d'dette envers un type pareil. Vous comprenez ? Non, vous comprenez pas.

Le Pique commençait à s'agacer. Dinah le fit taire d'un regard. Il inspira un grand coup.

— Vous l'croyez ? Qu'y soit vot' père ?

Dinah ferma les yeux. *C'est toute la question, non ?* Elle n'avait pas envie de le croire. Elle voulait que tout redevienne comme jadis – quand elle n'était qu'une enfant dans les bras de sa mère, quand Charles vivait encore, quand le roi de cœur était toujours ce père qu'elle considérait avec fierté, même si ses accès de rage la tétanisaient. Quand Wardley était proche d'elle, une pomme dans une main, les rênes dans l'autre. Dinah pesa soigneusement ses mots.

— Je n'ai pas envie de le croire, et pourtant, quand il m'a affirmé tout ça, j'ai senti que des pièces de ma vie jusqu'alors éparses s'imbriquaient finalement les unes avec les autres. Tout semble clair, désormais, comme jamais auparavant.

Elle secoua la tête.

— C'est horrible, mais il y a une finalité dans tout ça. Je comprends pourquoi je ne ressemble pas à mon père – enfin, au roi – ni à Charles, pourquoi le roi m'a toujours détestée, pourquoi il battait ma mère, pourquoi il partait si souvent en guerre. Pourquoi il n'a jamais voulu me voir partager son trône.

Elle poussa un petit cri de rage avant d'abattre l'un de ses poings contre sa poitrine.

— Grands dieux, quelle imbécile je fais !

À peine sa voix eut-elle franchi le bord des rochers qu'une forte clameur lui répondit. Dinah et sire Gorrann se figèrent. Les hurlements s'amplifièrent jusqu'à ce que Dinah se rende compte qu'il s'agissait d'une cacophonie de cris d'oiseaux haut perchés. Un bruit terrible, qui gagnait en intensité. À quatre pattes, la jeune femme alla prudemment jeter un coup d'œil par-delà le cercle de pierre. Son ventre se serra aussitôt. Ce qu'elle avait cru n'être que de la pierre blanche en contrebas était en réalité un groupe constitué de centaines de milliers de grues, nichées vingt mètres plus bas. Leurs appels étaient assourdissants, et Dinah sentit son pouls s'emballer. Ces oiseaux pourraient les tuer tous deux. Comprenant subitement, elle se retourna vers les inscriptions religieuses sur le sol, les taches marron foncé qui maculaient la pierre par endroits. Elle ferma les paupières et visualisa un prisonnier, ligoté au sol, abandonné aux échassiers. *Un sacrifice. Grands dieux.*

Sire Gorrann risqua un regard par-dessus le rebord avec une grimace.

— Ces grues sont sacrées pour nos hôtes. Les Yurkeis les vénèrent. Elles sont à la fois déesses et sources de nourriture, deux maillons du cycle de la vie.

Il s'attarda à son tour sur les taches brunes sur la paroi.

— On peut pas traîner ici.

Dinah contempla silencieusement les oiseaux, avec un mélange de fascination et de peur. Ils finirent par se calmer et replier leurs ailes, reprenant place dans leur nid immense. Dinah crut y repérer la carcasse d'un cheval. Elle remuait encore légèrement. Leurs cris se tarirent, et Dinah reprit à mi-voix.

— Cheshire veut que je regagne mon trône. Il me prend pour une conquérante. Une conquérante sans armée.

— Les Yurkeis s'battront pour vous.

— Se battre pour moi ! s'esclaffa-t-elle. Ils me *détestent.* Ils se battront pour Mundoo. Ils n'ont aucun intérêt à se rallier à moi. Vous avez vu leur tête, quand ils m'aperçoivent ?

Elle se remémora leurs yeux bleus scrutant chacun de ses mouvements, les sourcils froncés de rage.

— Et ils ne sont pas très nombreux, comparativement aux Cartes.

— Z'avez déjà vu un Yurkei combattre ? répliqua sire Gorrann. Un Yurkei vaut quatre Cartes.

Il secoua la tête.

— Y s'déplacent à une vitesse extraordinaire. C'est troublant.

— Ça ne suffira pas, le contredit-elle. Si cela devait arriver, et je ne dis pas que cela arrivera, comment… cela se passerait-il ?

Sire Gorrann choisit soigneusement sa réponse, l'œil toujours rivé sur le nid de grues en contrebas.

— Cheshire discute avec Mundoo depuis que'ques jours maint'nant.

Dinah se mordit la lèvre. *Voilà donc où disparaissait Mundoo.*

— Sont encore en train d'façonner un traité acceptable. Si j'comprends bien, ils veulent bien s'rallier à vous à condition d'pouvoir récupérer toutes leurs terres dans les Bois tordus et qu'vous essayiez jamais d'les leur reprendre, par que'que moyen qu'ce soit.

Dinah secoua la tête avec stupéfaction.

— De quoi parlons-nous ? Il y a encore quelques heures, j'étais prisonnière des Yurkeis, quelques semaines avant ça, une hors-la-loi, et encore plus tôt une princesse !

Sire Gorrann fit la moue.

— Z'avez jamais été une simple prisonnière.

— Peut-être que c'est ce que je voudrais être ! Ou personne du tout ! Peut-être que j'aimerais simplement rester ici pour mener une vie normale. Y avez-vous seulement songé ?

Sire Gorrann étudia son visage de ses yeux dorés.

— C'est pas c'que vous voulez. J'vous connais.

Dinah sentit le rouge lui monter aux joues.

— Peu importe. Vous êtes en train de me dire que je dois marcher sur le palais des merveilles à la tête d'une armée qui a toutes les chances de se faire écraser, c'est bien cela ? Vous prétendez que je dois conduire ces gens à l'abattoir dans une vaine tentative de conquérir un trône sous prétexte que ma mère y était assise un jour ?

Sa voix se faisait de plus en plus forte et agitée. Elle sentait la colère bouillonner en elle. Elle bondit sur ses pieds.

— Regardez-moi, et dites-moi : qui suis-je, sire Gorrann ? Qui voyez-vous quand vous me regardez ? La fille de mon père ? Cheshire ? Une gamine pleurnicharde, ou une guerrière yurkei ? Une princesse gâtée ? Une conquérante ? Et vous, qui êtes-vous ? Un homme solitaire ? Espérez-vous vous voir vous-même couronné, sire Gorrann ?

Elle hurlait, à présent, et entendait les caquètements perturbés des oiseaux. Des milliers d'ailes se mirent à battre l'air nocturne, annonçant un envol.

— Fermez vot' clapet, fillette ! Taisez-vous ! Vous voulez vous faire picorer à mort ?

Sire Gorrann semblait de moins en moins tranquille. Une rage semblant illuminer toute la vallée déformait ses traits.

— V'vous comportez comme la gamine qu'vous êtes ! Une sale gosse qu'a toujours eu tout c'qu'elle voulait ! Et voilà qu'un homme vous offre une armée et qu'vous savez pas quoi en faire ? C'est pas à moi d'vous l'dire ! J'suis qu'un sale Pique, un pisteur, un type brisé, je sais qu'c'est c'que vous voyez !

Furieux l'un après l'autre, ils se disputaient en chuchotant, se coupant mutuellement la parole, l'écume aux lèvres. Une veine pourpre palpitait sur le front de sire Gorrann.

— Vous d'mandez qui j'suis ? J'suis plus l'mari et l'père qu'j'étais. On fait c'qui faut pour surmonter la douleur et arranger les choses ! Tout c'que j'ai pu faire, c'tait pour rendre justice à ma famille ! J'vous ai pas em'née jusqu'ici pour qu'vous d'mandiez à quelqu'un d'autre quoi faire !

Il lui désigna l'une des parois verticales qui divisaient les côtés est et ouest de la vallée. Son petit feu brûlait toujours, projetant de longues ombres dansantes.

— J'sais qui j'vois ! Quoi qu'en dise Cheshire, z'êtes toujours la même qu'avant d'prendre le thé avec lui. C'pas son arrivée qu'a tout bouleversé ; c'est juste que z'avez compris l'passé. J'peux rien vous conseiller d'aut' que d'ouvrir les yeux !

Il regagna la pente qui descendait dans la vallée.

— J'vous souhaite bonne nuit, car z'êtes pas d'humeur. Et si vous faites pas gaffe, ces piafs vont pas rester inertes longtemps.

— Allez-vous-en, répliqua-t-elle doucement. Je n'ai envie de voir personne.

Une fureur noire la consumait encore de l'intérieur. Elle ne laisserait pas ses arguments la faire basculer dans la déraison.

Il souffla de dédain, puis attaqua le sentier sinueux en maugréant des imprécations contre « la fille folle de Cheshire ». Dinah se retrouva soudain bien seule, tout juste réconfortée par le feu crépitant qui continuait de projeter des ombres imposantes sur les parois rocheuses. Elle se sentit envahie d'un accès d'émotion, comme si elle se noyait dans le raz-de-marée de sa propre confusion. Un millier de mains différentes étaient tendues vers elle, tirant chacune une ficelle. Son père d'autrefois, le roi de cœur ; son père actuel, Cheshire, avec son sourire félin fuyant ; sire Gorrann. Mundoo. Bah-kan. Wardley, Charles, Harris, Faina Baker, Vittiore. Leurs visages se bousculaient, faisant chacun partie d'elle, mais aucun d'eux ne lui apportait la réponse qu'elle espérait. Les images se succédaient dans son esprit, tel un jeu du chat démentiel : Wardley l'embrassant sous le julla ; sa mère considérant son reflet dans le miroir ; Charles, un magnifique chapeau de sa conception à la main ; Lucy et Quintrell, abandonnés égorgés dans un placard. Une table vide. Elle ferma les paupières et sentit la chaleur des flammes se rapprocher de son visage. Puis elle fit taire ces milliers de voix.

Inconsciemment, elle leva les bras ; la douleur dans son épaule la fit grimacer. *Taisez-vous*, hurla-t-elle aux voix dans sa tête. *Silence !* ordonna-t-elle encore. *Silence !* Elle parvint enfin à les réprimer pour n'entendre plus que la sienne. Elle abaissa les mains. *Plus un bruit, tout le monde.* Le calme se fit en elle, et elle s'autorisa à faire du tri dans ses pensées. Quand elle rouvrit les yeux, elle les leva vers la paroi rocheuse et vit immédiatement ce que sire Gorrann lui avait montré. Sonnée, elle dressa le menton comme elle ne l'avait plus fait depuis qu'elle avait fui le palais. Avec le feu qui bondissait derrière elle, son ombre était impressionnante sur les parois, presque plus grande que la montagne elle-même. Et sur sa tête, l'ombre de la couronne que Cheshire y avait déposée.

Dinah leva la main et en tâta les pointes du bout de ses doigts tremblants ; l'or avait chauffé devant les flammes. Elle avait oublié qu'elle la portait, tant elle était habituée à son poids et à son contact. C'était naturel pour elle – elle était presque née pour la porter. Le symbole royal était resté en équilibre même durant sa fuite dans les ronciers. Il était à sa place sur son crâne, et les piques s'enfonçant dans ses tempes lui conféraient une stabilité qu'elle n'avait plus éprouvée depuis longtemps. Elle considéra son ombre, la figure impérieuse ornée de cette couronne chatoyant dans les flammes. Ses idées s'éclaircirent. La réponse était là. Voilà qui elle était, qui elle avait toujours été. Elle n'était la fille de personne, la guerrière de personne, la prisonnière ni le bouc émissaire de personne. Elle n'était pas une princesse gâtée ni la sauveuse d'un peuple étranger. Dinah leva les yeux vers le cercle d'étoiles, et son ombre se redressa en conséquence.

Je suis la reine, songea-t-elle.

Voilà qui je suis. La reine de cœur, née pour m'asseoir sur l'un des deux trônes de cœur. Je suis la reine du Pays des merveilles, et je ceindrai la couronne que mon frère a confectionnée pour moi. Je m'en emparerai avec rage et à la pointe de l'épée, en acceptant toute l'aide qui me sera proposée. Gorgée d'orgueil, elle sentait chaque centimètre carré de sa peau s'animer sous l'effet de cette promesse. Soudain consciente de tout ce qui la touchait, tout ce qui lui enserrait le cou, Dinah entreprit de se déshabiller. Elle jeta son poignard au sol et retira la tunique rouge qui symbolisait le Pays des merveilles. Elle se dépouilla aussi du pantalon de plumes yurkei, des bottes qui avaient été fourrées dans son sac un million d'années plus tôt. Quand elle eut terminé, elle se retrouva nue comme au premier jour, débarrassée des chaînes qui l'entravaient, des cadeaux qui la corrompaient, des outils qui l'avilissaient. Elle n'avait plus que la couronne sur sa tête, une couronne qui lui avait été accordée de droit à sa naissance, par la lignée de sa mère. Je suis la reine. Tout le peuple des merveilles s'inclinerait devant elle. Elle n'avait pas peur, plus maintenant. *Je suis la reine.*

Plus vivante que jamais, Dinah balança un gros morceau de bois enflammé par-dessus le rebord de la falaise ; il atterrit dans une gerbe de flammèches au milieu du nid gigantesque. L'air palpita alors du bruit d'un millier d'ailes, et Dinah observa sans peur le ciel s'emplir d'une nuée de grues branches. Elles se précipitaient vers elle avec leur bec affûté, mais elle garda les pieds campés au sol, avec sa simple couronne sur la tête. Les échassiers se mirent à lui tourner autour, leurs cris puissants se rapprochant sans cesse, leurs becs effleurant sa peau.

— Partez ! s'exclama-t-elle. Partez !

Elle était isolée au cœur d'une mer de plumes blanches, mais elle n'osait fermer les yeux. À un moment, la volée furibonde se retrouva à l'aplomb de son crâne dans un mélange de sifflements colériques et de caquètements assourdissants, envisageant d'attaquer cette étrange créature couronnée et brûlant d'une rage légitime. Dinah contempla les oiseaux sans ciller, les mettant au défi de la toucher. Ils semblèrent hésiter, mus par un esprit violent, mesurant les risques à courir pour s'emparer de ce dernier sacrifice. Puis ils finirent par prendre leur essor dans une spirale allant s'élargissant, qui finit par cacher le ciel, la roche, tout. Elle avait affronté les dieux et avait pris le dessus.

Je suis la reine de cœur, pensa-t-elle encore, *et je récupérerai mon trône.*

Le nuage d'oiseaux disparut au-dessus de la montagne, et la nuit redevint silencieuse. Dinah resta debout devant la paroi, la brise mordante lui cinglant le corps. Quelque chose avait changé ici, sur cette saillie, ce morceau de pierre gravée maculé par une religion ancienne. La jeune femme voyait son chemin se dérouler devant elle, convaincue de ce qu'elle avait à faire et de qui elle était. *Je suis la reine de cœur.* Elle était une reine et elle récupérerait son trône ; puis elle veillerait à ce que justice soit rendue à Charles. Tel était son destin. Pour la première fois, l'avenir ne l'effrayait pas. Soudain, le sentier de la guerre semblait le moins terrifiant d'entre tous, car il était *légitime*. Lorsque le dernier oiseau eut disparu dans la nuit, elle s'emplit les poumons jusqu'à ce que son cœur cesse de battre. Elle laissa le feu s'éteindre, non sans avoir admiré une dernière fois son ombre impressionnante, si féroce et sûre d'elle, avec les pointes de sa couronne caressant le sommet de la falaise. Une voix tenace lui rappelait que, si elle n'était pas aussi puissante que cette reine-là, elle allait devoir se montrer à la hauteur. Malgré la peur qui s'opposerait inévitablement à elle, elle devrait essayer.

Dinah renfila à contrecœur tous ses vêtements et observa une dernière fois la vallée de Hu-Yuhar en contrebas. Une foule de Yurkeis s'y rassemblait, et leurs voix cédèrent le pas à une révérence silencieuse quand elle descendit le sentier taillé à même la paroi. Un groupe d'hommes nerveux l'attendaient au pied de l'étroit escalier : Cheshire, aux robes pourpres gonflées par le vent, et dont les mains étaient jointes, comme en prière ; sire Gorrann, au visage couvert d'un masque d'inquiétude ; Mundoo, fier et féroce guide de son peuple ; et Bah-kan, qui les dominait tous, terrifiant et brutal, avec sa Cœurépée en main. Tous l'observèrent descendre, sans qu'aucune expression transparaisse sur son visage. Des centaines de Yurkeis fascinés étaient rassemblés en bas pour la scruter de leurs yeux bleus perçants, presque luminescents. Elle se rapprochait peu à peu de ce petit groupe d'hommes qui s'étaient servis d'elle comme d'un pion, ces hommes qui l'avaient précipitée vers son destin. Cheshire se fendit d'un large sourire en avisant la couronne sur sa tête. Il s'empressa de mettre un genou en terre et de s'incliner devant elle avec déférence. Sire Gorrann l'imita. Mundoo et Bah-kan se contentèrent de hocher la tête à son intention. Ils ne se prosterneraient pas.

Mundoo se racla la gorge.

— Princesse. Nous avons tant de choses à discuter.

Dinah ne se rendrait compte que plus tard qu'une simple phrase changerait à jamais le visage du Pays des merveilles.

— C'est Majesté, le corrigea-t-elle. Mais je suppose que oui.

Chapitre 13

Les mois suivants s'écoulèrent en un éclair. Les saisons transformaient le paysage avec une férocité alarmante. *Même l'herbe n'est pas la même ici, dans les Terres sombres,* estima Dinah en observant les fougères bleu pâle onduler sur la vallée. Tout était plus doux et humide. Sa monture trépignait d'impatience, assoiffée et prête à plonger la tête dans les courants d'eau fraîche tourbillonnante dissimulée sous la mousse. Les cheveux de la jeune femme, encore mouillés et noués de rubans blancs, étaient soufflés devant elle par le vent ; elle frissonna dans l'air matinal quand un objet rond et luisant ondula sous les broussailles écumeuses. Elle s'attendait à ce que le climat du Sud soit chaud et humide. Elle ne s'était pas trompée pour le deuxième point, mais l'air immobile des Terres sombres apportait aussi une certaine fraîcheur tôt le matin, la moiteur ambiante retenant le piquant de la nuit.

La marche vers le sud avait été épouvantable – ils avaient perdu plusieurs Yurkeis en chemin, entre les marécages et les étranges créatures venimeuses qui semblaient tapies sous chaque pierre. Fait inquiétant : les Bois tordus passaient pour paisibles comparativement aux Terres sombres. En enfouissant la main dans la crinière emmêlée de son coursier, Dinah se mit à fredonner doucement une chanson que sa mère lui avait apprise si longtemps auparavant. Un air, ainsi qu'elle le savait désormais, que Davianna tenait de Cheshire. Le décor était rude, mais malgré le danger qui rôdait de tous côtés, Dinah se sentait plus forte que jamais. Sa couronne trônant sur sa tête, à sa place légitime, la jeune femme se sentait toute puissante sur sa haute selle. Son ventre gargouilla bruyamment. Elle avait faim, comme depuis le début de leur longue expédition vers le sud. Déplacer une petite armée nécessitait beaucoup de provisions, et il semblait n'y en avoir jamais assez pour satisfaire tout le monde. Chacun aurait pu manger cinq fois plus, y compris la future reine, qui dormait dans une tente délabrée, roulée en boule autour de son épée. Dinah chantonnait encore quand sire Gorrann trotta pour se mettre à sa hauteur sur le dos de Cyndy.

— Sire Gorrann, bonjour.

Il ne perdit pas de temps en civilités.

— Majesté, y a conflit entre deux guerriers. Ju-Kule et Freyuk vont en v'nir aux mains. Vous d'vez intervenir maint'nant – leur querelle risque de provoquer encore plus d'divisions parmi les Yurkeis.

Dinah hocha la tête et, d'un claquement de langue, fit galoper sa monture en direction du campement – une petite ville de tentes blanches circulaires qui accueillait un millier de guerriers yurkeis et, pour l'instant, environ trois cents Cartes rebelles. *Magnifique*, songea-t-elle, *encore un problème, encore une querelle.* En définitive, organiser une guerre s'avérait extrêmement compliqué et nécessitait plusieurs mois de préparation. Elle se mordit nerveusement la joue en repensant à tous les conflits qui les avaient accompagnés depuis qu'ils avaient quitté les montagnes.

La nuit où elle avait accepté son destin de reine, après qu'elle fut redescendue dans la plaine, sire Gorrann, Cheshire et elle étaient retournés dans la tente de Mundoo. Elle avait de nouveau éprouvé la peur en s'attaquant à l'échelle, sauf qu'elle n'était cette fois pas uniquement mue par la survie – elle avait désormais des raisons de vivre : la vengeance et le trône. Alors que l'échelle de corde se balançait derrière elle, la jeune femme s'était efforcée de grimper sans crainte. *Je suis la reine.* Dès les prémices de leur conversation tendue, il était apparu que chaque membre du conseil de guerre possédait ses propres motivations. Mundoo rêvait de l'autonomie et de l'indépendance pleines et entières de son peuple vis-à-vis du palais des merveilles. En échange de sa participation aux combats, il exigeait de récupérer toutes les terres usurpées aux Yurkeis, depuis la Neuvième Mer au nord en passant par le Todren et jusqu'à l'est, des Bois tordus aux monts Yurkei. Il réclamait aussi qu'un représentant de son peuple siège au conseil de la reine, dès que celui-ci serait établi, et ait voix au chapitre pour toutes les affaires des merveilles, y compris celles qui ne concernaient pas les Yurkeis. Un prix élevé à payer pour l'armée de Dinah, qu'elle subirait pleinement une fois couronnée. Une partie du territoire revendiqué par les Yurkeis incluait Ierladia, la ville natale de sa mère, plus grande forteresse merveilleuse dans le Nord. Les négociations concernant cet endroit avaient duré trois jours, avant d'atteindre enfin un compromis. Mundoo accepta que les citoyens et bâtiments d'Ierladia soient épargnés sous le règne yurkei. La ville leur appartiendrait bel et bien, mais Ierladia fonctionnerait ainsi qu'elle l'avait toujours fait : en traitant et commerçant directement avec le palais des merveilles. Les Yurkeis prélèveraient alors une bonne proportion des revenus sous forme de taxe. L'imposition était un concept inconnu de ce peuple, mais le projet de Cheshire fut finalement accepté.

Le vrai père de Dinah avait lui aussi fait valoir ses propres requêtes : il siégerait en tant que principal conseiller de la reine et chef du conseil, et conserverait la responsabilité de toutes les Cartes, en plus d'être le Carreau chargé du trésor. Ses pouvoirs étendus lui octroieraient aussi un siège au conseil des Yurkeis, et il aurait les mains libres pour détenir ou libérer les prisonniers. Sans le formuler explicitement, Cheshire s'assurait de devenir la personne la plus puissante du palais, à l'exception de la reine. Bah-kan voulait des terres en territoire yurkei ainsi que la grâce royale pour sa désertion, et il obtiendrait gain de cause à condition de demeurer le garde du corps personnel de Dinah jusqu'à son couronnement officiel. Sire Gorrann avait déclaré qu'il ne négocierait qu'avec la jeune femme, mais il était jusqu'à présent demeuré silencieux et impassible, comme s'il ne désirait rien de particulier.

Une fois les négociations ratifiées et scellées, quatre coursiers rapides avaient été dépêchés pour conserver les documents aux quatre coins du royaume, afin qu'il en subsiste toujours un exemplaire, même si les autres venaient à être détruits. Cette mission accomplie, Dinah s'était préparée nerveusement à l'ancien rituel d'engagement réciproque des Yurkeis. Tout juste vêtue de quelques plumes, elle était restée parfaitement immobile pendant des heures, tandis que les termes du traité étaient couchés sur son corps à la peinture blanche par des femmes yurkeis silencieuses. Les mots s'écoulaient en lignes droites depuis ses yeux jusqu'à la pointe de ses orteils, au point que toute sa peau s'en trouva recouverte. Les paroles du traité s'étalaient sur ses joues, son ventre, ses doigts. Les mêmes mots avaient été inscrits sur le corps immaculé de Mundoo, puis tous deux avaient été conduits au centre d'un cercle de feu, une grue domptée attachée à chacun de leurs poignets. Les Yurkeis avaient alors entonné un chant, une complainte troublante qui avait résonné dans l'étroite vallée.

Ils avaient chanté ainsi pendant des heures, alors que Dinah et Mundoo restaient debout sans bouger, les jambes tremblantes. Enfin, dans un dernier cri, les deux partis s'étaient rapprochés sous les étoiles tourbillonnantes. Quand ils avaient été assez proches pour se toucher, les grues s'étaient mises à battre des ailes. Mundoo et Dinah s'étaient ainsi retrouvés unis, prisonniers de l'enchevêtrement de ficelles qui se nouaient à mesure que les oiseaux s'affrontaient et se débattaient. Les mots encore chauds écrits sur leurs corps s'étaient mêlés à leur sueur et à leurs larmes tandis qu'ils luttaient pour se défaire. Enfin, une prêtresse yurkei avait crié, et tous deux avaient laissé s'envoler leurs oiseaux. Les mots ne faisaient plus qu'un, leur sueur ne faisait plus qu'une, leur chaleur ne faisait plus qu'une. Les yeux noirs de Dinah croisèrent les iris bleus et chatoyants de Mundoo, et ils se défièrent ainsi silencieusement du regard, toujours debout au milieu du feu rugissant. Ce qu'elle avait lu dans les prunelles du Yurkei avait à la fois rassuré et inquiété Dinah. Mundoo était costaud, résistant et animé d'une passion assez semblable à la sienne. Elle était une reine, lui un chef. Deux alter ego. Un pacte avait été conclu, une promesse scellée. Dinah ne s'était jamais sentie plus vivante et avait hurlé à la lune, la tête rejetée en arrière.

Après s'être nettoyée, elle était allée rejoindre les Yurkeis pour un festin en compagnie de Bah-kan, sire Gorrann et de ses deux gardes yurkeis. Ce repas surpassait très largement tous ceux qu'elle avait pu connaître jusqu'alors, y compris les interminables banquets organisés au palais. Des oiseaux de toutes espèces avaient défilé sur le dos de guerriers. Chaque bouchée vous pétillait en bouche dans une explosion d'épices et de saveurs boisées, les préparations ayant été manipulées par Iu-Hora, le sorcier du camp. L'on avait servi à Dinah des piles de champignons comestibles produisant chacun un effet unique – certains la rendaient triste ou mélancolique, d'autres radieuse ou idiote. D'autres encore lui procuraient un sentiment d'intense passion qui atteignait son paroxysme en quelques secondes, la laissant essoufflée, agrippée à la table. L'un d'eux lui avait même imposé une hallucination dans laquelle elle se retrouvait au palais, sauf que celui-ci était rempli de cœurs rouges et palpitants et de paons volants. Après en avoir avalé un autre, elle s'était retrouvée à patauger dans une rivière de sang. Les effets ne duraient guère – rarement plus d'une minute –, si bien qu'elle attendait le suivant avec grande impatience.

Le dessert consistait en un amoncellement de baies et de plantes comestibles, ainsi que d'un délicieux pain au miel dont elle ne pensait pas pouvoir se lasser un jour. Une fois la miche rompue, la minuscule flamme qui brûlait mystérieusement à l'intérieur s'éteignait, et le pain chaud dégoulinait de miel. C'était incroyable, et Dinah se léchait joyeusement les doigts, pourtant consciente que ce comportement n'était pas nécessairement digne d'une reine. Elle s'en moquait. Les Yurkeis aussi.

Cheshire et sire Gorrann étaient assis de part et d'autre d'elle. Si le premier essayait sans cesse de la couvrir de compliments ou d'observations, elle ne pouvait se résoudre à être aimable avec lui, pas encore. Elle se surprenait toutefois à le dévisager lorsqu'il ne la regardait pas, étudiant ses cheveux et ses yeux noir de jais, si semblables aux siens, presque identiques. Elle tentait de l'imaginer avec sa mère, riant et se touchant, profitant du moindre instant de répit pour se retrouver, pris dans le danger permanent de leur passion interdite. Elle peinait à visualiser ces scènes, et cette simple idée la rendait parfois nauséeuse. Depuis son arrivée, Cheshire lui avait offert nombre de présents – une adorable broche de diamants en forme de chat, un lourd manteau d'équitation violet, de nouvelles bottes en cuir rouge sombre au talon frappé d'un cœur… Elle avait aussitôt enfilé celles-ci, fourrant les autres cadeaux dans son sac. Il ne parviendrait pas à acheter sa loyauté ou son amour, mais elle avait besoin de nouvelles bottes et s'était autorisée à profiter de leurs semelles délicates, au grand bonheur de ses pieds.

Son entraînement avec Bah-kan et sire Gorrann s'était poursuivi – toujours si intensif –, jusqu'à ce qu'elle parvienne à rivaliser avec le second, le battant même parfois. Tous ces matins passés à croiser le fer avec Wardley lui revenaient, et ses coups devenaient plus forts et rapides, alors que son corps pivotait et bondissait intuitivement. Sans qu'elle le remarque, sa lame et son bras avaient fini par ne faire plus qu'un. Un jour, alors que Dinah prenait son bain, Cheshire s'était approché et l'avait invitée à venir lancer des poignards avec lui. Elle avait accepté à contrecœur, mais avait découvert à son grand désarroi qu'elle y prenait beaucoup de plaisir. Parvenir à planter sa lame dans un tronc lui permettait de se délester un peu de l'anxiété qui la gagnait à l'idée de mener une armée. Cheshire était extrêmement talentueux avec un poignard, et Dinah avait compris qu'il l'avait généreusement autorisée à lui plaquer sa lame sur la gorge ce soir-là, au verger. Il aurait pu aisément la désarmer, voire la tuer.

Alors qu'ils s'exerçaient au lancer, Cheshire lui avait rappelé quelques événements de son enfance qu'elle avait presque oubliés – son cinquième anniversaire, une certaine rencontre de croquet au cours de laquelle elle s'était cassé la jambe en grimpant à une statue. Il l'avait effectivement eue à l'œil pendant toute sa jeunesse, ce qui ne signifiait rien pour autant. Elle peinait à croire qu'ils soient du même sang, et ne s'imaginait pas capable de développer avec lui ce lien père-fille qui lui avait manqué toute sa vie. Pour toutes ces raisons, elle n'avait pas parlé, se contentant de lancer poignard après poignard, adorant le bruit de ressort produit par le fer en pénétrant l'écorce. Ces instants passés ensemble lui avaient plu de plus en plus à mesure que les jours s'écoulaient.

Préparer une armée prenait du temps. Il fallait se procurer des armes, entraîner les chevaux, assembler pièce par pièce la longue caravane destinée à transporter la nourriture. Il avait été décidé que Dinah emmènerait mille guerriers yurkeis pour sa marche vers le sud. S'ils voulaient caresser le moindre espoir de victoire contre les dix mille hommes du roi, ils allaient devoir s'assurer le soutien des Cartes indépendantes réfugiées dans les Terres sombres. Ces hommes-là étaient de dangereux déserteurs partis habiter dans le Sud, où ils pourraient s'épanouir dans une relative liberté, loin des lois du Pays des merveilles. D'un autre côté, cela leur imposait de vivre dans les Terres sombres, ce qui, aux yeux de la jeune femme, était en soi un châtiment suffisant.

Mundoo et son armée de quatre mille partiraient vers le nord pour rassembler les hommes des plus petites tribus réparties sous le Todren, avant de gagner directement le palais des merveilles. Ainsi, celui-ci serait attaqué sur deux flancs – stratégie rendue nécessaire par l'enceinte circulaire érigée tout autour. Par ailleurs, le roi se concentrerait sans doute sur les troupes, nombreuses et bruyantes, de Mundoo, délaissant Dinah et sa petite armée, qui les prendraient discrètement à revers. Cheshire espérait que l'armée de la jeune femme le désarçonnerait, ou inquiéterait au moins les Cartes. Ils pilleraient le palais ensemble, armées indépendantes œuvrant de conserve. Il était d'une intelligence redoutable, et Dinah avait compris instantanément pourquoi c'était lui que le souverain avait choisi en tant que conseiller personnel. L'esprit de Cheshire n'était pas moins affûté ni mortel que son poignard, et il les maniait tous deux à la perfection. Il lui avait expliqué que sa petite troupe de Yurkeis serait là pour la protéger dans les Terres sombres, mais aussi pour symboliser aux yeux des Cartes rebelles l'attachement de la reine à une nouvelle forme d'existence, dans laquelle Merveilleux, Cartes et Yurkei joindraient leurs forces pour abolir la tyrannie. Selon lui, voir la reine de cœur diriger une armée de Yurkeis suffirait à ébranler les esprits les plus endurcis.

— Les guerres, lui avait-il rappelé, se gagnent dans les têtes, pas sur le champ de bataille.

Le jour de leur départ, quelques mois après que Dinah était redescendue de la montagne avec sa couronne, les femmes de la tribu s'étaient rassemblées silencieusement pour offrir un cadeau à la future reine : une tenue de combat, ornée d'éléments symbolisant tant Hu-Yuhar que le Pays des merveilles. Quand elles l'avaient déployée devant Dinah, celle-ci s'était mordu la lèvre pour s'empêcher de fondre en larmes de reconnaissance. La voilà qui emmenait les maris et les fils de ces femmes pour en conduire certains à la mort, et elles la gratifiaient d'une œuvre d'art, une pièce inestimable et inimitable. Elle allait faire d'elles des veuves, mais elles la récompensaient. Le plastron était blanc – un blanc pur et immaculé sur lequel se reflétaient les rayons du soleil. Un cœur rouge au rebord brisé était peint sur l'avant – une armure très similaire à celle de son père, mais façonnée pour épouser les formes d'une femme. Elle lui tombait à la hanche, où de minuscules cœurs rouges jouxtaient le rebord anguleux. Elles lui avaient aussi présenté des jambières et des brassières noires, frappées du même cœur rouge.

L'armure, méticuleusement ouvragée, n'était pourtant qu'un avant-goût de leur grand talent, qui se révélait pleinement sur la cape de Dinah. Se contenter d'ailleurs de l'appellation de cape ou de manteau était une erreur, car ce vêtement était bien plus que cela. Il s'attachait autour du cou et était renforcé au niveau des épaules par le même bois remarquablement léger qui servait à soutenir les tentes de Hu-Yuhar. Un col épais en tissu à damier se déployait en éventail d'un côté et de l'autre de la gorge, s'arrondissant en forme de cœur juste sous ses joues. Il était doublé de plumes arachnéennes prélevées sur de jeunes oiseaux, tandis que la cape en elle-même était formée de rémiges de grue blanche. L'extrémité de chaque penne avait été trempée dans de la peinture rouge, donnant l'illusion d'une aile ensanglantée. Le vêtement se déployait derrière elle jusqu'au sol. Dinah les avait laissées l'habiller et lui tresser les cheveux à l'aide de rubans. Lorsqu'elles s'étaient reculées, les yeux écarquillés, elle avait su qu'elle était prête.

Dinah s'était coiffée de sa couronne de rubis avant de se retourner face aux femmes. Certaines pleuraient, d'autres semblaient seulement effrayées. Lorsqu'elle avait émergé de sa tente, Cheshire avait posé la main sur son cœur en hoquetant. Sire Gorrann, quelques pas derrière lui, avait haussé les sourcils.

— De quoi ai-je l'air ? avait demandé Dinah avec un sourire.

Bah-kan, qui affûtait un couteau sur une petite roche non loin, avait levé les yeux dans sa direction.

— Terrifiante. Une créature de cauchemar.

— Si même *vous* le pensez, avait-elle répliqué, c'est qu'elles ont réalisé un travail extraordinaire.

Elle avait remercié d'un hochement de tête les femmes rassemblées là ; celles-ci avaient posé leurs mains sur le cœur du plastron, lui confiant des potions guérisseuses et murmurant de rapides prières de réussite.

Cette nuit-là, Dinah avait à peine regagné sa tente qu'elle n'avait plus réussi à retenir ses larmes de reconnaissance. Il ne subsistait guère de temps pour pleurer quand les rouages de la guerre se mettaient en branle, et elle fut soulagée de pouvoir s'en libérer enfin.

Le soleil s'était couché et levé, et en un rien de temps l'heure du départ était venue. Tout Hu-Yuhar s'était tu, et Dinah avait senti le désespoir et la peur qui imprégnaient l'air – les enjeux étaient si grands, et tout reposait sur ses épaules. Le trône du Pays des merveilles, le sort d'un peuple indigène – tout cela pesait sur elle aussi lourdement que la cape dont ils l'avaient drapée. Alors que la nuit engloutissait le village, Dinah s'était éloignée de ceux qui s'étreignaient désespérément dans leur tente pour arpenter la vallée silencieuse, se dirigeant vers les grues en pierre géantes qui protégeaient leurs secrets bien gardés. Elle désirait encore une chose.

Sans l'aide de ses gardes, Dinah s'était hissée jusqu'en haut de l'échelle pour gagner la tente de Mundoo. Celui-ci festoyait en famille, et Dinah se sentait impolie d'interrompre ainsi ce dîner sacré. Elle avait néanmoins poussé le rabat. La femme de Mundoo et leurs sept enfants s'étaient redressés, alarmés.

— Je dois m'entretenir avec vous avant le matin.

D'un geste de la main, Mundoo avait intimé aux siens de les laisser, et tous s'étaient réfugiés sur les passerelles, qui oscillaient bruyamment dans l'air frais de la montagne. Dinah avait porté les doigts à sa couronne. Ces derniers temps, chaque fois que le doute rampant ou la peur accablante liée aux préparatifs l'assaillaient, elle touchait sa couronne. Cela la rassurait et lui permettait de se reconcentrer sur son objectif. Elle s'était inclinée légèrement devant Mundoo avant de lui parler d'une voix douce, mais ferme.

— Vous possédez une chose que je désire. J'ai le sentiment de vous avoir donné beaucoup lors de nos négociations, sans rien exiger en retour.

Mundoo s'était mis à rire en léchant avidement la graisse qui lui maculait les doigts.

— En effet, vous n'avez rien exigé. Rien, à part une couronne sur votre tête et le fait de devenir l'une des personnes les plus puissantes du Pays des merveilles.

Dinah avait dégluti avant de poursuivre.

— Je veux le récupérer. Il ne vous sera d'aucune valeur une fois mort. Nous avons besoin de lui.

— Non. VOUS avez besoin de lui. Un coursier normal conviendrait tout aussi bien.

— Quiconque a déjà chevauché un cornu sait qu'il s'agit d'un mensonge.

Mundoo était allé s'asseoir avec raideur sur son trône de grues dorées. Il avait considéré Dinah d'un air amusé.

— Je ne peux vous offrir la bête folle qui a tué tant de mes guerriers. Cela irait à l'encontre de tous les principes de notre justice, même si je pense qu'il pourrait vous être utile au combat.

Dinah avait souri.

— J'en ai conscience, et je ne vous demanderais jamais de compromettre vos règles ou votre réputation devant votre peuple. Mais si je pouvais vous offrir, à vous et aux Yurkeis, quelque chose de plus grand que la mort ?

Mundoo avait alors haussé un sourcil, ses yeux d'un bleu éclatant renforçant le peu de confiance dont elle disposait à cet instant.

— Et de quoi pourrait-il s'agir ? Dites-moi ce qui pourrait racheter tant de vies perdues ? Des tonneaux d'or, peut-être ? Un pillage de votre trésor lorsque vous serez couronnée ?

Il s'était rembruni.

— Cela ressemble tellement aux Merveilleux de vouloir payer au lieu de rendre justice. Si vous pensez que votre or peut racheter notre sang, vous n'avez rien compris à nos manières.

Dinah avait ouvert les mains en signe de miséricorde.

— Pas de l'argent. Je vous offre la vie pour la mort. C'est la seule chose plus grande.

Mundoo s'était tapoté des doigts la lèvre supérieure.

— Ma curiosité me pousse à vous écouter jusqu'au bout. Poursuivez. Mais attention à ne pas m'insulter sous ma propre tente, dans mon propre royaume. Vous n'êtes pas ma reine, Dinah, ne l'oubliez pas.

Ses yeux s'étaient attardés sur la trappe ouverte dans le bas de sa tente.

— La chute est longue, depuis les ailes des grues.

Dinah avait incliné la tête.

— Chef Mundoo, au lieu d'exécuter Morte, je vous offre la vie. Douze vies, pour les douze qu'il a ôtées. Douze cornus. Lorsque je serai reine, je ferai se reproduire Morte et votre cornue, Keres. Vous garderez douze de ses poulains, mâles et femelles, dont vous pourrez faire l'élevage. Comme vous le savez, les poulains de cornus sont très rares.

Mundoo avait alors jailli de son trône pour saisir le menton de Dinah.

— Me prenez-vous pour un imbécile, fillette ? Ou en êtes-vous une vous-même ? Avec une armée de cornus, ma tribu deviendrait bientôt une menace pour le palais des merveilles. Et vous voudriez me faire croire que vous me laisseriez sa progéniture ?

— Oui. Je vous en donne ma parole de reine.

— Vous n'êtes pas encore reine, avait-il riposté. Comment puis-je m'assurer que vous tiendrez votre promesse ?

Dinah avait senti le poids de sa couronne sur sa tête.

— Je le jure sur la vie de mon frère, sur le nom de Charles.

Mundoo l'avait alors relâchée.

— En ce cas, j'accepte. Douze poulains de cornus pour les Yurkeis, qui nous seront apportés à leur un an pour commencer leur entraînement.

Dinah avait acquiescé.

— Douze. Pas un de plus.

— Et si vous ne devenez pas reine ? Cela semble vraisemblable, savez-vous ?

Dinah était déjà en train de redescendre à l'échelle.

— En ce cas, nous serons tous morts de toute façon. Bonne nuit.

Ainsi avait-elle pu récupérer Morte. Elle l'avait retrouvé dans un enclos haut comme trois hommes, renforcé du bois blanc et robuste qui soutenait les tentes. Ces traverses-là, en revanche, étaient hérissées de piquants, et elle avait remarqué de centaines de coupures sur les jambes et la tête de l'animal. Morte avait été si heureux de la voir qu'il ne lui avait tourné autour que trois fois, menaçant de la broyer sous ses sabots. Finalement, lorsqu'un filet de vapeur s'était élevé de ses naseaux en sifflant, il avait laissé Dinah lui caresser le museau d'un doigt. Puis il avait levé le genou afin de l'autoriser à grimper, et il avait bondi de sa cage ouverte. Ils avaient cavalé dans la vallée pendant des heures, le fracas de ses pieds effrayant les poneys, aussitôt assujettis. Avant le grand départ, les Yurkeis lui avaient présenté une selle conçue spécialement pour les cornus, et originellement façonnée pour leur chef. Elle ceignait le garrot de Morte plutôt que son dos, et disposait aussi d'une cannelure pour que la jeune femme puisse s'installer à genoux si elle le désirait. Avec son étalon, sa selle et sa couronne, elle avait mené son armée de mille Yurkeis vers le sud, empruntant un étroit passage qui sinuait secrètement sur le flanc des monts Yurkei pour gagner la plaine et les Terres sombres. Ce chemin l'avait menée ici, dans cette fosse tristement humide. À califourchon sur Morte, elle se sentait à la fois fière et éreintée. Dinah considéra les tentes, silencieusement érigées dans l'air matinal.

Le diable noir frappa impatiemment des sabots tandis qu'elle se demandait pour quelle raison elle était venue ici. Que lui avait dit sire Gorrann, déjà ? *Ah oui, un conflit entre les Yurkeis.* Elle descendit de sa monture, qui renâcla furieusement quand la jeune femme tenta de l'attacher à un mât. Les yeux ronds comme des soucoupes de la créature brillaient de colère. *J'avais encore oublié.* Dinah laissa plutôt tomber les rênes, et Morte partit au grand galop. Il reviendrait quand elle aurait besoin de lui, rapportant la carcasse ensanglantée d'un pauvre animal pour la déposer à ses pieds. Il s'en repaîtrait ensuite jusqu'à ce que la jeune femme aille rendre son souper dans un buisson.

Dinah baissa la tête pour pénétrer dans la tente de sire Gorrann. Les hommes l'attendaient – Cheshire, Gorrann et Bah-kan –, et restèrent debout silencieusement le temps qu'elle les étudie avec curiosité. Ils se mordaient les joues, l'air atrocement heureux.

— Qu'est-ce que vous regardez ? Où sont les guerriers ? Se sont-ils déjà entretués ?

Cheshire laissa un sourire retors étirer ses lèvres.

— Il n'y a pas de guerriers. Suivez-moi.

Puis il sortit sans rien ajouter, les deux autres hommes sur les talons.

— Quoi ? s'étrangla-t-elle.

Dinah s'empressa de les rattraper, l'épée rebondissant sur sa hanche.

— Arrêtez-vous ! Je ne suis pas d'humeur à jouer ! Je crois que vous vous êtes suffisamment moqués de moi pour une vie.

Le sourire de Cheshire s'étira, chat malicieux emporté par sa duperie.

— Je pense que ce jeu devrait vous plaire, Majesté.

Ils gravirent une petite colline herbeuse, rendue humide et glissante par la brume du soir. Dinah dérapa à plusieurs reprises sur l'éminence, ses bottes peinant à adhérer dans l'eau trouble qui parcourait la pente.

— Avez-vous trouvé d'autres Cartes rebelles ? Mandez leurs ambassadeurs devant moi sans tarder.

— Non, la détrompa Cheshire. Pas de Cartes *rebelles*.

Il arrêta Dinah en la retenant par les épaules.

— À présent, écoutez-moi comme vous ne m'avez jamais écouté. Montez jusqu'à la crête et voyez ce que nous vous avons apporté. Un présent pour notre reine, de la part de ses fidèles serviteurs.

Puis il se pencha à son oreille pour lui glisser :

— Mais surtout de la mienne.

Sire Gorrann et Bah-kan patientaient à quelques mètres du sommet. Dinah décocha un regard étonné au chevalier en s'éloignant d'eux. Il lui répondit d'un léger hochement de tête, et elle continua de grimper. La colline dominait une prairie jalonnée d'arbres blancs moussus et de petits bassins d'eau stagnante. Elle plissa les yeux, ne sachant trop ce qu'elle voyait. Puis son regard s'emballa. Des hommes. Une rangée d'hommes. Des hommes en noir. Des milliers d'entre eux, tous armés, portant l'uniforme familier, noir sur noir. L'un d'eux chevauchait à leur tête, sur un grand destrier blanc. Dinah en eut le souffle coupé. L'avait-on piégée ? Était-ce là l'œuvre de son père ? Cheshire s'était-il joué d'elle ? Le cheval blanc fondait désormais sur elle, mais ne progressait pas comme un cornu – il était trop lent, et son cavalier était plus petit que le roi, doté d'une crinière de cheveux châtains qui volaient au…

Dinah ne se sentit pas s'élancer. Pourtant, elle sprintait désormais à travers la prairie en hurlant son nom, les larmes ruisselant librement sur ses joues ; elle n'avait plus rien d'une reine, redevenue une femme perdue, une enfant rentrant chez elle. Il n'y avait ni majesté ni décorum, seulement lui, toujours lui.

— WARDLEY ! WARDLEY !

Il abandonna sa monture pour se précipiter vers elle, qui continuait de hurler son nom.

— WARDLEY !

Ils se rentrèrent dedans au milieu du pré, dans un enchevêtrement de membres et une étreinte étouffante. Tous deux tombèrent au sol en sanglotant, s'embrassant mutuellement avec une ferveur époustouflante. Wardley lui baisa le front sans la relâcher.

— Je pensais ne jamais te revoir ! pleura Dinah avec une familiarité qui ne lui ressemblait guère.

— Je suis là, maintenant. Je suis là. Chut.

Elle posa les mains sur ses joues, découvrant sa barbe nouvelle.

— C'est bien toi. Sain et sauf.

Dinah bredouillait, désormais, proche de l'hystérie.

— Je suis navrée, Wardley, tellement navrée. Je t'en prie, pardonne-moi. Pardonne-moi de t'avoir fait du mal, de t'avoir poignardé.

Elle posa la main à l'endroit de la blessure.

— Je m'en veux tellement !

Les yeux du jeune homme s'emplirent de larmes.

— Tu n'as pas à t'en vouloir. C'est moi qui suis désolé. Je suis un pleutre. J'aurais dû partir avec toi. J'aurais dû te retrouver plus tôt. Tu es la reine légitime, j'aurais dû te protéger.

Wardley l'écrasa contre son torse.

— Tu l'as fait, Wardley. Tu m'as sauvé la vie.

Ils posèrent leur front l'un contre l'autre, leurs cœurs tambourinant bruyamment dans le vent chargé d'humidité. Dinah essuya ses larmes, soudain consciente de faire une scène devant une foule d'hommes armés.

— Que fais-tu ici ? chuchota-t-elle.

Wardley la considéra de ses yeux de la couleur du chocolat chaud, des yeux qu'elle avait aimés toute sa vie. Le cœur de la jeune femme lui appartenait encore, même après tout ce temps.

— Dinah, tu n'es pas au courant ? Je suis ici pour commander ton armée.

Il la saisit par le bras et l'aida à se relever. Dinah observa la mer de soldats en noir, tous parfaitement immobiles : des guerriers, des assassins, des prisonniers. Les Piques étaient là.

Un sourire lui étira les lèvres.

Grâce à ces hommes, elle écraserait le roi.

Chapitre 14

Dormir était d'une importance capitale, pourtant Dinah ne pouvait s'y résoudre tant elle avait besoin de contempler le visage assoupi de Wardley. Elle l'observait silencieusement, fascinée par la manière dont sa bouche s'entrouvrait à chacune de ses inspirations profondes, à chaque mouvement de sa poitrine.

Après leurs joyeuses retrouvailles, et dès leur retour au camp, Dinah avait pu constater à quel point Wardley était épuisé. Ses lèvres gercées saignaient, des cernes sombres soulignaient ses yeux. Il était mince, bien plus que la dernière fois qu'elle l'avait vu, et son expression trahissait une souffrance qui brisait le cœur de la jeune femme. Les Piques, huit cent soixante-douze en tout, avaient marché une semaine sous son commandement et étaient arrivés affamés, affaiblis et irritables. Ils possédaient une forme de respect contraint pour Wardley, mais les Piques en tant que groupe étaient indépendants et indisciplinés, et il ne maintenait son commandement que de justesse, grâce à la férocité de son bras d'épée. Après s'être assuré que ses troupes étaient installées dans leurs tentes de fortune, il s'était effondré sur le lit de camp de Dinah et s'y était endormi en quelques minutes. La future reine restait perchée sur un tabouret voisin, les mains croisées, l'épée sur son giron, buvant des yeux le moindre souffle de Wardley. *Il est là,* songea-t-elle, *il est venu pour moi. Je savais qu'il me retrouverait.* Elle fut submergée par plusieurs vagues de soulagement successives, un déferlement de joie pénétrante. Non seulement était-il vivant et en bonne santé – au moins en apparence –, mais sa présence lui permettait désormais de pouvoir se fier à quelqu'un sans hésitation. Sire Gorrann faisait un bon compagnon, mais Wardley connaissait Dinah depuis toujours, de cette façon intime que seule une amitié de jeunesse peut permettre.

Elle continua à l'observer jusqu'à ce que la fatigue la rattrape et qu'elle finisse par fermer les yeux elle aussi. Elle se lova alors contre lui et sombra à son tour. Elle fut réveillée par les trépignements d'impatience de Morte, juste devant la tente. Il avait faim ; il avait toujours faim. Dinah trouva donc un poulet vivant, que le cornu prit un malin plaisir à pourchasser et à tourmenter, avant de l'éperonner sans la moindre pitié à l'aide de l'un des piquants en os qui jaillissaient de ses sabots. Puis il s'installa dans un coin pour se repaître du corps encore agité de soubresauts, et Dinah retourna à l'intérieur sans appétit. Au contraire, Wardley voulut manger dès qu'il eut ouvert les yeux, et la jeune femme ne semblait pas pouvoir le nourrir assez vite. Elle s'agenouilla près du lit tandis qu'il dévorait sa volaille séchée, plusieurs tranches de pain et quelques pommes. Des miettes tombèrent sur ses longues jambes. Il planta son regard dans celui de la princesse déchue, enchanté de la revoir, et pourtant empli d'une terrible culpabilité. Wardley insista pour qu'elle lui raconte tout, jusqu'au moindre détail. Elle prit une grande inspiration avant de se lancer dans son récit, surprise de découvrir avec le recul tous les dangers qu'elle avait affrontés. Elle commença par la nuit où elle s'était réveillée, une main plaquée sur la bouche, et révéla l'existence de la liaison entre Cheshire et sa mère. Elle ne fit cependant pas mention de la rencontre avec les grues et les ombres sur la montagne. Cet instant n'appartenait qu'à elle et resterait dans son cœur, où Wardley avait aussi sa place. Il l'observa avec stupéfaction raconter son histoire, réagissant de façon visible à chaque rebondissement. Quand elle eut terminé, il resta silencieux pendant de longues minutes avant de parler à son tour.

— Cheshire serait donc ton père ?

— C'est ce qu'il semble.

— Et tu le crois ?

— Je n'ai pas besoin de le croire. Je sais que c'est la vérité. Regarde-le, et regarde-moi. Je ne ressemble en rien à mon père…

Dinah se reprit, ainsi qu'elle le faisait de plus en plus souvent.

— Pardonne-moi, au roi de cœur. Je ne lui ressemble en rien. Et je crois que ma mère entretenait une liaison. Quand j'étais jeune, je les ai entendus se disputer à ce sujet. Tant de pièces se sont imbriquées quand il m'a expliqué tout ça, des éléments disparates de ma vie qui ont subitement trouvé un agencement. Mon existence a un sens, désormais, même si l'ensemble est assez inquiétant.

Wardley n'eut aucun mal à lire entre les lignes.

— Assez inquiétant ? s'offusqua-t-il. C'est tout ce que t'inspire le fait que Cheshire soit ton père ?

Dinah se dirigea vers le rabat de la tente pour observer par l'étroite ouverture. Des milliers d'autres toiles jonchaient le terrain humide à perte de vue.

— Il est brillant. Il a organisé toute cette guerre pour me faire grimper sur le trône. Il m'a sauvé la vie et le refera sans doute. Le roi n'a jamais daigné me regarder dans les yeux. Il me haïssait. Wardley, il a assassiné Charles.

Le jeune homme se radoucit.

— Je le sais. Mais prends garde à ce que ta reconnaissance ne se transforme pas en confiance aveugle.

Dinah secoua la tête.

— Ça n'arrivera pas. J'en fais le serment.

Cheshire était le cadet de ses soucis. Pour l'heure, un millier de Yurkeis, trois cents Cartes rebelles et près de neuf cents Piques étaient réunis au même endroit. Ces derniers étaient les Cartes que les Yurkeis détestaient le plus. S'ils n'y prenaient pas garde, la guerre pourrait bien commencer, ici et maintenant.

Wardley se pencha dehors, posant nonchalamment la main sur l'épaule de la future reine.

— Je suis heureux de te revoir, Dinah.

La peau de la jeune femme se mit à picoter à ce contact. Elle esquissa un sourire et se força à retourner vers l'intérieur.

— Viens t'asseoir. Tu es épuisé et pas en état de te promener. Mais explique-moi ce qui s'est passé au palais depuis mon départ.

— Je t'en parlerai plus tard. Pour l'heure, je dois me préparer pour le conseil de guerre. Pourrais-je me laver ?

Dinah roula des yeux.

— Je t'ai vu te baigner des milliers de fois.

— C'est vrai.

Wardley s'accroupit près d'une cuvette d'eau et retira sa chemise. Dinah s'efforça de rester immobile tout en appréciant sa peau ferme et bronzée ; elle l'observa avec plaisir frictionner la crasse couvrant son torse sec. Tout en se savonnant les cheveux et en se récurant les ongles, il lui répéta ce qu'elle savait déjà pour l'essentiel : après qu'elle l'eut poignardé (bien trop profondément ! eut-il la gentillesse de lui rappeler), il avait été transporté à l'infirmerie, où le roi de cœur était venu réclamer sa tête. Wardley s'était alors convaincu que son heure était arrivée.

— Il était fou de rage, Dinah, furieux et hors de lui. Tu l'as déjà vu ivre – eh bien, c'était mille fois pire. Il s'est mis à frapper les infirmières et les aides-soignantes en hurlant : « Qu'on lui tranche la tête ! Qu'on lui tranche la tête ! »

Wardley branla du chef.

— J'étais terrifié. Je ne pouvais ni bouger ni me défendre. Grands dieux, j'étais à peine conscient. Par chance, un courageux médecin l'a convaincu que j'avais déjà payé de mon sang, que personne ne se laisserait volontairement blesser si profondément. Le roi a enfoncé ses doigts dans la plaie pour s'en assurer.

— Oh, Wardley. Je suis tellement désolée.

Le jeune homme laissa un long moment le chiffon humide sur la vilaine cicatrice à son épaule, une balafre de dix centimètres à peine refermée. Dinah sentit les larmes monter tandis qu'elle considérait l'hideuse blessure qu'elle lui avait infligée.

— Je vais te trouver un onguent yurkei. Leurs potions possèdent d'incroyables pouvoirs guérisseurs, bien plus avancés que les nôtres.

Elle effleura doucement la cicatrice avant de se reculer.

Wardley opina avant de se tamponner la nuque.

— Pendant ma convalescence, j'ai eu vent du destin qu'on me réservait. Le roi voulait ma tête, mais il en avait été dissuadé par son *conseil*.

Wardley insista lourdement sur ce mot, signifiant par là qu'il désignait Cheshire.

— On m'a dépouillé de mes titres et de mes responsabilités. Techniquement, je restais un membre des Cœurs, mais je n'en étais plus le futur Valet. Xavier Juflee m'a relevé de mes fonctions d'apprenti.

Dinah grimaça. Wardley vénérait Xavier.

— Le roi m'a fait rejoindre les rangs avant que je sois complètement guéri. Après quoi, j'ai dû me cantonner à des travaux aux écuries, le temps de réparer à la main la porte en bois, sans outils adéquats. C'était mon châtiment.

Il gonfla la poitrine et adressa à Dinah un sourire triste.

— Je tiens à ce que tu saches que j'ai hérité d'un nouveau titre : Wardley le Faible, la Carte qui a été vaincue par la princesse. Un titre seyant, tu ne trouves pas ? La plupart du temps, ma blessure m'empêchait de travailler, je m'allongeais donc dans le foin en rêvant d'échapper à la douleur.

Il marqua une pause.

— Je me suis réveillé de nombreuses fois aux écuries, sans le moindre souvenir de m'y être endormi. Les journées me paraissaient interminables. Quant aux nuits…

Wardley eut soudain le regard distant, un air qu'elle lui avait déjà vu auparavant – il semblait perdu dans des contrées où elle ne pourrait jamais le rejoindre. Son esprit était ailleurs et, l'espace d'un instant, elle vit un éclair passer devant eux.

— Wardley.

Le son de sa voix le tira brusquement de sa torpeur. Ses yeux s'étaient remplis de larmes.

— Et ensuite… ?

— Cheshire a fini par venir me trouver. Il m'a peu à peu expliqué son plan, m'apportant chaque semaine de nouvelles informations – jamais assez pour que je puisse agir seul ni l'accuser de trahison. Il est habile, Dinah.

Moi aussi, se dit-elle, *car il est mon père.*

— Il a fini par me dire ce qu'il attendait de moi. Il voulait que je mène une armée de Piques vers le sud pour vous retrouver ici, dans les Terres sombres. Afin de nous battre aux côtés de la reine légitime, toi.

Il sourit.

— Il n'a eu aucun mal à me convaincre. Tu es la reine légitime du Pays des merveilles, mais aussi une vraie sœur pour moi. Je me suis demandé comment convaincre une armée de Piques de se retourner contre les autres Cartes. Comment pousser un seul d'entre eux à renoncer à une couronne pour se rallier à une autre ?

Dinah n'en avait pas la moindre idée. Wardley se pencha vers elle, et une goutte d'eau coula d'une de ses mèches ondulées.

— Les *droits*, Dinah. Les Piques réclament depuis longtemps d'avoir des droits. Et il s'avère que je n'ai eu à convaincre personne : c'était précisément ce qu'ils attendaient depuis fort longtemps. Ajoute à cela la folie grandissante du roi, l'affaire était déjà pliée. La date de notre départ a été fixée, au creux d'une longue nuit. Je me suis éclipsé des écuries pour me rendre à l'endroit indiqué par Cheshire, à moitié convaincu qu'il s'agissait d'un coup tordu monté par le roi pour mettre ma fidélité à l'épreuve. Pourtant, ils étaient bien là, dans l'obscurité, une armée silencieuse de Piques patientant dans la cour, sous la coupe de leur commandant, Starey Belft. Voici ce que j'ai appris et que tu ne dois surtout pas oublier : le dévouement des Piques n'est pas dirigé vers le roi. Ça n'a jamais été le cas. Ils sont fidèles à Starey Belft, car il mène la vie dépravée d'un Pique, et gagne en cela leur respect. Ils le suivraient jusqu'en enfer, c'est même ce qu'ils ont fait. Nous avons marché pendant deux semaines et perdu plus de vingt soldats. Nous ne disposions que de quelques chevaux. Tu ne croirais jamais les histoires sorties de la bouche de ces hommes…

Sire Gorrann pointa alors la tête dans la tente et sembla surpris de trouver un Wardley dégoulinant sous le regard attentif de Dinah.

Celle-ci sourit.

— Ce n'est pas ce que vous pensez.

— Je m'en moque complètement. Le conseil vous attend tous les deux.

Dinah acquiesça légèrement.

— Nous arrivons bientôt. Merci, sire Gorrann.

Il repartit alors, et Wardley lorgna l'entrée d'un air sceptique.

— Et lui ? Tu lui fais confiance ? Tu sais qu'il était le pion de Cheshire, n'est-ce pas ?

— À part toi, je ne suis pas certaine d'être un jour capable de me fier complètement à quelqu'un. L'homme que je prenais pour mon père a tenté de me tuer. Ma mère m'a menti toute ma vie. Et pourtant, je pense que sire Gorrann veille à mes intérêts. Je le considère comme un fidèle ami, malgré son mauvais caractère.

Wardley enfila une tunique déchirée. Il saisit doucement le visage de Dinah entre ses mains, et le cœur de la jeune femme s'arrêta de battre.

— Tu sais ce que tu fais, n'est-ce pas ? Tu prépares une guerre, Dinah. Une guerre qui causera de nombreuses morts, peut-être même la tienne. On ne s'entraîne plus à l'épée devant les écuries. Ce n'est pas un jeu.

Dinah se recula alors, rouge de colère. Wardley n'avait pas son pareil pour lui taper sur les nerfs.

— Évidemment, je sais ce que je fais ! Je suis la reine légitime. Ne devrais-je point me battre pour récupérer mon trône ?

Wardley secoua la tête.

— Malgré tout, je m'inquiète pour toi. Tu n'as jamais mis les pieds sur un champ de bataille, jamais vu un homme…

Dinah le gifla brutalement.

— Quoi ? Je n'ai jamais vu un homme mourir ? J'ai vu le corps de mon frère fracassé sur une pierre. J'ai vu un fermier prendre une flèche dans le dos pour avoir eu le malheur de croiser mon chemin. J'ai tué plusieurs Cartes en m'échappant du palais, et leurs visages ensanglantés viennent me hanter dans mon sommeil ! Alors ne viens pas me chanter que je ne connais ni la mort ni la guerre, ou que je ne sais pas ce que je fais. Je suis en guerre contre le roi de cœur depuis le jour de ma naissance.

— Tu m'as giflé !

Wardley éclata d'un rire incrédule avant de se reculer en secouant la tête, sondant le visage furieux de la jeune femme.

— Tu n'es plus cette fille que j'ai embrassée sous le julla. Ça fait mal !

— Ne l'oublie plus jamais, rétorqua-t-elle, en voulant encore à Wardley de l'avoir mise en rogne, comme à son habitude. Allons-y, ils nous attendent.

— Ne sois pas fâchée. Je suis navré d'avoir douté de toi.

Il tendit la main pour s'amuser à tirer sur sa tresse, et le cœur farouche de Dinah fondit aussitôt.

Chapitre 15

Le conseil de guerre se réunit dans une tente noire circulaire dressée au beau milieu des autres, point sombre au cœur d'une mer de nuages. De longues bannières onyx ornées du symbole des Piques maladroitement brodé claquaient au vent du haut de leur piquet. Avant l'arrivée des Piques, les conversations du conseil de guerre avaient lieu autour d'un feu, dans une tente normale. La nouvelle était vaste, neuve et intimidante. Elle envoyait un message clair : on ne plaisantait pas avec les Piques. Alors que Dinah s'y dirigeait en compagnie de Wardley, plusieurs Cartes s'inclinèrent devant elle, un honneur auquel elle n'avait plus eu droit de leur part depuis longtemps. Elle se sentit emplie d'une bouffée de fierté en voyant leur tête penchée vers le sol. *Un jour, je serai leur reine.* Dinah se courba pour entrer dans la tente, talonnée par Wardley. Une grande table ronde en bois léger occupait tout l'espace, les contraignant à rester debout contre la toile noire. Une maquette du palais des merveilles avait été érigée sur le plateau. Dinah s'étonna du niveau de détail : chaque fenêtre, porte et tourelle était présente, aucun volet n'avait été omis. Elle fit courir ses doigts sur les écuries, la roseraie, les Tours noires et la muraille de fer qui traçait un cercle parfait autour de la ville. Elle s'attarda un instant sur la Grand-Salle en redressant le front, fascinée.

— Où avez-vous trouvé cela ?

— Permettez-moi de répondre à cette question, Majesté.

Starey Belft émergea d'un recoin, son visage couturé à moitié plongé dans les ténèbres. Elle le reconnut pour l'avoir plusieurs fois croisé lors d'événements officiels, mais aussi grâce à sa broche de commandant : noire comme tous les insignes de Piques, ornée d'un diamant rutilant en plein milieu pour symboliser son grade. Il avait été à moitié défiguré lors d'un affrontement contre les Yurkeis, mais son autre profil demeurait magnifique, quoique taillé à coups de serpe. Il paraissait éreinté, et de profonds cernes prune soulignaient ses yeux. Starey Belft était connu pour sa loyauté sans faille à ses troupes et son amour pour les femmes légères. Il cligna son œil valide en direction de la future reine.

— Vous êtes resplendissante, princesse. Vous avez perdu vos joues de poupon.

— Je vous retourne le compliment, messire.

— Ouais, j'ai l'air d'avoir été sculpté au couteau.

Un silence douloureux s'instaura dans la tente jusqu'à ce que Bah-kan éclate de rire.

— MAIS OUI ! Exactement !

Starey lui décocha un regard sombre.

Dinah lui fit signe de s'asseoir. Tous les membres du conseil prirent place autour de l'imposant château de bois.

— Je vous repose la question : où avez-vous trouvé pareil chef-d'œuvre ?

Starey Belft se racla la gorge.

— Je... l'ai pris, Majesté. Quand j'ai su que nous allions quitter le palais pour nous rallier à vous, je me suis introduit dans les appartements du roi pour lui dérober sa maquette, morceau par morceau.

Il en fit la démonstration en démontant la moitié de la cuisine avant de la remettre en place.

— C'est un puzzle ! s'exclama Dinah.

— Cela le rend plus facile à transporter. Malgré tout, je ne crois pas que mes Piques aient apprécié de le trimbaler jusque dans les Terres sombres.

Dinah posa les mains sur ses genoux. Elle ne voulait pas paraître arrogante, pourtant elle sentait déjà la tension enfler dans la pièce, alors que les exigences des Piques demeuraient mystérieuses. Leur commandant jouait avec elle, cherchant à déterminer combien de temps elle tiendrait avant d'aborder le sujet. Dans ce cas, elle allait jouer avec lui.

— Comment se fait-il, Starey Belft, que vous vous trouviez dans cette tente aujourd'hui, avec tout le poids du palais sur vos épaules ? Il doit s'agir d'un incroyable fardeau à supporter seul.

— En effet, ma dame.

Starey but une longue gorgée de la bière que les Piques avaient apportée. Après tout, qui partait en guerre sans libations ? Elle le dévisagea sans sourciller jusqu'à ce qu'il hausse les épaules d'un air penaud.

— Que savez-vous de la vie d'un Pique, ma dame ?

— Je sais que vivre une existence de Pique est un grand honneur.

Starey se leva d'un bond, soudain rouge de colère. Tout le monde retint son souffle, jusqu'à ce qu'il se ravise et se détourne. Quand Dinah voulut reprendre la parole, Starey Belft lui fit de nouveau face et lui cracha sa bière dessus. Elle toussota et s'essuya les yeux, espérant que la rage qui bouillonnait en elle allait se dissiper rapidement. *Il n'aurait pas dû faire ça.* Sire Gorrann vint se placer devant elle, l'épée au clair. Il la pointa en tremblant sur son ancien commandant, un homme pour lequel il éprouvait pourtant un profond respect.

— Vous vous oubliez, commandant ! M'sieur, c'est là la future reine des merveilles, vous d'vez la respecter comme il s'doit.

Starey Belft éclata de rire.

— Rassieds-toi, Gorrann. Je pourrais t'écorcher pour trahison, sale pervers.

Les hommes se dévisagèrent tandis que Dinah essuyait de sa manche la bière qui lui dégoulinait sur le torse. La voix de Cheshire retentit alors de derrière les Tours noires en bois, la hauteur des flèches amplifiant dans l'espace clos son timbre désincarné.

— Asseyez-vous tous les deux. Personne n'écorchera personne dans cette tente. Starey, racontez-nous votre histoire. Mais si vous êtes ici, vous devez respecter la reine. Elle a conscience que vous venez d'effectuer un long voyage et que vous n'aviez pas toute votre tête quand vous avez renversé votre bière à ses pieds.

— Il l'a crachée, marmonna Wardley.

— Ce n'est rien, murmura Dinah en se tamponnant les cheveux. J'ai connu pire.

La colère de Starey Belft se mua rapidement en honte.

— Je suis désolé, Majesté. Simplement, si vous croyez que les Piques vivent une vie faite d'honneurs, vous vous fourvoyez. J'aurais dû me douter que la fille du roi de cœur ignorait tout de notre condition.

Starey s'affala sur sa chaise.

— De la naissance au trépas, l'existence d'un Pique n'est que misère et sacrifices. Nous sommes considérés comme les Cartes les moins importantes et traités avec dédain par les autres.

Il jeta à Wardley un regard accusateur. Les Piques n'avaient aucune tendresse à l'égard des Cœurs.

— Comme vous le savez, nous n'avons pas le droit de nous marier ni d'avoir des enfants. Quand nous prêtons serment, nous jurons de nous consacrer entièrement au palais, alors que ferions-nous de femmes, d'amour ou de confort ? Les Piques habitent dans des bâtiments gelés situés derrière les Tours noires, empilés les uns sur les autres, si bien qu'on ne sait jamais dans la pisse de qui on va patauger au réveil. On a un toit sur notre tête et de la bouffe dans notre assiette, mais rien d'autre. Quand les Cœurs, les Trèfles ou les Carreaux rentrent chez eux, que retrouvent-ils ? Une chambre au palais ? Une femme, un fils ? Nous n'avons rien que le froid et l'obscurité.

Starey frissonna.

— Et peu m'importe la version officielle du palais : il y a bien quelque chose qui filtre à travers la terre au pied des Tours noires. Les racines noires parcourent nos dortoirs. Cela rend les hommes colériques, voire fous. Et quand on arrive enfin à trouver un sentiment d'unité, c'est là que les prisonniers arrivent. Ils quittent les Tours noires et rejoignent les Piques pour servir le royaume. Des meurtriers, des voleurs, des menteurs, des violeurs… Voilà de quoi est constituée l'armée du roi. Comment pouvons-nous espérer nous élever au-dessus de notre condition alors que nos quartiers sont remplis en permanence de la lie de la société ? C'est impossible, et cela convient parfaitement au roi.

Il reprit son souffle en se redressant sur son siège pour boire une longue gorgée de bière dorée.

— La vie des Piques, ma dame, n'a rien d'« honorable », comme vous le dites ; au contraire, elle n'est faite que de bagarres et de chamailleries, car nous n'avons rien d'autre à accomplir que les basses besognes du roi de cœur. C'est une existence misérable. On nous demande de nous cantonner à ces ténèbres sans cesse changeantes, et pourtant, quand le roi a besoin de faire assassiner quelqu'un, vers qui se tourne-t-il ?

Starey se frappa la poitrine de son poing ganté.

— Vers moi, qu'il s'agisse d'éliminer ses ennemis, de débusquer les espions yurkeis ou de se débarrasser de ses maîtresses lorsqu'il s'en lasse. J'ai jeté des hommes en prison sous prétexte qu'ils l'auraient regardé de façon déplaisante. Tout ça pour quoi ? Pour voir mes gars traités comme des moins que rien, mis au rebut comme des tartelettes rassises ?

Il abattit cette fois le poing sur la maquette du palais, et les écuries s'écroulèrent.

— Dites-moi, Majesté, quel sera mon héritage ? Je ne laisserai derrière moi qu'une existence de mort et de chagrin, une vie gâchée dans le froid, à prier pour la prochaine guerre dans l'unique espoir de quitter nos quartiers désolés. Je vous le dis tout net, c'est hors de question ! Même si c'est la dernière chose que je dois accomplir dans cette triste existence, je ferai en sorte de laisser les Piques dans une situation meilleure que celle qu'ils connaissent actuellement. Mes hommes méritent mieux que cette parodie d'existence, car ce sont eux qui se battent et qui meurent pour ce royaume.

Bah-kan prit alors la parole depuis sa place, où il faisait lentement passer un poignard sur sa joue de géant.

— Vous vous battez et mourez pour des guerres injustes. Les Yurkeis n'ont rien fait pour mériter vos pillages. Vos troupes sont brutales et cruelles – ce sont des monstres.

— Je refuse d'écouter un pleutre, répliqua Starey Belft d'un air impassible.

Bah-kan se leva dans un rugissement, et Dinah eut tout juste le temps de se jeter entre les deux hommes.

— ARRÊTEZ ! En tant que votre reine, je vous ordonne de reculer !

Ils ne réagirent pas.

— ASSEYEZ-VOUS ! intervint sire Gorrann. Obéissez à vot' reine.

Les hommes, qui bousculaient chacun Dinah du torse, firent un pas en arrière, sans doute plus par instinct de survie que par respect.

Bah-kan lorgna Dinah en déclarant dans un yurkei sec :

— Vous n'êtes pas ma reine ; les Yurkeis ne se sont jamais soumis à la domination du Pays des merveilles. Mais j'ai juré de vous protéger, conformément au souhait de Mundoo. N'oubliez pas, fillette, que c'est la seule raison pour laquelle j'obtempère.

Dinah acquiesça et attendit impatiemment que Starey et Bah-kan eussent chacun regagné leur place.

— Sire Starey, que puis-je faire pour vous ? Quelles requêtes formulez-vous pour le compte des Piques ? Quel prix devrai-je payer pour qu'ils se battent à mes côtés ?

Starey tendit à Wardley un rouleau de papier, que le jeune homme transmit à la princesse.

— Tout est consigné là, les voix d'un millier de guerriers piques, des voix opprimées et asservies depuis des siècles. Nous présentons cinq exigences. Premièrement, que les Piques puissent se marier et avoir des enfants.

Deuxièmement, qu'ils puissent choisir de vivre en famille dans une demeure privée au sein du royaume, comme n'importe quelle autre Carte.

Il marqua une pause, et Dinah opina. Cela paraissait raisonnable.

— Troisièmement, nous demandons à ce que nos quartiers soient éloignés des Tours noires et déménagés du côté sud, et que cela constitue votre premier projet d'importance une fois couronnée reine. Quatrièmement, nous tenons à ce que la reine rencontre un petit groupe de Piques aguerris avant de déclarer une guerre ou d'ordonner des pillages sur quelque groupe que ce soit. Nous tenons à avoir notre mot à dire avant d'affûter nos haches. Enfin, les Piques devront désormais figurer au deuxième rang, juste derrière les Cœurs, et être payés en conséquence. Cela nous permettra d'acquérir du meilleur matériel et d'augmenter les rations, afin de construire une armée plus forte, au-dedans et au-dehors.

Dinah l'observa par-dessus les murailles de la structure de bois.

— Si cette guerre aboutit, sire Starey, il n'y aura plus ni raids ni batailles. Nous établirons la paix avec les Yurkeis.

— Une reine forte a besoin d'une armée forte.

— Il a raison, Majesté, intervint Cheshire. Même si vous n'aurez plus à affronter les Yurkeis, vous aurez toujours besoin d'une armée pour assurer l'ordre en ville et vous protéger. Lorsque votre règne sera établi, divers partis chercheront à vous nuire.

Les Carreaux et les Trèfles, par exemple, qui auront été supplantés par les Piques, devina-t-elle. *Élever un groupe contrariera les autres.*

Peut-être s'agissait-il du jeu que Wardley avait évoqué. Résumée à sa plus simple expression, la guerre n'était qu'un redéploiement des forces en présence – un roi pouvait devenir prisonnier, une princesse, un dommage collatéral. Dinah se dit alors que sa guerre ne s'achèverait pas forcément à la mort du roi de cœur. De nombreux sacrifices s'avéreraient nécessaires pour l'emporter, et certains d'entre eux ébranleraient sérieusement des piliers de la société merveilleuse. Dinah fourra le rouleau dans sa tunique.

— Je vais réfléchir à vos requêtes, sire Starey. Pour l'heure, je vous conseille de prendre un repos bien mérité et de dessaouler un peu. Nous avons une stratégie à élaborer. Nous nous retrouverons ici ce soir, juste après le dîner.

Tous les membres du conseil de guerre se levèrent et s'inclinèrent avant que Dinah sorte de la tente. Cheshire la rejoignit aussitôt. Elle lui confia le rouleau.

— Veuillez étudier ceci et vous assurer qu'il n'y a pas de piège. Puis rapportez-le-moi ce soir, afin que je puisse le consulter à nouveau.

Cheshire lui posa la main sur l'épaule.

— Vous vous êtes comportée comme une reine, princesse. Je suis très fier de vous, en tant que votre père et que votre humble serviteur.

Ne sachant que répondre, Dinah préféra s'éloigner à grands pas pour aller retrouver Morte, qui l'attendait près de sa longue tente blanche, que quelqu'un avait jugé bon de décorer d'un cœur rouge et entaillé.

— Je vais faire un tour pour m'éclaircir les idées. Faites en sorte de l'avoir lu à mon retour.

Cheshire fit la révérence, un sourire félin aux lèvres.

— Rien ne me ferait plus plaisir, Majesté.

— Sire Gorrann !

— Oui ?

— Veuillez m'accompagner à cheval.

Le sourire de Cheshire s'effaça, mais il se détourna avant que Dinah puisse s'en apercevoir. Le chevalier la salua de la main.

— 'vec plaisir. J'vais chercher Cyndy.

Morte frappait le sol impatiemment et commençait à grignoter la tente. Ses sabots faisaient ondoyer l'herbe et clapoter l'eau qui s'écoulait sous terre.

— Retrouvez-moi aux étangs de rouille. Il ne peut plus attendre.

Une fois à hauteur de sa monture, Dinah inclina la tête avec déférence, et Morte leva la patte pour l'aider à monter. Il s'élança avec ravissement en direction des petites mares. Dinah savoura le vent humide sur son visage tandis qu'ils traversaient la vallée. Les plans d'eau n'étaient pas loin, ce qui était bien utile à son armée, qui pouvait y puiser une source intarissable de rafraîchissement. Outre les bassins remplis d'une onde délicieuse et fraîche, on y trouvait des réservoirs plus petits, les étangs de rouille. Même si elle les voyait presque quotidiennement depuis plusieurs semaines, elle ne pouvait s'empêcher de les observer avec stupéfaction. L'eau boueuse et rosâtre était couverte d'une écume mousseuse qui paraissait délicieuse, mais souffrait d'un goût et d'une odeur atroces. De temps à autre, une bulle crémeuse et chatoyante s'élevait des profondeurs. La bulle grimpait alors le long de la mousse à plusieurs dizaines de centimètres du sol, puis se mettait à flotter lentement vers la créature vivante la plus proche. Elles étaient faciles à éviter quand on y prenait garde, car elles se déplaçaient à une allure d'escargot ; cependant, lorsqu'elles vous touchaient la peau, comme l'avait découvert à ses dépens un pauvre guerrier yurkei, elles explosaient, répandant une giclée rose et effervescente sur leur victime. Quelques secondes plus tard, la peau, le sang et les veines blanchissaient et durcissaient. Le guerrier s'était retrouvé changé en pierre en une poignée de minutes, une bulle rose et crémeuse se formant devant ses lèvres. Les Yurkeis avaient eu trop peur de le toucher pour l'inhumer dignement, et avaient donc abandonné son corps près des étangs de rouille. Le lendemain, quand ils étaient revenus chercher à boire, le guerrier pétrifié avait disparu, et une nouvelle poche d'eau rosée se trouvait à sa place. La substance l'avait consumé, et il s'était transformé en ce qui l'avait rongé de l'intérieur.

Dinah observa prudemment Morte boire à grandes lampées dans l'un des lacs d'eau claire. Aucune bulle ne dérivait encore dans leur direction, mais elle voyait les étangs onduler au loin, mer de bulles roses devant la mousse verte.

— J'déteste cet endroit, commenta sire Gorrann en arrivant à sa hauteur, sa jument haletant de fatigue.

Il considéra Morte.

— Grands dieux qu'il est rapide. Cyndy a galopé à toutes jambes, sans qu'on puisse vous rattraper.

Dinah sourit et flatta d'une main l'encolure du cornu. Celui-ci lui décocha un regard agacé et s'éloigna.

— Il ne courait même pas vraiment. Quand le roi nous pourchassait, il filait si vite que je parvenais à peine à distinguer le paysage.

— Mmm. C't'une sacrée bête, hein ?

Ils considérèrent tous deux Morte, qui piétinait gaiement un crapaud.

Dinah posa alors les yeux sur les étangs en perpétuelle mutation.

— Dites-moi, sire Gorrann, que pensez-vous des exigences des Piques ? C'est pour cette raison que vous avez accepté de me retrouver, n'est-ce pas ? Pour cela que vous avec accepté de travailler pour Cheshire ? Telles étaient vos motivations. Vous vouliez vous assurer que je survive et m'allie aux bonnes personnes afin de pouvoir faire avancer la cause des Piques. Est-ce exact ?

Le regard du chevalier se perdit au loin.

— À peu près. J'vous ai jamais caché qu'j'avais une idée en tête. Si j'peux pas ram'ner Ioney ou mon Amabel, j'peux au moins faire en sorte d'améliorer la vie d'ceux qu'j'appelle mes frères. Mais j'me battrai pour vous, Dinah. J'crois qu'vous f'rez une grande reine, et j'me battrai même si vous r'jetez les d'mandes des Piques. Elles me semblent justes. Rien ne m'a paru… excessif.

Il marqua une pause et alla boire dans l'un des plans d'eau propre.

— Bien sûr, reprit-il en s'essuyant la bouche, si vous acceptez pas les d'mandes des Piques, z'aurez pas d'armée. Z'aurez bien vos Yurkeis et vos Cartes rebelles – qui valent pas un clou, si vous m'demandez mon avis –, mais l'roi vous chassera du Pays des merveilles d'un coup d'balai.

— Pouvons-nous l'emporter ? s'inquiéta Dinah.

Sire Gorrann considéra d'un œil méfiant les deux bulles de champagne qui se mirent à dériver vers eux, si légères et inoffensives dans le vent.

— P'têt ben. Mais sûrement pas sans les Piques. Mundoo comptait sur l'fait qu'ils nous r'joindraient quand il est parti vers l'nord. Sans eux, on n'a pas l'ombre d'une chance. Les Cartes s'méfient pas assez des Yurkeis, mais elles craindraient clairement un régiment d'Piques.

— Dans ce cas, c'est une affaire entendue.

Dinah regarda une jolie bulle rose éclater sur un rocher. En quelques secondes, la mousse qui en couvrait la surface se ratatina et blanchit.

— Lorsque vous serez autorisés à vous maricr, vous remarierez-vous, sire Gorrann ?

Il contempla la vallée, désormais emplie de plusieurs centaines de bulles flottant toutes très lentement vers eux.

— Pour nombre d'entre nous, y a qu'une personne pour remplir l'vide d'not' cœur.

Dinah pensa à Wardley, à la façon dont son souffle lui avait caressé le visage, dont la cicatrice à son épaule s'était étirée lorsqu'il avait levé les bras pour se laver. Elle adorait la moindre parcelle de son corps. Pour elle, il n'en existait pas d'autre.

— Oui.

Sire Gorrann étudia son visage de ses yeux dorés, et les pattes-d'oie qui s'y formèrent annoncèrent l'esquisse d'un sourire. Elle claqua des doigts pour rappeler Morte, qui n'obtempéra pas. Elle alla donc le rejoindre d'un pas rapide.

— Merci pour votre contribution, sire Gorrann. Il est l'heure de regagner le camp.

Il contemplait une bulle chatoyante qui roulait lentement vers ses pieds.

— Chuis bien d'accord. J'déteste c't'endroit maudit.

Dinah embrassa d'un regard ce décor pourtant enchanteur, un univers de bulles douces et roses et de lumière chaleureuse. Elle haussa les épaules.

— Cela m'évoque l'amour.

— C'est exactement pour ça qu'ça peut vous tuer, répliqua sire Gorrann en l'aidant à se mettre en selle.

Chapitre 16

Quand elle ne dirigeait pas le conseil de guerre, Dinah continuait d'apprendre auprès de Bah-kan et sire Gorrann, mais Wardley apportait désormais sa propre expertise dans les joutes. Des foules de Piques et de Yurkeis se massaient autour de leur cercle d'entraînement pour assister à leurs combats épiques, à l'épée ou à mains nues, en dépit des ordres braillés par Starey Belft, qui leur intimait de reprendre leurs entraînements respectifs. Dinah était généralement la première éliminée, suivie de sire Gorrann et de Wardley. Bah-kan était invincible, à l'exception d'un chaud après-midi durant lequel son épée s'approcha un peu trop du cou de Dinah. Un éclat argenté étincela alors au soleil, suivi d'un grand bruit sourd et métallique ; le guerrier baissa les yeux et découvrit avec stupéfaction le poignard profondément enfoncé dans son plastron, juste au-dessus de son cœur. Il darda un regard furieux sur Cheshire, perché calmement sur un cheval à une trentaine de mètres de là, sa cape pourpre flottant au vent derrière lui.

— Bah-kan.

Il secoua la tête tristement.

— Rappelez-vous qui vous affrontez, messire, et ralentissez votre bras.

Il fit alors volte-face et s'éloigna tranquillement devant une foule ébahie et impressionnée.

Bah-kan arracha alors le poignard et se rembrunit.

— Il vous protège trop, aboya-t-il en yurkei.

Dinah s'autorisa à fanfaronner, ne serait-ce qu'une minute.

— C'est mon père.

Et il reste dangereux, même de loin.

Elle regretta instantanément de l'avoir avoué à voix haute et ne tarda pas à se replier dans sa tente, en proie à des émotions contradictoires. Les préparatifs se poursuivaient à folle allure et, la plupart des nuits, Dinah s'effondrait sur son lit, fourbue jusqu'à l'os. Elle avait mal de partout, ne parvenait plus à réfléchir et regrettait de ne pas avoir insisté pour partir avec son merveilleux matelas d'herbe de Hu-Yuhar, au lieu de se contenter de ce grabat de fortune. En temps normal, elle sombrait aussitôt dans un profond sommeil, mais pas cette nuit-là, qui précédait de quelques jours le départ pour le palais. *Dors !* s'intimait-elle. *Tu as plein de choses à faire demain ; DORS !* Mais plus elle s'énervait, plus le sommeil se dérobait à elle, et elle se retrouva à s'agiter inutilement sur sa couche. Quelque chose l'empêchait de dormir. Une petite voix portée par la brise chaude. *Venez à moi.* Dinah se tournait et se retournait. Le sommeil était tel un lapin blanc rapide, et en dépit de tous ses efforts, elle était incapable de le suivre dans cet oubli bienvenu.

Exaspérée, elle finit par s'asseoir pour enfiler tunique et bottes. L'air moite des Terres sombres se réchauffait de jour en jour à l'approche de l'été, et elle n'avait plus besoin de laine épaisse ni de pantalon en plumes. Elle piocha une poignée de sucres dans un sac ouvert et sortit de sa tente blanche. Ses deux gardes étaient, bien sûr, parfaitement réveillés quand elle leur passa devant.

— Majesté ?

Ki-ershan était le seul guerrier yurkei à traiter Dinah comme sa reine. Elle l'appréciait beaucoup.

— Je vais juste faire un tour parmi les tentes.

— Vous ne pouvez pas vous promener seule.

— Je ne serai pas seule. Morte m'accompagne.

Le garde leva les yeux quand la créature imposante qui avait trottiné jusqu'à eux avala goulument les morceaux de sucre. Les éperons osseux saillant depuis ses sabots étaient aussi blancs que la lune à la lumière tremblotante de la torche.

— Vous en êtes sûre, ma dame ?

Dinah lui toucha l'épaule.

— C'est une simple balade, promis. Je serai de retour dans une demi-heure.

Normalement, les gardes ne la quittaient pas des yeux, à moins qu'elle soit accompagnée d'un protecteur – sire Gorrann, Wardley ou Cheshire faisaient l'affaire –, mais la réalité de la situation était manifeste : que pouvaient-ils accomplir dont Morte n'était pas capable ? Ce dernier avait tué un ours blanc, exploit que cinq des meilleurs guerriers yurkeis n'auraient pu réaliser. Il saurait la protéger. Dinah se mit à arpenter les rangées de tentes, d'abord les noires des Piques, qui empestaient l'homme, la sueur rance et la bière. Des ronflements sonores emplissaient les couloirs herbeux entre les toiles, et Dinah sourit à chaque grognement plus fort que les autres. Elle touchait les battants en passant, s'étonnant de se trouver si proche de ces soldats quand ils ne la toisaient pas avec incertitude. Tous étaient prêts à se battre et à mourir pour elle, même s'ils doutaient de ses capacités à gouverner. Ils croyaient en elle et en ses prétentions à monter sur le trône, mais surtout ils croyaient au fait qu'elle reconnaîtrait leurs droits. Quelle qu'en soit la raison, elle appréciait tous les bruits ensommeillés qui émanaient de leurs bouches grossières. Après la bataille, on entendrait beaucoup moins de voix.

Un vaste champ séparait les tentes des Piques de celles des Yurkeis. Morte le franchit en galopant avec abandon, puis l'attendit impatiemment de l'autre côté. Les abris yurkeis ne ressemblaient en rien à ceux des Piques. Ces derniers étaient noirs et triangulaires, et une bannière d'onyx flottait à leurs piquets. Les tentes des Yurkeis étaient blanches et circulaires, dépourvues de couleurs ou d'étendards. Elles flottaient au-dessus du sol, soulevées par de fins roseaux. Dinah savait aussi d'expérience qu'elles étaient bien plus spacieuses, confortables et faciles à transporter. Elle déambula nonchalamment dans les allées blanches. Ici ne résonnait aucun bruit de sommeil. Les Yurkeis étaient des dormeurs silencieux – on ne percevait pas même un souffle. Il en allait de même pour leurs déplacements. Le roi et ses vastes armées n'avaient pas réussi à les éradiquer du Pays des merveilles pour une simple raison : c'étaient des guerriers furtifs, capables de donner un assaut sans produire un bruit. Nombre d'habitants ignoraient même que leur village avait été mis à sac avant que les Yurkeis aient fini leur ouvrage et planté une flèche dans le torse de chacun. À l'inverse, les Piques semblaient lourdauds et maladroits, leurs seuls talents étant leur capacité à manier l'épée et la cruauté avec laquelle ils infligeaient des blessures à l'ennemi. *Pas étonnant qu'ils nous détestent tant,* se dit Dinah. *Nous sommes pareils à des géants disgracieux qui piétinent leurs terres de leurs gros sabots.* Elle s'arrêta et inspira un grand coup.

La nuit était calme et humide, les étoiles toutes rassemblées dans un petit angle de ciel. Dinah aperçut du coin de l'œil un infime chatoiement violacé. Elle cilla. La lueur persista, simple clignotement dans la nuit, halo bleuté sans origine distincte battant entre deux tentes. Dinah recula de quelques pas jusqu'à la ligne de structures blanches et rondes, pareilles à des nuages, et elle se pencha entre deux d'entre elles, anormalement proches l'une de l'autre. Une tente se dressait entre deux autres, sauf que celle-ci était presque parfaitement ronde – une sphère au large fond, en équilibre précaire sur deux longues perches. Cette forme aurait déjà été anormale sans la lumière lapis vaporeuse qui en émanait. Une volute de fumée lavande émergeait par le trou au sommet, s'enroulant sur elle-même. Morte renâcla bruyamment et se mit à regimber. Le sol trembla lorsqu'il y enfonça ses sabots redoutables, et elle craignit qu'il réveille l'armée tout entière. Dinah tendit la main vers lui.

— Chuuuut… Chuuuut… Tout va bien.

Le cornu se déroba à son contact et galopa sur quelques mètres avant de mettre les genoux à terre. Il lui décocha un regard accusateur, lui reprochant de ne pas le suivre. Dinah se retourna vers la tente, piquée dans sa curiosité. Il s'agissait de celle d'Iu-Hora, la Chenille – le sorcier qui avait accompagné les Yurkeis vers le sud, l'alchimiste qui créait ces potions incroyables permettant de guérir si rapidement. Il possédait des remèdes contre tous les maux ; Dinah avait eu l'occasion d'en tester certains à Hu-Yuhar. On lui associait de nombreux qualificatifs – fou, génie, incarnation maléfique des pouvoirs et des mythes des Yurkeis. D'aucuns prétendaient qu'il était sorti d'un cocon, d'autres que des grues l'avaient amené à la tribu. Tous les Yurkeis l'adoraient ou le redoutaient, selon qu'il leur avait ou non sauvé la vie. Dans tous les cas, il était férocement tenu à l'écart du reste du Pays des merveilles par les Yurkeis. L'on disait qu'il détenait les secrets du monde dans les confins de sa pipe.

Récemment, Dinah avait eu vent de rumeurs selon lesquelles Mundoo aurait expédié Iu-Hora vers le sud afin que ses potions puissent servir à influencer l'opinion des Piques si le besoin s'en faisait sentir. Cela n'avait pas été le cas, mais le simple fait d'imaginer quelqu'un droguer toute une armée pour la soumettre à sa volonté était perturbant. Dinah cilla devant cette lumière hypnotique, ne sachant pas depuis combien de temps elle contemplait la tente. Celle-ci lui évoquait une myrtille brillante et somptueuse, et elle s'y dirigea malgré elle, un peu comme sur le champ de champignons. *Arrête-toi !* se morigéna-t-elle. *Un peu de sagesse !* Elle tourna les talons pour partir quand une voix douce comme le miel et épaisse comme le coton l'appela dans la nuit.

— Venez à moi, Dinah, mon enfant. Entrez, entrez ! Laissez-moi faire votre connaissance.

Morte s'ébroua tristement depuis le champ. La lumière clignota une nouvelle fois dans la tente, et Dinah se surprit à effectuer les quelques pas qui la séparaient encore de la plateforme en bois pour pénétrer sous la toile. Ses yeux mirent quelques secondes à accommoder dans l'étrange lueur qui émanait d'un gros houka au milieu de la pièce. La pipe était presque aussi haute que Dinah, et le clignement bleu émanait du fond du réservoir. À travers le verre transparent, la jeune femme aperçut les feuilles veinées de bleu et d'argent qui en étaient responsables. Une fumée dense lui emplit les yeux et les poumons, et elle se mit instantanément à tousser et à s'étrangler tandis qu'une voix emplissait les lieux.

— Inspirez profondément, petite reine. Laissez la fumée se répandre en vous. Alors seulement pourrez-vous voir et entendre votre avenir. Ou répondre à la question : *Qui êtes-vous ?*

Le regard brumeux, Dinah distinguait à peine la silhouette du Yurkei obèse assis au sommet d'une pile de coussins lumineux. Ses hanches retombaient le long des oreillers, et seul un pagne de plumes jaunes se dressait entre sa nudité et la princesse. Il avait la peau brune, huileuse et, contrairement à la plupart des Yurkeis, totalement dépourvue de lignes blanches. Un côté de la tente était entièrement occupé par des centaines de pots en terre et de balances. Le reste de la toile était envahi d'herbes suspendues, de plantes en bocaux et d'un style de peinture au doigt que Dinah n'avait encore jamais rencontré. Iu-Hora remarqua qu'elle observait ses travaux avec intérêt.

— Les Terres sombres m'ont fourni des récoltes plus qu'abondantes sur lesquelles conduire mes expériences. J'ai déjà conçu trois nouvelles potions depuis notre arrivée ici ! L'une contre les éruptions cutanées, une seconde contre le vieillissement des yeux, la troisième pour… eh bien, vous n'avez pas à le savoir. Vous verrez bien.

Elle l'étudia de nouveau, mais fut incapable de distinguer son visage. Celui-ci n'arrêtait pas d'onduler et de changer, mais c'était probablement dû à la lumière brumeuse. Non ? Dinah était extrêmement troublée. Elle sentait la fumée pénétrer dans ses poumons, une chaleur agréable se déployer sous sa cage thoracique. Elle se trouvait soudain très légère, très libre, très heureuse.

— Tenez. Prenez une bouffée.

Une main potelée sortie de nulle part lui tendit l'extrémité du tuyau du houka.

— Goûtez, princesse. Goûtez donc, et écoutez ce qu'Iu-Hora a à vous dire.

Dinah tira longuement sur la pipe et inspira profondément, sans réfléchir aux conséquences de ses actes. Puis elle entendit les paroles de sire Gorrann. *Aussi impulsive que votre père.*

Mais cet homme n'était pas son père. Si ? Elle ne s'en souvenait plus, s'en souciait à peine. La fumée douce et piquante descendit dans son organisme, et elle se sentit aussitôt débordante de joie. Elle s'effondra en gloussant sur une pile de coussins.

— Vous les avez trouvés au Pays des merveilles ? Les Yurkeis n'ont pas d'oreillers pareils.

— Peu importe la manière dont ils me sont parvenus. Vous n'êtes pas venue me parler de coussins. Vous êtes venue me poser des questions bien plus difficiles. Et je suis ici pour vous demander… Qui êtes-vous ?

— Je suis Dinah, répondit-elle. Et j'ignore ce que je fais là.

— Vous êtes ici parce que je vous ai fait venir. J'ai longtemps attendu de rencontrer la reine de cœur.

— Je ne suis pas encore reine.

Il semblait glisser autour d'elle.

— Ah oui, la guerre. La guerre imminente, la grande guerre. Une guerre qui changera le destin du Pays des merveilles. Une bataille. Du sang, de la fumée et des oiseaux.

Un jeu de cartes, qui tombe… tombe… Je vois une fille cachée, une épée ensanglantée, un cœur fracturé.

Ses mots n'avaient aucun sens. Dinah rit, puis se retrouva d'un coup d'une humeur maussade.

— En percevez-vous l'issue ? J'ai ouï dire que la Chenille pouvait prédire l'avenir.

Sans raison évidente, Dinah pouffa en s'entendant prononcer le mot *avenir*. Un mot tellement amusant.

— Je ne puis percevoir l'issue de la guerre, car elle implique la destinée de trop de monde. Mes visions se troublent quand j'ai tant d'âmes à observer. Je vois beaucoup de morts et de tristesse. Je vois une femme magnifique pleurer à une fenêtre, une flèche habile, des étoiles bleues au firmament. Je vous vois chevaucher un diable noir, de grandes ailes déployées derrière vous.

— Il doit s'agir de Morte.

Dinah rit jusqu'à en pleurer. Puis elle observa autour d'elle. Depuis combien de temps riait-elle ? Une minute ? Trois heures ? Trois semaines ? La Chenille émergea de la lumière brumeuse, ses traits toujours indescriptibles, à l'exception de ses yeux bleus brillants. Elle ne voyait rien d'autre. Soudain, Dinah fut terrifiée.

— Qu'est-ce que vous faites ? Reculez. Ne me touchez pas !

Elle pensa ces mots, mais, pour une raison ou une autre, fut incapable de les articuler. Lentement, il plongea les doigts dans la tunique de la jeune femme et la fit pivoter. Dinah redouta d'abord la suite des événements, puis elle sentit la caresse brûlante de ses doigts sur la cicatrice à son omoplate.

— Ceci est mon œuvre. Une balafre laissée sur une reine par un chef. Un stigmate qu'elle n'oubliera jamais, mais une piqûre vite guérie.

Quelque chose exsudait de la peau de Dinah sous les doigts du sorcier. Elle sentait une alternance de chaud et de froid lui picoter l'épaule. C'était en elle, quoi que ce fût, et cela sourdait comme de l'eau au travers de sa peau. Iu-Hora la fit de nouveau tourner et, soudain, Dinah eut l'impression de flotter avec lui, de plus en plus haut, à travers le trou dans le toit de la tente pour gagner les étoiles dominant la dépouille de Charles. Ils planaient dans le ciel, à présent, survolant les Terres sombres et les champs ; ils s'élevaient, encore et encore, jusqu'à se retrouver à l'aplomb du palais des merveilles. Les Tours noires miroitaient dans toute leur cruauté. Elle cligna les yeux. Non. Elle n'était pas au ciel. *Si ?* Elle se trouvait dans une tente, le visage trouble du sorcier à quelques centimètres du sien, tandis qu'il lui caressait les joues. La voix d'Iu-Hora se modula lorsqu'il se pencha comme pour l'embrasser, et elle sentit la fumée épaisse sortant de sa bouche lui recouvrir la figure. Le nuage fut subitement aspiré hors de la tente, et il ne resta plus rien que les ténèbres, que la chaleur de son front contre le sien, que l'éclat bleu vif de ses yeux. Une voix basse et tonitruante retentit dans l'obscurité. Elle appartenait à Iu-Hora, mais Dinah ne la reconnut pas. La jeune femme avait subitement très peur, beaucoup plus que jamais auparavant.

— Reine de cœur, fille de deux pères, tenez compte de mes paroles. Pour ceindre la couronne, vous devrez percer le cœur d'un homme et arracher celui de l'être que vous chérissez le plus. Le chat ne tiendra pas la promesse faite à la grue, et votre tête roulera dans l'herbe.

Iu-Hora poussa alors un hoquet silencieux, et une fumée bleue s'éleva de ses lèvres. Sa voix recouvra son timbre normal, et un gloussement idiot emplit la tente lorsque la lumière revint.

— En voulez-vous davantage, ma reine ?

Dinah le repoussa contre ses pots et ses balances, qui s'écroulèrent avec fracas sous son poids colossal. Elle n'était pas certaine de ce qui arrivait. De la fumée lui sortait par la bouche, changeant de couleur à chaque expiration. Le bleu vira au rouge, qui se mua en un orange flamboyant, puis en bleu pâle et en gris brumeux. Elle toussa en rampant vers l'entrée de la tente.

— Revenez ! s'écria-t-il en riant. J'ai encore tant de choses à vous montrer !

Elle courait, désormais, de la fumée se déversant par ses yeux, ses oreilles, sa gorge. Il en sortait par tous ses pores. Dinah trébucha et s'étala de tout son long. La voix du sorcier revint lui chuchoter à l'oreille, même si elle se trouvait loin de lui, désormais.

— Gardez votre calme, reine de cœur.

Morte se trouvait à présent à son côté, et elle se releva péniblement pour monter sur son sabot, un aiguillon hérissé lui écorchant légèrement la cheville. Elle se hissa jusqu'à son dos et s'étendit sur lui, s'étranglant encore sur la fumée colorée qui s'échappait de ses poumons. Morte s'élança au galop vers la tente de la princesse. Le corps de Dinah se mit à frissonner, comme s'il ne savait plus comment il fonctionnait. Elle se sentait tour à tour gelée et brûlante ; les idées se bousculaient dans son esprit, sans la moindre logique. Avait-elle la tête en haut ou en bas ? Où était-elle ? Après ce qui sembla durer des années, Morte finit par rejoindre le campement des Piques et s'arrêta brusquement devant sa tente. Yur-Jee et Ki-ershan se relevèrent d'un bond et aidèrent une Dinah toute tremblante à descendre de son dos. Ils se lancèrent dans une conversation frénétique en yurkei. Leurs voix étaient si fortes que Dinah en eut mal aux oreilles. Elle perçut quelques bribes de conversation.

— Iu-Hora ! Aucun Merveilleux n'a jamais été en sa présence. Que lui a-t-il donné ? Ce sorcier est le malin !

Des hallucinations sévères assaillaient Dinah, qui entendit une fois de plus la prédiction d'Iu-Hora : « *Reine de cœur, fille de deux pères… ceindre la couronne… percer le cœur d'un homme… arracher celui de l'être que vous chérissez le plus. Le chat ne tiendra pas la promesse faite à la grue… votre tête roulera dans l'herbe.* »

Alors que les gardes continuaient à babiller, la voix de Wardley se fit entendre en dépit du tapage.

— Bon sang, que s'est-il passé ? Confiez-la-moi ! Faites venir Cheshire. TOUT DE SUITE !

Wardley la berça tout contre lui, et elle eut conscience qu'il l'emmenait dans la tente. Elle lui souffla amoureusement au visage un léger filet de fumée marron. Elle luttait pour ne pas s'endormir. Wardley se pencha sur elle.

—Tu peux fermer les yeux, Dinah. Je suis là.

Le sommeil l'emporta, et elle fut heureuse de sombrer entre ses bras puissants, ceux de l'homme qu'elle chérissait le plus.

Chapitre 17

Il lui fallut deux jours pour évacuer complètement la fumée de son organisme. Elle dormit toute la première journée, faisant les rêves les plus saisissants et étranges de sa vie. Elle se réveillait de temps à autre, trempée d'une sueur qui s'élevait de sa peau en volutes colorées ; Cheshire et Wardley étaient alors penchés sur elle, à évoquer des sujets qu'elle comprenait à peine.

— Quand aura-t-elle pleinement repris conscience ?

— Avec un peu de chance, le thé dissipera les effets hallucinatoires de la fumée.

— L'ont-ils retrouvé ?

— Les Yurkeis le surveillent jour et nuit. Nous ne frapperons pas. En réalité, je pense même qu'il pourrait nous être d'une grande utilité.

— Mundoo a-t-il été informé de ce que son sorcier a fait à la reine ?

— Nous avons dépêché deux cavaliers ce matin pour lui transmettre l'information. Ils doivent aussi lui transmettre nos plans définitifs pour la bataille. Que les dieux nous préservent s'ils se font attraper.

— Ça n'arrivera pas. Ce sont des Yurkeis.

Dinah les écoutait pendant ce qui lui semblait être des heures ou des secondes avant de replonger dans son sommeil étourdissant. Elle s'éveilla enfin le lendemain, tandis qu'on lui apposait un linge frais sur le front.

— Majesté ?

Elle ouvrit les yeux, s'attendant à découvrir sire Gorrann, mais se retrouva si proche du visage de Cheshire que c'en fut gênant.

— Comment vous sentez-vous ?

Inquiète, Dinah se redressa plus vite qu'elle ne l'aurait dû, et fut punie par une subite envie de vomir. Elle se laissa retomber sur sa couche.

— Que s'est-il passé ?

Cheshire recommença à lui tamponner le front.

— De quoi vous souvenez-vous ?

— Je suis sortie marcher, car je n'arrivais pas à dormir… et je suis tombée sur la tente d'Iu-Hora.

Elle fronça les sourcils.

— Et puis… et puis…

Elle aurait dû se rappeler, mais un trou béant occupait sa mémoire ; c'était à la fois troublant et agaçant. Elle distinguait quelques bribes, mais la réalité des dernières heures lui échappait.

— Je suis désolée…, bredouilla-t-elle. Je ne sais plus trop. Il y avait de la fumée, de la lumière, et…

Cheshire émit un bruit dégoûté ; pourtant son expression trahissait un mélange de ravissement et de fascination.

— Le sorcier yurkei a davantage de pouvoirs que le Pays des merveilles ne l'a jamais imaginé. Je doute fort que vous vous soyez égarée là-bas de votre propre chef. Il a la réputation d'appeler à lui ceux pour qui il en éprouve le besoin, que ce soit à cause d'une blessure ou d'une transe. Le démon qui réside dans cette tente pourrait bien nous être utile. Il maîtrise l'alchimie d'une manière encore incomprise au royaume.

Il caressa doucement la tête de Dinah, dans l'espoir de l'apaiser. Cela la mit un peu plus mal à l'aise.

— Nous avons bien cru vous perdre à cause de la fièvre. Si vous aviez succombé, la tête d'Iu-Hora aurait d'ores et déjà été aspirée dans les étangs de rouille. Vous avez provoqué une grande agitation, ma fille.

Des têtes… *Il était question de têtes…* Dinah ne se rappelait plus quoi au juste. Il y avait seulement ce souvenir indistinct de fumée et de lumière, ainsi qu'une brûlure profonde dans ses poumons.

— Vous sentez-vous suffisamment bien pour vous asseoir, à présent ?

— Oui.

La jeune femme détestait avoir besoin de ses services pour quoi que ce soit, mais elle le laissa l'aider à se redresser et lui tenir la main pour gagner doucement la petite table en bois. De la soupe fumait dans une tasse et, curieusement, une pile de douceurs chaudes l'attendait. Elle considéra Cheshire avec stupéfaction.

— Comment peut-on faire cuire des *tartelettes* en pleine nature ?

Il haussa nonchalamment les épaules.

— Il n'y a rien que je ne puisse obtenir pour vous.

Cheshire porta une cuillère aux lèvres de Dinah.

— Je peux manger seule, je vous remercie.

Dinah s'empara du manche de l'ustensile avec détermination, et le souleva d'une main tremblante jusqu'à sa bouche sèche.

— Comment avez-vous procédé pour dissiper le… s'agissait-il de poison ?

Cheshire se renversa sur un fauteuil et croisa ses longues mains sous son menton.

— Une infusion de riz grillé et de lavande sauvage. Le riz absorbe l'humidité ; or, la fumée, une fois inhalée, est devenue une sorte d'hallucination liquide. C'est assez fascinant. Je suis allé voir le sorcier en personne après vous avoir trouvée dans cet état, et il m'a expliqué les moindres effets du produit. Je pense qu'avoir mon poignard plaqué sur sa gorge a contribué à lui délier la langue. Après quoi, les Yurkeis n'ont plus autorisé qui que ce soit à s'approcher de sa tente.

Il marqua une pause.

— Je regrette d'avoir à vous l'apprendre, mais cet incident n'a fait qu'attiser les tensions qui couvent entre les Piques et les Yurkeis.

— Par tous les dieux, nous sommes pourtant dans le même camp, aboya Dinah. Dans tous les cas, nombre de ces hommes vont mourir à cause de moi.

Le souvenir de Cheshire s'étiola.

— C'est là que vous faites erreur. Ces hommes ne se battent ni ne meurent pour vous. Nul ne se sacrifie jamais pour son chef, mais pour un idéal. Cet idéal est incarné par votre personne. Les Piques mourront en se battant pour leurs droits, et ceux de leurs compagnons. Ils se battront pour le droit d'avoir des enfants, pour avoir la chance de survivre grâce à leurs héritiers. Les Yurkeis se battent pour reprendre la terre de leurs ancêtres.

Distrait par la présence des pâtisseries sur la table, Cheshire résuma la situation :

— Ne vous bercez pas d'illusions, ces hommes se battent pour eux-mêmes.

Il jeta son dévolu sur une part de tarte à la prune, qu'il entreprit de grignoter. Dinah n'avait jamais remarqué à quel point ses dents étaient petites et pointues. Elle-même faisait des bouchées deux fois plus grosses.

— Leurs pères et leurs fils, ma chère. Voilà pour qui ces hommes se battent, même s'ils pensent le faire pour vous. Une partie de votre rôle consiste à apprendre à manipuler cette croyance. C'est ainsi que le pouvoir fonctionne. Votre visage, votre robe et votre couronne incarnent toutes ces choses à leurs yeux, mais peu importe que ce soit vous ou quelqu'un d'autre qui les revêtiez. Votre mission, désormais, consiste à devenir une reine pour qui ils seront prêts à mourir.

Dinah contempla le sol. Elle s'était comportée de façon si sotte en entrant dans la tente d'Iu-Hora ; pourtant, elle en voulait à Cheshire de souligner la vérité.

— Je trouve paradoxal de vous entendre parler de sacrifice avec une telle aisance, alors que seuls vos intérêts propres vous préoccupaient tandis que le roi battait ma mère et me traitait avec mépris.

Il lui retourna un sourire dédaigneux.

— Pauvre fillette. Est-ce là ce que vous pensez ? Je cherchais simplement à préserver vos intérêts. Je n'aurais rien tant aimé que de vous faire disparaître en pleine nuit, votre mère et vous, pour recommencer de zéro ailleurs, dans une nouvelle ville, bien loin du roi, là où j'aurais pu vous aimer toutes deux fièrement. Cependant, je vous aurais alors privée de votre couronne, de cette possibilité de devenir la personne la plus estimée du royaume. J'ai donc préféré souffrir en silence, quitte à voir la femme de ma vie malmenée par un homme qui me répugnait, et ma fille élevée par un homme qui la détestait.

Cheshire plia soigneusement sa serviette. Quand il eut terminé, une minuscule souris de papier subsista sur la table. Il la déposa dans la tasse désormais vide de Dinah, avant de se lever pour prendre congé. Il rentra soigneusement sa tunique pourpre dans sa ceinture avant de se pencher vers la jeune femme d'un air menaçant. Son haleine douceâtre lui envahit les narines.

— Ne vous imaginez pas que vous me connaissez, ma fille. J'ai *tout* sacrifié pour vous mener là où vous êtes. Et au lieu de m'en savoir gré, d'en savoir gré à tous ces hommes qui nous accompagnent, vous nous récompensez en vous précipitant dans les bras d'un sorcier fou afin que nous puissions vous regarder mourir à petit feu. Vous n'êtes plus une enfant. Vous êtes une reine, alors comportez-vous comme telle !

Il inspira un grand coup, rajusta sa broche et redevint le personnage lisse et imperturbable qu'était Cheshire.

— Veillez à ne rien faire de trop épuisant aujourd'hui. Pas d'entraînement. Pas de combat. Wardley ou sire Gorrann devront vous accompagner à tout moment. Je n'ai plus la moindre confiance en vos gardes yurkeis.

Dinah fulmina en silence tandis que Cheshire quittait la tente à grands pas. Elle en avait perdu l'appétit. Il avait raison : elle devait cesser les petits jeux idiots visant à satisfaire sa curiosité puérile. Elle n'était plus cette fillette qui s'aventurait dans les Tours noires avec Wardley. Son royaume était en guerre, elle ne pouvait plus s'adonner à ses caprices. Les conséquences de ses actes risquaient d'être graves et bien réelles. Par tous les dieux, elle avait failli déclencher une guerre parmi ses propres partisans !

Une vraie reine se forgerait des alliances parmi ses ennemis, alors que son irréflexion n'avait créé que de la dissension. *Je n'oublierai plus que les actes d'une reine importent. Je me plierai à la sagesse de Cheshire, même s'il me met mal à l'aise.* Perdue dans ses pensées, elle mâchonna distraitement une tartelette à la myrtille. Alors qu'elle s'apprêtait à en croquer une nouvelle bouchée, elle avisa avec stupeur le bout de ses ongles. Ceux-ci étaient d'un orange profond, encore maculé de ce poison qui exsudait lentement de son corps ; elle n'oublierait pas de sitôt à quel point elle était passée près de gâcher la vie de milliers de personnes. Elle ne pensait pas qu'Iu-Hora, le sorcier, avait eu l'intention de la tuer ; cependant, cela ne le rendait pas moins dangereux. Seule dans sa tente, elle ferma les paupières en faisant le serment de ne plus prendre de décisions impulsives. La cause et la couronne étaient prioritaires. *Je serai la reine qu'ils méritent.* Elle redoublerait d'efforts pour se rappeler que tant les Piques que les Yurkeis étaient ses sujets. Son rôle était de les guider et de les protéger. Sa sottise alors qu'ils étaient sur le point de déclarer la guerre était inexcusable.

Elle but de grandes lampées d'eau fraîche à même le seau et retourna s'allonger quelques heures, jusqu'à ce qu'elle se sente prête à marcher. Quand elle sortit enfin de sa tente, le soleil brillait férocement à travers la brume des Terres sombres. Wardley l'attendait, ses longues jambes repliées sous son arrière-train, l'épée en équilibre sur un doigt.

— Tu es debout !

Il l'étreignit fermement, et Dinah le laissa faire volontiers.

— Viens ici, andouille ! J'ai eu tellement peur. Qu'es-tu allée faire chez Iu-Hora ? N'avais-tu pas entendu les rumeurs qui courent à son sujet ? On raconte qu'il broie les os de ceux de son peuple pour fertiliser leurs champs de champignons. Qu'est-ce qui t'est passé par la tête ?

— Je ne sais pas. J'ai commis une erreur, cela ne se reproduira plus, répliqua-t-elle d'un ton posé. Et non, je n'avais jamais entendu parler de ça.

Elle enfouit son nez contre l'épaule de Wardley.

— Même si je ne doute pas que ce soit vrai.

— Que t'est-il arrivé, là-bas ? Qu'as-tu vu ?

— Je ne m'en souviens plus.

Wardley eut une moue sceptique.

Dinah soupira.

— C'est difficile à expliquer – c'est comme si quelqu'un avait jeté un voile noir sur ce souvenir. Je sais qu'il m'a parlé d'une chose importante, mais je ne me rappelle plus quoi, seulement quelques mots.

Chat. Cœur. Herbe.

— Je sens que c'est là, mais ça ne me revient pas.

Wardley recula d'un pas pour l'observer des pieds à la tête.

— Comment te sens-tu ? Es-tu sûre que tu ne ferais pas mieux de retourner t'allonger ?

Dinah secoua la tête.

— Non. J'ai dormi presque toute la journée. Je ne mérite pas de me reposer davantage, surtout pas alors que mes hommes sont tous si occupés.

En effet, le camp grouillait d'activité. L'on caparaçonnait les chevaux et l'on affûtait les épées. Le fracas du métal contre le métal était assourdissant. Durant la journée, le campement résonnait généralement des voix des soldats, mais l'on n'entendait ce jour-là que le bruit des manœuvres, qui venaient rompre le calme sinistre qui imprégnait l'air.

— Pourquoi personne ne dit rien ?

Dinah remarqua plusieurs Piques lancer des regards fascinés dans sa direction, puis baisser les yeux en se rendant compte qu'elle les voyait.

— Que se passe-t-il ?

Wardley la considéra d'un air interrogateur avant de lui repousser une mèche de cheveux derrière l'oreille pour lui chuchoter quelque chose. Le cœur de la jeune femme s'emballa quand elle sentit le souffle chaud du guerrier sur sa joue.

— Demain, nous entamons notre marche vers le nord, Dinah. La guerre est imminente.

Elle compta rapidement les jours sur ses doigts. Sa convalescence l'avait troublée. Il avait raison : ils devaient prendre la route du palais des merveilles dès le lendemain. Comment les choses avaient-elles pu arriver si subitement ? Les Piques continuaient de la lorgner quand ils en avaient l'occasion.

— Activez-vous ! leur lança Wardley, et ils obtempérèrent à contrecœur.

— Pourquoi me dévisagent-ils de la sorte ?

— Sans doute parce que tu es la seule femme de ce camp.

Il paraissait très agité.

— Dis-moi la vérité, exigea Dinah.

Elle connaissait Wardley depuis assez longtemps pour savoir à quel point il mentait mal.

Il soupira.

— Cheshire est allé raconter à tout le monde que tu avais survécu à ta rencontre avec le sorcier yurkei, et que celui-ci t'avait livré une vision de notre victoire.

Dinah considéra Wardley avec stupeur.

— Mais c'est un MENSONGE !

Il lui plaqua la main sur la bouche.

— Chut ! Peu importe. Cela leur donne de l'espoir, les pousse à croire que tu connais avec certitude l'issue des combats. Qui sait, c'est peut-être même vrai. Ils combattront moins la peur au ventre s'ils pensent que le sort est de leur côté.

Dinah empoigna le bras de Wardley.

— C'est un faux espoir. Il n'a jamais évoqué notre victoire. Encore que…

Chat. Cœur. Herbe.

— Peut-être que si, finit-elle par admettre. Je ne m'en souviens plus. Quoi qu'il en soit, je tiens à ce que les hommes croient en eux-mêmes, pas en une supposée prophétie. Ils doivent être convaincus que nous pouvons l'emporter.

— Et pourquoi l'emporterions-nous ? s'enquit Wardley.

— Parce que nous sommes du bon côté, répondit Dinah sans conviction. Parce que nous le devons. Parce que ce serait justice.

Dinah observa le camp. Elle connaissait les risques. Ses hommes étaient moins nombreux, peut-être moins bien formés. Les Yurkeis et les Piques lutteraient avec ferveur, mais la ferveur et la justice suffisaient-elles à rivaliser avec le nombre ? Dinah sentit la piqûre glaciale de la peur.

— Penses-tu que nous avons une chance ? En tant qu'ancien futur Valet de cœur, penses-tu que nous allons gagner ?

Wardley contempla Dinah avec abattement, une mèche châtaine lui tombant sur les yeux. La jeune femme sentit son cœur s'accélérer.

— Viens te promener avec moi, Dinah. Il y a une chose que j'aimerais te montrer.

Chapitre 18

Morte suivit obligeamment Cornier, le coursier blanc et obéissant de Wardley, dans la nature sauvage des Terres sombres. Ils marchèrent silencieusement pendant environ une heure, traversant les chauds marécages et un champ d'étranges plantes caoutchouteuses qui donnèrent à Dinah la désagréable impression d'être surveillée. Les pousses semblaient vivantes, se déployant vers les sabots de Morte avant de battre en retraite, rejetées et affamées. Alors que les vallées paraissaient de plus en plus humides, Wardley bifurqua légèrement vers l'est, et les montures entamèrent l'ascension laborieuse de collines d'herbe glissantes, dérapant sur l'humidité poisseuse qui recouvrait le sol. Bientôt, la succession de cimes aboutit à une zone broussailleuse se défendant contre les intrus à l'aide d'épines noires d'allure mauvaise, chacune de la taille d'une main. Les cavaliers mirent pied à terre. Wardley attacha Cornier, et Dinah pouffa rien qu'à l'idée d'essayer d'en faire autant avec Morte. Elle ne pouvait qu'espérer qu'il serait toujours là à son retour. Wardley tailla les branches devant eux pour s'enfoncer dans l'enchevêtrement. La roncière s'épaissit, tamisant la lumière. Dinah crut entendre de l'eau. Elle se piqua la main sur une épine et regarda le sang s'écouler dans sa paume.

— Wardley…

— Nous y sommes presque. C'est juste ici.

Il fit un pas sur la gauche et disparut derrière une muraille épineuse. Les mains tendues devant elle, Dinah continua d'avancer. Elle suivit les empreintes de Wardley jusqu'à une petite clairière magique, où s'étendait une étendue d'eau si immobile et cristalline que la lumière qui s'y reflétait renvoyait des ondes turquoise sur le beau visage de Wardley. Au cœur du bassin, une cascade adossée à rien REMONTAIT vers le ciel, son flot se muant en brume à partir d'une certaine hauteur. Les embruns s'élevaient ensuite en spirale jusqu'à disparaître. Ils restèrent là, silencieux, pendant quelques minutes.

— Incroyable, n'est-ce pas, finit par commenter Wardley devant l'air subjugué de Dinah.

Il retira ses bottes et alla se tremper les pieds.

— Je n'avais jamais touché d'eau aussi pure. Elle est à la température idéale – ni trop chaude, ni trop froide. J'ai trouvé cet endroit pendant que tu souffrais de tes hallucinations. Cheshire te surveillait, et je ne supportais pas de rester sans rien faire en espérant que tu te réveillerais, alors je me suis mis à errer au hasard.

Il secoua la tête.

— J'ai prié pour avoir la possibilité de t'emmener ici un jour, pour que tu reviennes à toi. À ton avis, Dinah, d'où vient cette eau ? Il n'y a pas de source apparente sous la surface, et pourtant, elle s'envole sans cesse. Ça relève du miracle.

Il arbora un sourire si adorable que le cœur de la jeune femme se serra.

— Le Pays des merveilles porte bien son nom, n'est-ce pas ? J'ignorais tout ce qu'on pouvait trouver par-delà l'enceinte du palais. Cela me donne envie de chevaucher Cornier jusqu'à disparaître. Je comprends ces Cartes qui ont déserté. La nature sauvage recèle tant de beauté.

Il contempla Dinah qui barbotait désormais. Elle s'avança vers le milieu du bassin, allant se placer juste devant la cascade. Elle tendit la main. Des jets d'une eau tiède franchissaient le barrage de ses doigts, comme si sa main elle-même était à l'origine de cette merveille. L'eau semblait mue par une volonté qui lui était propre, et de minuscules gouttelettes remontaient du bas de son poignet jusqu'à la pointe de ses doigts avant de s'envoler vers le ciel. Elle retourna au bord et sortit, l'ourlet de sa tunique détrempé. Elle s'assit auprès de Wardley, tout sourire, et agita ses orteils dans l'eau. Elle jeta un coup d'œil vers le jeune homme alangui à côté d'elle. Tout était redevenu comme avant : Dinah et Wardley. Ensemble. Elle lui enfonça le doigt dans les côtes.

— Tu te souviens de l'été où tu as volé ces tartelettes dans la cuisine, lorsque Harris nous a pourchassés en criant dans les couloirs ? Je n'ai jamais ri si fort. Tu avais le visage maculé de farine ; pourtant, ta première réaction quand je t'ai aperçu a été de t'écrier : « C'est pas moi ! »

Cela la fit rire – cette vision de Wardley, jeune garçon dégingandé, à la figure couverte de poudre blanche et de confiture, s'affairant à faire disparaître autant de pâtisseries que possible dans ses poches. Le soleil filtrait par les vitraux de cœurs rouges tandis qu'il tentait de semer les Cœurs et Harris qui beuglaient derrière lui. Dinah s'était elle aussi élancée à ses trousses avec adoration. Ensemble, ils s'étaient réfugiés dans la cour derrière les rosiers blancs de sa mère qui remontaient le long du mur, et ils s'étaient goinfrés de tartelettes en gloussant de façon incontrôlable.

— Ce n'était pas comme si tu mourais de faim. Tu avais juste envie de voler quelque chose.

— C'est vrai. J'étais un bon gamin, mais à cette époque, voler des tartelettes me paraissait dangereux, un crime passible des Tours noires.

Il sourit.

— En tout cas, c'était vraiment exaltant.

Dinah frémit en se remémorant les Tours et baissa les yeux sur le plan d'eau.

— Quand je serai reine, je les abattrai jusqu'aux racines.

— Tu as toujours aimé les grandes déclarations d'intention.

Wardley sourit en lui repoussant une tresse brune derrière l'oreille. Il eut soudain l'air profondément triste.

— On ne revivra jamais d'aussi bons moments, pas vrai ? La guerre approche, et toi et moi nous retrouvons au cœur des débats.

Dinah acquiesça en contemplant la cascade, parfaitement consciente de la main de Wardley posée à quelques centimètres de la sienne sur la berge. Elle observa un petit poisson rose remonter la cascade, ses nageoires minuscules battant dans le flot ascendant. Comprenant soudain ce qui lui arrivait, il fit machine arrière et s'efforça de lutter contre le courant. En vain. Il fut bientôt aspiré dans l'air en même temps que l'eau était vaporisée. Quelques instants plus tard, on entendit un *ploc*, et le poisson repartit nager. Wardley reprit sa réflexion sans se laisser démonter.

— Tu sais ce que je pense ? J'espère que mes parents auront assez de bon sens pour ne pas se mêler aux combats. Ma mère restera tapie à l'intérieur avec le reste de la cour, terrée dans la Grand-Salle, mais mon père risque fort de vouloir jouer au héros en revêtant son armure de Carte pour une ultime bataille.

Dinah lui pressa la main.

— Non. Il saura que tu es à la tête de l'autre armée.

Wardley déglutit.

— Peut-être, mais… dans le cas contraire ? Et s'il enfilait son casque et que je ne le reconnaissais pas sur le champ de bataille ? Et si je… ?

Les mots moururent sur sa langue. Quelques secondes silencieuses s'écoulèrent.

— Et toi, de quoi as-tu peur ? chuchota-t-il enfin.

Dinah déglutit et répondit dans un murmure :

— De tout. J'ai peur que les hommes se rendent compte que je ne suis qu'une fillette rejetée par le roi. J'ai peur de mourir sans bruit et sans fracas, comme une flamme que l'on souffle, de n'être rien d'autre qu'une enfant qui voulait jouer à la guerre. J'ai peur de vous perdre, toi ou sire Gorrann, ou même Cheshire. J'ai peur de décevoir le peuple yurkei.

Dinah leva le pied et regarda les gouttelettes rouler sur son mollet musclé.

— Surtout, j'ai peur de mourir et que le fait de porter la couronne n'importe plus. Je mourrais comme les autres, une épée ensanglantée passée au travers de la poitrine, mon dernier souffle perdu dans cette folie.

Une épée. Que lui avait dit la Chenille, déjà ? « *Vous devrez percer le cœur d'un homme et…* »

Ce souvenir s'était une fois encore envolé à la manière d'un papillon craintif avant qu'elle ait put en découvrir la fin.

— J'ai même peur de ce qu'il adviendra si nous en sortons victorieux. Je deviendrai reine. Pourrai-je régner ? Serai-je une bonne dirigeante, ou une souveraine aussi terrible que mon…

Elle s'interrompit.

— Que le roi de cœur ? À condition toutefois que nous parvenions à franchir les portes…

Wardley lui serra la main d'un air absent ; ses paumes étaient désormais moites de sueur.

— Crois-tu que nous puissions l'emporter, Wardley ?

Il contempla l'étendue d'eau. Il avait le visage encore rougi par l'effort et rappela à Dinah le petit voleur de tartelettes. Puis elle avisa la barbe naissante qui lui rongeait les joues et les muscles saillant sous sa chemise. Il était devenu un homme depuis qu'elle l'avait vu pour la dernière fois. Il soupira et se frotta les yeux de sa main libre.

— Nous pouvons gagner, mais les chances ne semblent pas vraiment en notre faveur. Les troupes du roi sont presque deux fois plus nombreuses que les nôtres. Les murailles de fer sont parfaitement circulaires, ce qui nous contraindra à nous disperser si nous voulons les encercler. Les Piques sont avec nous, ce qui nous sera d'une grande utilité, car ils savent se montrer impitoyables au combat, mais lui a le soutien des Cœurs, qui sont les guerriers les plus talentueux du royaume. Et Xavier Juflee est de son côté.

Il partit d'un petit rire.

— Nous avons pour nous une princesse en exil, le cheval du roi, une armée d'indigènes et les Piques. Et même si nous parvenions à l'emporter et à franchir les portes de la capitale, le peuple ne nous accueillera pas à bras ouverts. Ils te détestent, tu en as conscience ? Ils te redoutent, Dinah, et pour une bonne raison : tu vas apporter la mort et la guerre sur cette ville, une ville qui n'a jamais connu les combats. Presque tous les hommes qui y habitent sont des Cartes, et le roi les déploiera tous pour se défendre.

— Oui, mais les Yurkeis…

— Les Yurkeis n'ont jamais assailli une ville. Que savent-ils des murailles et des portes de fer, d'un palais fait de pierre et de verre ? Les Cœurs montés les attaqueront sur le flanc nord tandis que nous bataillerons contre une mer de Cœurs, de Trèfles et de Carreaux, et que les Fergal feront pleuvoir leurs flèches sur nous.

Il secoua la tête.

— Si nous sommes capturés, notre sort sera bien plus terrible qu'une mort rapide sur le champ de bataille. Ils nous laisseront pourrir dans les Tours noires jusqu'à ce que nous ne fassions plus qu'un avec l'arbre, ou pire encore. Le roi de cœur est un homme haineux.

Il se tourna vers Dinah, posant sur son visage fatigué un regard empli de tristesse et d'adoration.

— Je te jure solennellement, ici et maintenant, de te tuer de mes mains avant de laisser le roi te torturer. Et j'espère que tu en feras autant avec moi.

Dinah lui sourit, sachant qu'elle serait incapable de lui ôter la vie, quelles que soient les circonstances. Pas même pour le sauver. L'amour l'avait rendue d'une dureté à toute épreuve, mais aussi d'une douceur inutile.

— Je n'arrête pas de me dire que c'est peut-être la dernière fois que je fais quelque chose, marmonna-t-il. La dernière fois que je mange du pain. La dernière fois que je trempe mes pieds dans un plan d'eau. La dernière fois que je m'adresse à toi en tant qu'ami, et non comme un commandant présentant son rapport à sa reine.

Dinah sentit son cœur s'emballer. Il battait si fort qu'elle le crut même sur le point d'exploser. En dépit de tout l'oxygène qui abondait dans ses veines, elle était comme tétanisée. Wardley ne semblait pas avoir conscience de son malaise. Il se rallongea sur le sol mousseux et étira les bras au-dessus de sa tête.

— Ce soir, je regarderai peut-être les étoiles pour la dernière fois, afin de me souvenir de ma place dans ce monde. Tout ce que nous possédons risque de nous être enlevé. La vie sera arrachée à nombre de ces hommes qui reposent sous ces tentes, peut-être à toi, peut-être à moi.

Dinah sentit la fureur envahir sa poitrine, sauf que, cette fois, c'était différent. Celle-ci était persistante, nécessaire ; une chose qu'elle devait évacuer, comme si l'on essayait de lui arracher le cœur au lasso. *Vers lui, seulement lui, toujours lui.* Elle ne maîtrisait plus rien – n'éprouvait plus que l'envie, le besoin de le toucher. La passion avait fait d'elle sa marionnette. À présent, c'était ce sentiment qui contrôlait ses membres, son cerveau, ses lèvres. Elle le désirait. Elle avait suffisamment attendu, avait déjà failli le perdre une fois. Il parlait encore quand elle s'inclina vers lui, les bras tendus de part et d'autre de son corps.

— Si c'est la dernière fois, alors il y a une chose… Dinah, qu'est-ce que tu fais ?

Elle se pencha tendrement, venant effleurer ses lèvres de sa bouche, aussi délicatement que des gouttelettes de rosée se déposant sur un pétale. Le contact fut chaud et humide, et avait le goût de tout ce que Dinah préférait.

Elle continua de l'embrasser, mais la bouche de Wardley demeurait douloureusement immobile. Il semblait paralysé. *Qu'est-ce que je fais ?* se demanda la jeune femme. Elle releva brusquement la tête et le considéra avec un mélange de confusion et d'hésitation.

Wardley se fendit d'une grimace honteuse, puis lui attrapa sauvagement la nuque pour la forcer à l'embrasser de nouveau. Elle hoqueta sous la force de son baiser. Il était tout sauf tendre – vigoureux, avide, lesté d'une bonne dose de colère. Avec un grognement, il renversa Dinah sur le dos et s'allongea sur elle avant de l'embrasser encore, de plus en plus fort, jusqu'à ce que la jeune femme ne sente plus ses lèvres. C'était délicieux et plaisant, pourtant quelque chose n'allait pas. Les mains de Wardley étaient plaquées sur ses épaules, comme s'il la maintenait au sol ou cherchait à se retenir. Une posture défensive, alors que son corps entier était tendu par la colère. Tandis qu'il l'embrassait furieusement, Dinah sentit une larme chaude lui tomber sur la joue. Elle repoussa alors Wardley. Il lui fallut une bonne minute pour reprendre son souffle. Ce n'était pas conforme au premier véritable baiser qu'elle avait espéré – trop agressif et violent.

— Wardley, qu'est-ce qui ne va pas ? *Qu'est-ce que tu fais ?*

Elle contempla longuement ce visage qu'elle connaissait si bien, sentit son cœur se tordre de douleur quand elle y lut une volonté inflexible. Son expression trahit alors la nouvelle émotion qu'elle éprouvait en regardant cet homme qu'elle aimait tant : le rejet.

— Dinah, je suis navré.

Il se détourna, la voix chevrotante.

— Je ne peux pas faire ça.

Elle serra les poings.

— Comment ça, tu ne peux pas ?

Wardley s'assit et lui tendit la main pour l'aider à en faire autant. Dinah la repoussa d'une tape.

— Par pitié, ne me touche pas.

Elle se redressa seule, tremblant d'une passion inassouvie.

— Dinah, je t'en prie !

Wardley chercha à la rattraper, posant les mains sur les côtés de son cou, plaquant son front contre le sien. Sa voix était pleine de désespoir.

— Tu ne comprends donc pas ? J'AIMERAIS t'aimer de cette manière, partager avec toi cet amour. J'ai prié et imploré les dieux pour qu'ils m'offrent ces sentiments à ton égard ! Je veux devenir ton roi, ton mari, ton amant. Mais je ne peux pas…

Il chercha péniblement ses mots.

— Je ne peux pas me forcer à ressentir ces choses pour toi, malgré tout mon désir, même si je rêve d'être l'homme que tu mérites.

Il embrassa le front tremblant de la reine.

— Tu es ma meilleure amie, tu fais partie de moi ! Je t'aime, Dinah, et je me battrai jusqu'à la mort pour défendre ton droit à régner ! Est-ce que ça signifie quelque chose ? Que je sois prêt à mourir pour toi ?

Son visage était déformé par le tourment alors qu'il regardait dans ses yeux noirs.

— Dinah, je t'en conjure, dis quelque chose ! Je ne peux supporter ce silence. Pitié !

Tous deux avaient le souffle court, à présent. Dinah le contempla, le cœur en miettes. Le monde semblait s'effondrer sous ses pieds. Wardley rouvrit la bouche et reprit d'une voix tendre :

— Tu n'as pas idée de tout ce que j'ai abandonné pour venir me battre pour toi…

— Ne m'adressez plus la parole.

Elle avait l'impression d'avoir été plongée dans un bain glacé alors qu'elle mourait de chaud ; Dinah sentit son âme se déchirer en même temps que sa vision de leur avenir ensemble. Elle était vide – sans son amour, sans lui, elle n'était plus rien… *Il ne sera jamais mien.*

Elle lui tourna le dos et s'exprima d'une voix morte.

— S'il vous plaît, partez. Je vous en prie, sire Wardley. Vous avez accompli votre devoir.

Il lui empoigna le bras et tira.

— Arrête, Dinah ! Ne me parle pas comme ça. Ne te détourne pas de moi. Je ne te laisserai pas, pas dans cet état. Pitié, regarde-moi.

Elle obtempéra, ne laissant toutefois paraître aucune émotion.

— Vous m'avez embrassée, un jour. N'était-ce qu'un jeu, Wardley ? Un secret de plus dans mon éducation tordue ? Quelqu'un vous a-t-il engagé pour me faire tomber amoureuse ? Vous souvenez-vous de ce jour, sous le julla, quand vous m'avez embrassée ? Cela faisait-il partie du plan ?

Wardley lui saisit les deux mains.

— Qu'est-ce que tu vas imaginer ? Bien sûr, que je m'en souviens. Je t'ai embrassée parce que j'en avais envie. Parce que tu étais la première fille à qui je tenais. Mais même à l'époque, je savais que les sentiments que je nourrissais à ton égard n'étaient pas de cette nature, malgré tous mes efforts pour les faire évoluer.

— Tous vos efforts ? Vous forciez-vous également à jouer avec moi quand nous étions enfants ? Ou à venir me chercher quand nous étions plus grands ? Étiez-vous contraint de m'entraîner à l'épée ou de me suivre ici ?

Wardley secoua la tête avec rage.

— Non. Jamais ! Tu ne m'écoutes pas. Tu ne comprends pas… Dinah, je ferais tout pour toi !

— À part m'aimer vraiment, comme il se doit, rétorqua-t-elle froidement. À part m'embrasser.

— Cela importe-t-il ? Je t'appartiens de toutes les autres manières. Je t'ai choisie, et je te choisirais de nouveau. Si seulement je pouvais convaincre mon cœur d'obéir à ce que mon cerveau sait de façon si limpide. J'ai pourtant essayé, et essayé. Je n'ai pas envie de te mentir, Dinah. Je tiens bien trop à toi. Dinah… je t'en prie, comprends-moi… tu es ma meilleure amie. Ma reine.

Ces mots recelaient une profonde vérité ; pourtant, la jeune femme ne supportait plus de le regarder en face. Des larmes lui troublaient la vision, un sanglot lui obstruait la gorge. Elle prit une grande inspiration.

— J'aimerais que vous partiez. Maintenant. S'il vous plaît, Wardley.

— Dinah, non…

— Je vous l'ORDONNE. Veuillez partir.

Elle lui adressa un regard implorant, laissant une larme ruisseler sur sa joue. Sa voix n'était plus qu'un murmure.

— S'il vous plaît, Wardley, accordez-moi cette faveur.

Le visage du jeune homme se déforma sous l'effet d'une détresse presque aussi terrible que le chagrin qu'elle éprouvait. Il lui déposa le plus tendre des baisers sur la joue et tourna les talons, s'en retournant vers l'orée de la clairière.

— Je vous attendrai demain matin, pour notre grand voyage vers le nord.

Il se retourna, perclus de culpabilité, avant de disparaître dans les broussailles.

Dinah attendit de ne plus entendre ses pas avant de fondre en larmes. Un désespoir insondable l'envahit, et elle resta allongée là, peinant à respirer tant la douleur était insupportable. La perspective de partager son quotidien avec Wardley l'avait maintenue en vie durant toutes ces nuits glaciales passées dans les Bois tordus, tous ces après-midis étouffants subis à Hu-Yuhar. Elle l'avait toujours imaginé régner auprès d'elle, main dans la main, tandis qu'ils guideraient le Pays des merveilles vers un avenir glorieux et paisible. À présent, il n'y avait plus rien que les ténèbres et le désespoir. Elle laissa libre cours à son chagrin. Celui-ci déferla sur elle telle une vague de supplice et de rejet, et elle se noya dans ces sentiments, tout heureuse de ressentir encore quelque chose.

Pendant des heures, elle resta allongée près du plan d'eau, se répétant chacune des paroles qu'il lui avait dites. Elle sanglota, hurla, griffa la terre de ses ongles, laissa son poignard flotter au-dessus de son cou pendant quelques secondes avant de le lancer au loin. Lorsque la nuit tomba enfin, elle entendit quelqu'un appeler son nom. *Wardley ?* Elle tendit l'oreille. *Non, sire Gorrann.* Tremblante, elle se remit à genoux et s'aspergea la figure d'eau claire. Rouvrant ses grands yeux, elle se mira dans la surface obscure, se reconnaissant à peine. La fille qu'elle avait été n'existait plus. Elle avait quitté le palais des merveilles pleine d'idéaux, gamine naïve rêvant de couronne et d'un règne auprès d'un homme qui la comprendrait et l'aimerait. Leurs jours seraient emplis de louanges, leurs nuits animées par une passion perpétuelle, leurs corps indissociables.

À présent, une femme délaissée la contemplait, une enfant oubliée, une combattante amère. La pointe de sa tresse noire touchait l'eau, vestige de son enfance, héritage maternel. Pourtant, même lorsque sa mère avait tout possédé – une couronne, un mari, des enfants, toutes les richesses du palais des merveilles –, elle n'avait jamais été heureuse. Elle n'avait jamais pu vivre avec l'homme qu'elle aimait. Comme Dinah. Mais contrairement à Davianna, Dinah ne se laisserait pas terrasser, elle se battrait pour sa couronne. Les mains tremblantes, elle alla ramasser son poignard, gisant près d'une souche voisine, et retourna vers le bassin. En deux coups de lame, elle sectionna l'essentiel de sa tignasse, qui ne lui tombait désormais plus qu'au menton. Sans regret, elle jeta sa tresse dans l'eau et se retourna pour accueillir sire Gorrann, qui se précipitait vers elle, les yeux pleins d'inquiétude, la bouche débitant un chapelet de jurons qu'elle n'entendit pas. La douleur la consumait toujours de l'intérieur, féroce et insatiable. Elle se sentait rejetée, désespérée, pleine d'une fureur renouvelée, plus dangereuse que jamais. Elle avait soif de destruction, besoin de décharger toute cette tristesse. Il la secoua sans ménagement, et le regard distant de Dinah finit par se focaliser sur le sien.

— Majesté ! Dinah ! Qu'est-ce qui s'est passé ?

Ses lèvres tremblèrent pour former un sourire ironique.

— Il ne veut pas de moi. Après tout ce temps.

Les yeux de sire Gorrann s'emplirent de compassion quand il la serra contre lui.

— J'suis navré, Majesté. V'nez, j'vous ramène à vot' tente.

Elle se sentait écorchée de l'intérieur, dépouillée, et elle le suivit sans réfléchir. Ne subsistait qu'une colère indomptable, que Dinah subissait, impuissante. Elle laissa sire Gorrann la guider parmi les broussailles, jusqu'à l'endroit où Morte l'attendait. Le cornu frappa le sol avec impatience jusqu'à ce qu'elle lui grimpe sur le dos. Puis, d'un claquement de langue, elle lui intima de repartir au grand galop, laissant sire Gorrann loin derrière eux. Quelque chose changea en elle. À chaque foulée de la créature, une partie de son chagrin venait s'ajouter à sa rage, une rage bouillonnante qu'elle ne pouvait plus contenir. Si elle ne pouvait l'avoir, lui, elle aurait au moins sa couronne.

À défaut de pouvoir éteindre le feu qui brûlait en elle, elle incendierait tout le Pays des merveilles.

Remerciements

Mille mercis aux personnes merveilleuses qui ont rendu ce roman possible :

Ryan Oakes : pour ses retours incessants, son soutien permanent et la puissance absolue de sa foi en ce livre, qui ont transformé une vague idée en une réalité tangible. Merci pour ton amour inépuisable, pour ton imagination et pour tes connaissances étonnantes en fantasy et en techniques de combat. Merci surtout de m'avoir donné la force de rester fidèle à mon instinct et à mon histoire.

Maine : tu es une merveille.

À Ron et Tricia McCulley, qui êtes des modèles de patience, de soutien et de dévotion parentale savamment dosée : merci !

À mon élégante sœur, Cynthia McCulley : merci de toujours me donner le sourire, et d'avoir accepté d'être un cheval. Ton amour contagieux pour les musiques dramatiques m'a grandement aidée à rédiger les scènes les plus palpitantes de ce récit. Le prochain est pour toi.

À mes amis bien-aimés qui ont tant contribué à ce processus créatif en restant eux-mêmes à mesure que l'histoire se déployait – Kimberly Stein, Sarah Glover, Emily Kiebel, Cassandra Splittgerber, Elizabeth Wagner, Jordan Powers, Terri Miller, Nicole London, Katie Hall et Karen Groves : merci de m'avoir écoutée quand je passais *des heures* à vous décrire ce qui se déroulait dans ma tête.

À mes premières lectrices si intimidantes – Michelle Rehme, Erika Bates, Jen Lehmann, Denise McCulley, Patty et Sarah Jones, Deb Sjulstad, Angela Turner, Holly Cameron et Stefanie Feustel : merci de m'avoir permis de ciseler ce roman pour en faire une œuvre dont je suis très fière.

Ce livre est passé entre les mains de plusieurs éditrices brillantes : Erin Armknecht, une metteuse en forme dont la participation est si immense qu'elle est difficilement quantifiable ; Jeni Miller, dont le talent et l'œil sont aussi terrifiants que précis ; et Jess Riley. La reine de cœur est tellement plus resplendissante grâce à vous.

Crystal Patriarche, Heidi Hurst et toute l'équipe de SparkPress, un label de BookSparks : vous êtes incroyables, tous autant que vous êtes.

À Erin Chan, tout aussi charmante que douée : merci d'être la silhouette époustouflante qui orne la couverture.

Mae Whitman : merci d'être l'inspiration derrière ma Dinah. Tu es une petite chose féroce, et j'admire tout ce que tu fais.

Et enfin l'homme, Lewis Carroll : *Les Aventures d'Alice au pays des merveilles* est le texte le plus fantastique et profond qu'il m'ait été donné de lire. Merci d'être le véritable génie derrière tous ces personnages et de m'avoir laissée vagabonder, la plume à la main, dans cet endroit magnifique.

www.snag-fiction.com

Par ce logo, nous témoignons d'une volonté de réduire les impacts environnementaux liés aux activités de l'imprimerie. Nous choisissons un imprimeur impliqué dans la réduction des gaz à effet de serre. Le choix de nos papiers assure que la production a été faite à partir d'un produit à base de bois et a suivi le cahier des charges d'une gestion durable des forêts européennes. Achevé d'imprimer par CPI Firmin Didot (168394) en France en février 2022 pour le titre « Blood of Wonderland ».

Acquisition : Laury-Anne Frut
Suivi éditorial : Céline Garcia
Conception graphique : Guillaume Bertineau
Illustrateur : Nicolas Jamonneau
Mise en pages : Marine Laurent
Correction : Marie-Madeleine Géri

Dépôt légal : 1er semestre 2022

éditions La Geste
11, rue Norman-Borlaug
79260 La Crèche
contact@marmaille-compagnie.com

Julia Seuschek

Straßenkötergene

DRACHENMOND VERLAG

DRACHENMOND VERLAG

Astrid Behrendt
Rheinstraße 60
51371 Leverkusen
http: www.drachenmond.de
E-Mail: info@drachenmond.de

Lektorat: Alexandra Fuchs
Korrektorat: Michaela Retetzki
Satz: Marlena Anders
Layout: Astrid Behrendt
Umschlagdesign: Marie Graßhoff
Bildmaterial: Shutterstock

Druck: Booksfactory

ISBN 978-3-95991-277-8